中公文庫

SRO neo I

新世界

富樫倫太郎

中央公論新社

目次

主な登場人物

芝原麗子……ＳＲＯ（広域捜査専任特別調査室）の二代目室長。警視正
尾形洋輔……ＳＲＯの一員。警視正
針谷太一……ＳＲＯの一員。警視
坊屋久美子……ＳＲＯの一員。以前は千葉県警生活安全総務課の捜査員
浪岡美鈴……ＳＲＯの一員。総務・会計担当の主任
山根新九郎……ＳＲＯの初代室長。刑事部長
夏目悠太郎……科学警察研究所主任研究員にして山根の朋友
川久保純一……刺殺されたＳＲＯの一員
美福門太陽……宗教団体「大宇宙真理の光教団」の教主
木戸沙織……元ＳＲＯながら現在は「大宇宙真理の光教団」信者
近藤房子……ＳＲＯと死闘を繰り広げた〝最凶〟殺人犯
石塚麻友……房子の教えを受けた美容師

SRO neoⅠ 新世界

プロローグ

1

平成二一年（二〇〇九）一二月一三日（日曜日）

早朝、千葉のゴルフ場に四人の男たちが集まった。

クラブハウスで談笑する四人は、どこにでもいそうな初老の男たちだが、他のパーティーと違うのは、彼らの周辺に目付きの鋭い者たちがいることだ。一人や二人ではない。何人もいる。クラブハウスにいるだけではない。この四人がこれから回るゴルフコースに出ている者たちもいる。周辺に怪しい人間がいないか調べているのだ。

彼らは要人警護を職務とするＳＰである。

四人の中心にいるのは警視庁の副総監・牧野《まきの》赳夫《たけお》で、あとの三人は、警視庁の刑事部長・阿部《あべ》忠雄《ただお》、同じく公安部長・土肥原《どいはら》貢《みつぐ》、警察庁の警備局局長・白峰《しらみね》政夫《まさお》である。

スタート時間になり、四人はクラブハウスを出て、一番ホールに向かう。

最初に打つのは牧野である。

ドライバーを手にした牧野がスイング体勢に入ったとき、

「あ、副総監。それは違いますよ。わたしのドライバーです」

「ん？」

牧野が体を捻《ひね》って、阿部に顔を向ける。

そのとき、牧野の左脇に銃弾が命中した。

阿部が声をかけなければ、その銃弾は牧野の心臓に命中していたであろう。

ドライバーを取り替えようとして牧野に歩み寄っていた阿部は、咄嗟《とっさ》に牧野を庇《かば》った。

二発目の銃弾が阿部の背中に命中した。

阿部は牧野にのしかかるような格好で倒れた。

2

一二月一四日（月曜日）
ＳＲＯの室長・山根《やまね》新九郎《しんくろう》は中野の警察病院にいる。
廊下のベンチに一人でぽつんと坐っている。
肩を落とし、うなだれている。
新九郎の目は真っ赤で、頬には涙の跡がついている。
阿部部長が亡くなったのである。

牧野副総監は一命を取り留めたが、阿部部長は助からなかった。

大宇宙真理の光教団の依頼を受けて、その狙撃を実行したのは、かつてフランスの外人部隊に所属していたスナイパー・東郷栄吉《とうごうえいきち》だ。

東郷はルポライター・篠原貴子《しのはらたかこ》の前夫で、高志《たかし》の父親である。

3

一二月一五日（火曜日）

青山にある大宇宙真理の光教団の本部で大事件が発生し、多くの信者が死傷した。

事の発端は、教団が篠原貴子と高志を拉致監禁したことにある。二人を餌《えさ》にして東郷を誘《おび》き寄《よ》せ、口封じしようとしたのだ。

怒った東郷は、教団の事務総長・サマルカンド銀蔵《ぎんぞう》と、銀蔵の側近・レグルス年夫《としお》を殺害した。尚《なお》も教主の美福門太陽《びふくもんたいよう》に襲いかかろうとする寸前、ＳＲＯに所属する針谷太一《はりやたいち》によって射殺された。

4

一二月一七日（木曜日）

教団本部は警察の手で封鎖されてしまったため、美福門太陽と子供たちは、忠実な少数の信者と共に千葉支部に移動した。

教団のトップである美福門太陽が逮捕を免れたのは、サマルカンド銀蔵が死んでしまったため、教団の犯したすべての犯罪行為をサマルカンド銀蔵のせいにすることができたからである。

美福門太陽自身が直接、信者に何かを命ずることはなく、常にサマルカンド銀蔵を介して命令を伝えるように用心していたことが役立ったのである。

千葉支部には、美福門太陽を崇《あが》める信者たちが全国から続々と集まりつつある。

その中には、尾形《おがた》敏江《としえ》と尾形誠《まこと》もいる。

朝早く、敏江と誠は出かけてしまうので、自宅には尾形洋輔《ようすけ》一人が残される。

青山の教団本部で事件が起こったとき、その場に潜入していた尾形も負傷している。入院するほどの大怪我ではないので、自宅で静養しているのだ。

尾形が冴《さ》えない顔でぼんやりしているのは怪我のせいではない。

敏江と息子の誠のことが心配なのだ。

特に誠である。

敏江に関しては、前々から教団の活動にのめり込んでいたし、今回の事件をきっかけに、更に教主を崇拝するようになっている。そんな敏江に対しては、諦《あきら》めの気持ちすら感じている。何度となく怒りが爆発しそうになったが、誠が鑑別所から家に戻るまでの辛抱だと自分に言い聞かせて我慢してきたのだ。

何とか、誠は戻ってきた。

ところが、今では誠まで宗教にかぶれている。ほんの少しの時間、教主に接しただけなのに、教主の虜《とりこ》になってしまった。熱心に教団のパンフレットを読むようになり、また修行したいなどと言い出している。千葉支部から戻ると、敏江と二人で仏壇の前に坐り込み、声を揃えて経文《きょうもん》を唱えるのである。それを聞いていると、尾形の苛立《いらだ》ちは激しくなり、またもや怒りが爆発しそうになる。

(こんな生活を続けていけるのか。もう無理かもしれないな……)

尾形は、ぼんやりと敏江との離婚を考える。

もはや愛情などない。

それは敏江も同じであろう。

誠のために一緒に暮らしているだけだ。

敏江が教団と手を切ることはないだろうし、尾形は教団には絶対に我慢できないのだから、うまくいくはずがない。

心配なのは、誠のことだけである。

教団にかぶれているといっても、所詮《しょせん》、子供のことである。敏江とは違う。今なら教団から引き離すことができるのではないか、と思う。

しかし、離婚ということになれば、どちらが誠の親権を持つのかということが重要になる。敏江と暮らしたいと言いそうだなあ、だけど、家族だからって、一緒にいるのが幸せだとは限らないわけだしなあ……そんなことを考えながら、尾形は溜息《ためいき》をつく。重苦しく、深刻な溜息である。


針谷は中野の警察病院に行く。高志が入院しているのだ。

「やあ」

「ああ、来てくれたの」

ベッドの傍《かたわ》らに坐っている貴子が振り返る。

高志は眠っている。

しばらく雑談をした後、

「おれが預かっている九千万だけど、君に返すことになりそうだよ」

「え、何で？」

「東郷からもらったとしても、犯罪で手に入れた金だという証拠はないからね。ただ税務署への申告が必要になるらしいから、かなり税金を取られることは覚悟した方がいい」

「どうせ悪いことをして手に入れたに決まってるから、もらいたくないけど、冷静に考えれば、わたしにくれたのではなく、たぶん、高志にくれたお金だから、やっぱり、もらった方がいいのかしら。どうすればいいか、将来、高志が決めればいいわよね」

「それでいいと思う」

「こんなときに言うことではないかもしれないけど……」

「何だい？」

「わたしたち、このままお付き合いを続けてもいいのかな？」

「どういう意味？」

「あなたのしたことは正しい。何も間違っていない。あなたが東郷を撃たなければ、もっと多くの人が死んでいたかもしれない。ただ、それは頭ではわかっているけど、どんな悪人だとしても東郷は高志の父親だし、その東郷を……」

「そうだね。おれが撃った。そして、死なせてしまった。高志君の父親を」

「今は小さいから何もわからないだろうけど、いつかは高志も知ることになる」

「別れるべきかな？」

「どうすればいいか、わたしにもわからない。いろいろなことが起こって、頭の中がすごく混乱してるから……。時間がほしいの。時間をかけて、ゆっくり考えたい。そうすれば、どうしたらいいかわかるかもしれない」

「うん、そうだね。ゆっくり考えるといい。おれにできることがあれば何でも言ってくれ」

「ごめんなさい」

「謝ることなんかないよ。君は何も悪くない」

同じ頃、川《かわ》久《く》保《ぼ》純一《じゅんいち》はベッドに横になって、缶ビールを飲んでいる。

純一も事件の日に教団本部にいた。怪我をしたが、特に重傷というわけではない。仕事に行く気がしないので、怪我を口実にして休んでいるだけだ。明日も休むつもりだ。

同僚の木《き》戸《ど》沙《さ》織《おり》が美福門太陽に取り込まれてしまったことに大きなショックを受けている。

沙織も仕事を休んでいる。

恐らく、千葉支部に行っているのであろう。

どうすれば沙織を美福門太陽から引き離し、教団と手を切らせることができるか……そんなことを思案しているとき、チャイムが鳴る。

玄関に行き、スコープから外を覗《のぞ》くと、見知らぬ若い女性が立っている。

「はい、何でしょうか？」

「川久保純一さんですか？」

「そうですが」

「言付《ことづ》けを預かってきました」

「言付け？　誰から」

「……」

バーロックを外し、ドアを開ける。

「どういうことですか？　言付けって、何？」

「近藤房子《こんどうふさこ》さん、ご存じですか？」

「は？」

「あなたによろしくって」

石塚麻友《いしづかまゆ》の手が素早く動き、純一の首にナイフが刺さる。

「うっ……」

首から引き抜いたナイフを、今度は腹に刺す。

「もう助かりませんよ」

「な、なぜ、こんなことを……」

「地獄に墜《お》ちろ、だってさ。そう伝えるように頼まれたの」

一時間後……。

近藤房子と麻友は石塚家に戻った。

「麻友ちゃん、すごいわ。本当にすごい。大したものよ。立派に自立したわね」

房子は上機嫌である。

「近藤さんのおかげです。ありがとうございます。これからの人生、自信を持って生きていくことができます。嫌な奴が現れたら、みんな、殺してやります」

「そうよ。それでいいの。邪魔者は殺すのよ」

「はい」

と、うなずいて、麻友はナイフを房子の腹に突き刺す。

「え……」

「もう一人でやっていけます。近藤さんがいなくても大丈夫です。いつまでもつきまとわれたら、わたしまで警察に追われることになるし、それは迷惑なんですよね」

「麻友ちゃん……」

「それに、近藤さんはお母さんの仇《かたき》ですからね。やっぱり、許せませんよ。死んでもらうしかないんです。おかげさまで、ちゃんとやっていけます。死体をどうすればいいかえてもらいました。バラバラにして、丁寧に処理しますのでご心配なく。跡形《あとかた》の世から消えてもらいます」

「文句なしよ。素晴らしいわ」

第一部　新世界

1

平成二五年（二〇一三）四月五日（金曜日）

「え〜っと、まだ、他にもある？」

新九郎《しんくろう》が顔を上げる。

「はい、まだ何枚も」

永瀬《ながせ》和子《かずこ》というベテランの秘書が無表情にうなずきながら書類を差し出す。

「よし、行くぞ」

新九郎は景気よく、ポンポンと印鑑を捺《お》す。

「余計なお世話だとは思いますが、内容を確認しなくてもよろしいんでしょうか？」

「永瀬さんを信頼してるよ。ちゃんと君が目を通したんだろう？」

「こんなところで信頼されても困ります。何かあったときに、わたしは責任を取ることができませんから」

和子がにこりともせずに言う。

「それは大丈夫だよ。責任は、わたしが取るから」

「それなら結構です」

和子が次の書類を差し出す。

新九郎が次々と印鑑を捺して、書類を決裁する。

ソファの方から、う～っと獣の唸《うな》り声のような不満そうな声が聞こえる。

「あ、すまん。もう少し待ってくれ」

「先に電話なさったら、いかがですか？」

和子が勧《すす》める。

「ああ、そうだな、そうしよう。いかんなあ、何て手際が悪いんだ」

自嘲《じちょう》気味に笑いながら、新九郎が受話器を手に取る。相手が出ると、

「芝原《しばはら》君？　山根だけどね、ちょっと来てもらえるかな……。うん、そう、こっちに来てから、詳しく説明するから。じゃあ、よろしく」

電話を切ると、また、せっせと書類に印鑑を捺し始める。

う～っ、う～っ、という唸り声だけでなく、今度は、どんどんという足踏みまで聞

る。いつまで待たせるつもりだ、という露骨な不満表明である。

「よし、終わった。これでいいね？」

「結構です」

和子が一礼して新九郎の前から去る。

ふーっと大きく息を吐き、お茶を一口飲んでから、新九郎が椅子から腰を上げ、ソファに歩み寄る。

「お待たせしてすまなかったな」

詫《わ》びながら、ソファに腰を下ろす。

2

「すぐに伺《うかが》います」

電話を切ると、芝原麗子《れいこ》が席を立つ。

ぐるりと部屋の中を見回す。

尾形洋輔《おがらようすけ》は、コーヒーを飲みながらスポーツ新聞を読んでいる。

針谷太一《はりやたいち》は腕組みして、目を瞑《つむ》っている。居眠りしているのであろう。

坊屋久美子《ぼうやくみこ》は、生真面目な顔で、せっせと報告書を作成している。

髪を引っ詰め、大きな黒縁の眼鏡をかけた浪岡美鈴《なみおかみすず》は、無表情に机周りを掃除している。

二七歳の、まったく若さを感じさせない事務方の主任である。

ＳＲＯも以前とは大きく変わった……今でも麗子は、そう思うことが時々ある。

広域捜査を専門とする部署としてＳＲＯこと「広域捜査専任特別調査室」が新設されたときからのオリジナルメンバーは、麗子と尾形、針谷の三人だけになっている。

初代室長の山根《やまね》新九郎は、刑事部長に昇進し、副室長だった麗子が二代目の室長になった。川久保純一《かわくぼじゅんいち》は亡くなり、木戸沙織《きどさおり》は退職した。

純一と入れ替わるように久美子が千葉県警からＳＲＯに配属された。

会計の責任者だった富田直次郎《とみたなおじろう》課長は、二年前に定年退職し、その後任として異動してきた美鈴が今では一人で総務と会計を担当している。

新九郎が刑事部長になってから、ＳＲＯは、麗子、尾形、針谷、久美子、美鈴の五人体制でやってきた。それまでは七人体制だったから、二人も減ったわけである。

麗子はコンピューターの専門家で、情報収集という形で他のメンバーのサポートをする役割をしてきたから、どうしても外回りの捜査員が一人足りない。外回りは、二人ひと組が原則なのである。

これまでは、尾形、針谷、久美子の三人に、必要に応じて麗子が加わるというやり方をしてきた。幸い、麗子が室長になってから、そのことに不自由を感じるほどの大事件に遭遇していないからいいようなものの、今のままではまずいと麗子は思っているから、折に触れて、新九郎には欠員の補充を頼んできた。

「部長のところに行ってきます」

麗子が皆に声をかける。

「いよいよ新人が配属されるんですかね」

尾形がスポーツ新聞から顔を上げる。麗子だけでなく、誰もが捜査員の補充を願っているのだ。

「四月の初めだから、まだ可能性はありますよね」

久美子が言う。

春は異動の時期である。

しかし、普通であれば、三月中に内示があって、事前に異動先に挨拶に来たりするものだが、そういう動きはなかった。

(今年も五人でやるしかないのかな)

と、麗子は半ば諦めていた。

「あまり期待しない方がいいですよ。去年だって、新人が来るはずだったのに、あそこに行くくらいなら転職しますと言って辞表を出した奴がいましたからね」

針谷が目を開ける。

「そんなこともあったな。だけど、何だって、辞表を出すかね？　意味がわからないな」

「うちは嫌われ部署なんですよ」

「ん？　何で、嫌われるんだ」

「尾形さんがいるからじゃないですか」

「てめえ……」

尾形が針谷を睨《にら》む。

「じゃあ、行ってきます」

そそくさと麗子が部屋から出て行く。

ＳＲＯは警視庁の地下にあるので、エレベーターに乗って上に行く。一階でぞろぞろと人が乗り込んでくる。顔見知りの大部屋の捜査員たちが、

「おはようございます、芝原室長」

と挨拶する。

「おはよう」

麗子も笑顔を返す。

室長になって最初の半年くらいは「芝原室長」と呼ばれることに慣れることができなかった。それだけ新九郎の存在感が大きかったのだ。

今では「芝原室長」と呼ばれて慌てることもなくなった。どことなく貫禄もついてきた。

もっとも、それは外見だけで、内心は依然として室長としての重圧に苦しんでいる。

エレベーターを降り、刑事部長室に歩いて行く。

ドアをノックしながら、芝原です、と声をかける。

中から、どうぞ、という新九郎の声が聞こえる。

ドアを開けて、麗子が中に入ると、ソファに坐っている新九郎の顔が正面に見える。新九郎と向かい合って誰かが坐っているが、麗子にはその人物の後頭部しか見えない。頭頂部はきれいに禿《は》げ上がり、側頭部にわずかに白髪交じりの髪が残っている。

一瞬、麗子の表情が曇ったのは、新人の配属が伝えられるのではないかと期待していたのに、どうやら期待外れだったようだ、と落胆したからであろう。後ろ姿しか見えないとはいえ、四四歳の新九郎より年上のようだから、そんな年を食った捜査員がＳＲＯに配属されるとは思えなかった。新人ではなく、ただの来客だろうか、それなら、なぜ、自分が呼ばれたのだろう、と訝《いぶか》しむ。

「どうぞ、坐って」

新九郎がソファを指し示す。

「はい、失礼します」

麗子がソファに歩み寄る。

そのとき、その来客がひょいと麗子を見て、

「やあ」

と右手を上げる。分厚い黒縁眼鏡の奥で嬉しそうに目を細める。

えっ、と麗子は声を上げ、そのまま後退《あとずさ》る。咄嗟《とっさ》の反応である。

「ふふふっ、そんなにびっくりしなくてもいいじゃないの。久し振りだなあ。ずっと会いたかった。相変わらず、きれいだねえ」

「あ……あ、あ、夏目《なつめ》さん、どうしてここに……」

麗子は瞬《まばた》きもせずに、ソファに腰掛けている夏目悠太郎《ゆうたろう》を凝視する。

夏目悠太郎は、新九郎の数少ない友達で、科学警察研究所の法科学第一部の主任研究員である。年齢は、新九郎よりふたつ年上の四六歳だ。

身長は一七〇センチで、体重は一二〇キロある。

もっとも、本人がそう言っているだけなので、実際には、もっと重そうである。

新九郎は身長が一八五センチで、体重が七〇キロしかないし、麗子も身長一七三センチ、体重五〇キロというスマートすぎる体型だから、尚更《なおさら》、夏目が太って見える。

思わず、また太りましたか、と言いそうになるが、慌てて、その言葉を呑み込んで、

「お、お元気そうですね」

と取って付けたようなことを言う。

「芝原君だって、びっくりするさ。明るい場所で会って幸いだな。夜道で会ったら、絶叫して腰を抜かすところだ」

新九郎がにこりともせずに言う。

「え？　どうして麗子さんがおれに会って悲鳴を上げるんだ？　嬉しいからか」

「いいねえ、そのポジティブシンキング。何て間抜けな発想なんだ。羨《うらや》ましいよ」

「何だよ、刑事部長になったからって、いい気になってるんじゃないのか？　わかりにくいことばかり言いやがって」

夏目が口を尖《とが》らせる。

「そういう言葉遣いは慎めよ。少なくとも勤務中は。おれに対してではなく、おれの役職に対して礼儀を払え。そうでないと、これからは……」

「あ、そうだったな。悪い、悪い」

口先だけで謝る。

「芝原君、そこに坐って。夏目の隣が嫌なら、わたしの隣でもいいよ」

「感じ悪いぜ、まったく」

夏目が舌打ちする。

麗子が夏目の横に坐る。ただ、かなり端の方に坐り、夏目との距離を取っている。

「今日は、どうなさったんですか？」

「きっと驚くぞ」

にやにやしながら、おい、早く言えよ、と夏目が新九郎を急《せ》かせる。

「うむ」

新九郎がマグカップに手を伸ばし、コーヒーを一口飲む。それから、おもむろに、

「実はね、芝原君、当面、夏目がＳＲＯで仕事をすることになった」

「え」

麗子は、跳び上がりそうなほど驚く。実際、お尻がソファからいくらか浮いた。

「ど、どういうことですか？」

「いつまでも欠員状態が続くのはよくないと思うし、かと言って、なかなか補充も難しくてね。尻込みする人間が多いというか、内示を出そうとすると、みんな怖《おそ》れをなしてしまうんだよなあ」

なぜだろう、と新九郎が首を捻《ひね》る。

「せっかく麗子さんが室長になったのに、いつまでも人手が足りなくて困ってるなんて、とても見過ごしにできないからね」

夏目が溜息をつく。

「でも、科警研《かけいけん》から警視庁に異動だなんて聞いたことがありませんよ。そもそも、夏目さんは研究職で、捜査員ではないわけですし」

「何事にも例外はあるものなんだよ。以前、科警研で同僚だった小早川冬彦《こばやかわふゆひこ》っていう変人が杉並中央署に異動になったことがあるんだ。その後、本庁に異動して、今も捜査畑で活

躍しているらしい。小早川の後にも、薬寺松夫《くすでらまつお》っていう醜い奴が、本庁の捜査一課に異動している。異動なのか、出向なのか、そのあたりの詳しい事情は知らないけどね。滅多《めった》にないことではあるにしろ、決してあり得ないわけでもないんだよ」

夏目が麗子に説明する。

「今の説明にあまり付け加えることはないけど、敢《あ》えて言うなら、しばらくはお試し期間ということで、大して役に立たないようなら科警研に返品するつもりさ」

はははっ、と新九郎が笑う。

「おい、ふざけるなよ」

「おいおい」

「ああ、そうだったな。今や変人の山根新九郎もご立派な刑事部長さまだからな。平然と友達を見下すわけだよな」

「拗《す》ねるなよ。仕事中は礼儀をわきまえてほしいだけだ。芝原君のことも、麗子さんではなく、室長と呼べよ」

「もしかして、嫉妬《しっと》してる？」

「は？　どういう意味？　なぜ、おれがおまえに嫉妬するんだ」

「ああ、そうだったな、おまえには……いや、刑事部長さまには、鈴木《すずき》ブス子というフィアンセがいるんだったわ」

「時々、おまえのことが本気で嫌いになる。ちゃんと鈴木花子《はなこ》さんと言えよ。それに、まだフィアンセでもない」

「肉体関係はあるんだろう？　ブス子を弄《もてあそ》んでいるだけなのか」

「信じられない。何て恥知らずなことを言うんだ。セクハラで訴えてやろうかな」

「上等だ。受けて立つぞ」

「あの……」

麗子が口を挟む。

「ん？」

新九郎が麗子に顔を向ける。

「お話を戻すようですけど、夏目さんがうちの部署に配属されるのは決定なのでしょうか？」

「そう嬉しくもないかもしれないけど、さっきも言ったように補充が難しいんだ。当面、我慢してくれないかな？　何か問題があるようであれば対処するから」

とりあえず頼むよ、と新九郎が頭を下げる。

「そうですか」

麗子が小さな溜息を洩《も》らす。人員が足りないのも困るが、夏目悠太郎が加わるのも困る……夏目がどういう人間か知っているので、麗子の気持ちは暗くなる。その横で、夏目が嬉しそうに目を輝かせている。

3

ドアを開けて、麗子がＳＲＯの部屋に入る。

「戻りました」

「お帰りなさい」

久美子が声をかけ、あれっ、と麗子の後ろを凝視する。夏目の姿に気が付いたのだ。

「お客さまですか？」

美鈴が眼鏡を直しながら、腰を浮かそうとする。お客であれば、お茶の用意でもしようと思ったのであろう。

「違うの。お客さんじゃないから」

麗子が答えると、尾形がスポーツ新聞から顔を上げ、居眠りしていた針谷が目を開ける。

「おいおい、まさか……」

尾形が新聞を机の上に放り出す。

麗子に続いて夏目が部屋に入ると、

「夏目さんじゃないですか」

針谷が声をかける。

「おお、ダーティハリー君じゃないか。最近は、おとなしくしているみたいだね。あの青山での事件以来、外で拳銃を撃ってないんだろう？　どんな事情があるにしろ、君に撃たれて誰も死なないのはいいことだな」

「……」

針谷は咄嗟に言葉が出てこない。面と向かって、人の嫌がることをずけずと言うのは、針谷の周りでは尾形くらいのものだ。尾形に対しては免疫があるが、夏目に対しては、まだない。

「科警研のオタクが何の用だ？」

尾形が訊《き》く。

「ふんっ、相変わらず口が悪いな。何年経っても、曲がった根性は直らないらしい。三つ子の魂百までってことだな。性格も悪いし、見た目も悪い。家庭的にも不幸なんだろう」

夏目も負けていない。

「何だと、この野郎。何で、てめえにそんなことを言われなくちゃならないんだ？」

「幸せそうな顔に見えないからさ。ストレスが溜《た》まって、何かの拍子に理不尽な怒りが爆発しそうじゃないか。必死に怒りを抑え込んでいるようだが、内部崩壊しないといいな。あんたみたいなタイプが一番危ないんだ」

「室長、このデブを殴っていいですかね？」

尾形が立ち上がる。とても冗談には聞こえない。

「坐って下さい」

「ちぇっ」

舌打ちしながら、尾形が坐る。

「夏目さんの席は、そこです」

麗子が久美子の隣を指差す。

「室長、どういうことなんですか？」

針谷が訊く。

「新メンバーの補充ということよ」

「え」

尾形が驚きの声を発する。

「こいつが新しいメンバー……？」

「そう喜ぶなよ。何なら、おれの代わりにあんたがどこかに異動したらどうだ？　まあ、そう簡単に引き受け手は見付からないだろうが」

夏目がにやりと笑いながら、自分の席に着く。

「すっきりしてるなあ。何にもないわ」

机の上には固定電話が置かれているだけである。

「川久保君が使っていた席です」

麗子が言う。

「ああ、そうか。川久保ちゃんがなあ」

なんまいだぶ、なんまいだぶ……胸の前で両手を合わせ、目を瞑って夏目がつぶやく。

「あの、室長……」

久美子が困惑した表情で麗子を見る。

「もしかして、初対面？」

「はい」

「じゃあ、まずは自己紹介ね。夏目さん……」

麗子が久美子と美鈴を夏目に紹介し、夏目にも自己紹介するように言う。

「麗子ちゃん……いや、違った、芝原室長やガンマンの針谷、偏屈じじいの尾形のことは、もう知っているし、そっちもおれを知っているな。そうか、坊屋ちゃんと浪岡ちゃんか、いや、久美子ちゃんと美鈴ちゃんの方がいいかな。よろしくお願いします。それにしても、たった六人だけの小さな部署なのに、こんなきれいどころが三人も揃ってるなんて、何て素晴らしいところなんだ。山根の奴、ずっと楽しい思いをしてやがったんだなあ」

「あの夏目さん……」

麗子が注意する。

「ああ、そうだった。山根も今では刑事部長だった。大して実力もないくせに偉くなりやがって、くそっ……。あ、ごめん。また話が逸《そ》れた。科警研から異動してきた夏目悠太郎です。年齢は四六。渋い中年です。趣味は釣りかなあ。昆虫観察も好きです。それが縁で山根、いや、山根部長とも親しくなったわけでしてね。彼の家には月に一度くらいは遊びに行きますよ。お母さんがすごくいい人でしてね。いくら飲み食いしても嫌な顔ひとつしないもんだから……」

「夏目さん、そのあたりで、もう……」

麗子がやんわりと制止する。そうしないと、いつまでもしゃべり続けそうな雰囲気である。

「あ、そう。まあ、おれという人間については、おいおいわかるとは思うけど、何か知りたいことがあれば、遠慮なく質問してくれていいからね。特に坊屋ちゃんと浪岡ちゃん。そして、もちろん、芝原室長も」

夏目が麗子にウィンクする。

「おい、ハリー」

尾形が針谷を見る。

「あのデブ、何かの役に立つと思うか？」

「ノーコメントでお願いします」

針谷が肩をすくめる。

4

尾形は定時に退庁した。今は忙しいわけでもなく、取り立ててすることもないのだ。

しかも、大嫌いな夏目悠太郎が異動してきたせいで居心地が悪くなった。

夏目は、ちゃらちゃらと浮かれて、麗子や久美子、美鈴に用もないのにつきまとって、鼻の下を伸ばしている。

胸くそ悪いのは、針谷に対しては割と普通に接していることだ。ダーティハリー君と呼んでからかったりはするものの、別に悪意があるわけでもなく、ただの悪ふざけなので、針谷も苦笑いするだけだ。

つまり、夏目が露骨に敵意をむき出しにするのは、尾形に対してだけなのである。あたかも不倶戴天《ふぐたいてん》の敵であるかの如《ごと》く、何かにつけて尾形を攻撃する。

言い争うのも面倒だから、殴って黙らせてやりたいところだが、職場で同僚に暴力を振るえば、ただでは済まないとわかっているし、

「腹が立つでしょうけど、どうか我慢して下さい」

と、麗子に頼まれたので、今のところ暴力は控えている。

まだ科警研から荷物も届いておらず、何もすることがなくて暇なせいか、夏目は、やた

らと親父ギャグを連発して、みんなを会話に引き込もうとする。

しかし、誰も相手にせず、誰も笑わないので自分で大笑いする。その笑い声が癇《かん》に障るので、退庁時間になると、尾形はさっさと席を立った。

が……。

帰宅が楽しいかというと、そんなこともない。

そこが今の尾形にとって厄介なところだ。

浮かない顔で家路を辿《たど》る。足取りも重い。

三年前、誠は危うく少年院に送られるところだったが、何とか送致を免れて自宅に戻った。ずっと不登校が続いていたから、中学に通うのに支障が出るのではないかと尾形は危惧したが、別にそんなこともなく、誠はごく普通に地元の公立中学に進学した。特に問題を起こすこともない。

成績は平凡で、良くも悪くもない。何かしら部活動に参加しなければならない決まりになっているが、スポーツ系のクラブは嫌だったらしく、文芸部に所属している。週に一度、図書館の本の整理をするのが主な活動で、年に一度、部員の作品を載せた文集を出すことになっているのだという。

どこにでもいる、ごく普通の中学生である。

少なくとも、傍《はた》からは、そう見えるだろうが、実際は違う。

誠は週末になると、朝早くから敏江と二人で出かける。行き先は大宇宙真理の光教団の本部だ。

三年前、教主の美福門太陽に出会ってから、誠は教主に傾倒し、敏江と共に教団活動にのめり込んだ。

教団のトップに君臨するのは教主の美福門太陽だが、教団の実務的な運営は事務総長が担う。

サマルカンド銀蔵が亡くなったため、婦人部の代表だったナラタージュ百恵《ももえ》が事務総長に昇格し、それに伴って、ニルヴァーナ洋子《ようこ》が婦人部の代表になった。

ニルヴァーナ洋子に次ぐ立場にいるのは婦人部の副代表と教団の会計部門を統括するタージマハール美佐江《みさえ》である。

敏江も婦人部に属し、ニルヴァーナ洋子やタージマハール美佐江を補佐している、と尾形は聞いている。

教団は性別や年齢などによって、いくつかの部門に分かれており、婦人部の他に青少年部もある。

青少年部は、二〇歳から三〇歳までの男女が属するＡグループと、二〇歳未満の男女が属するＢグループに分かれている。

青少年部で優秀だと認められると、教団幹部になる道が開ける。

美福門太陽とニルヴァーナ洋子の長女で、二〇歳のシェヘラザード千鶴《ちづる》はAグループに、次女で、一七歳のドニアザード美咲《みさき》はBグループに所属している。

美福門太陽とタージマハール美佐江の間にはサラディン太郎《たろう》という息子がおり、今は一一歳である。

誠は、サラディン太郎やドニアザード美咲と同じくBグループに所属している。青少年部が定期的に行っている様々なボランティア活動に積極的に取り組み、みんなから信頼されているので、いずれ青少年部のリーダーになるのではないかと言われている。サラディン太郎からも実の兄のように慕われているのだという。そのせいか、週に何度か、美福門太陽と言葉をかわす機会があるらしい。

そういう話を、尾形は敏江から聞かされるのだが、それを話すとき、敏江は興奮気味で鼻高々なのである。

（ああ、鬱陶《うっとう》しいぜ……）

駅から家路を辿りながら、尾形の口からは自然と溜息が洩れる。

誠が中学から帰ってくると、晩ごはんを食べる前に、敏江と二人で修行をする。仏間に籠もり、お香を焚《た》いて、経文《きょうもん》を唱えるのである。

早い時間に帰宅すると、家の中がお香臭くなっているのも不愉快だし、それどころか、まだ修行を続けている可能性もある。それだと、延々と経文を聞かされる羽目になる。

誠が事件を起こしたとき、敏江は憔悴《しょうすい》しきって痩《や》せ衰《おとろ》え、心を病んで精神科の治療を受けたことさえある。毎日泣いてばかりいた。

そんなとき教団にすがったのである。

尾形の知らぬ間に、お布施《ふせ》という名目で大金を教団にむしり取られていた。

最初から尾形はインチキ宗教団体だと思っていたし、その考えは今でも変わっていない。

ただ教団活動を始めてから敏江が変わってきたのは事実である。

誠が家に戻り、敏江と一緒に教団活動に従事するようになってからは尚更で、生き生きしているのである。表情も明るくなり、何事にも積極的に取り組むようになった。昔の敏江に戻ったのだ。

それはいい。尾形にとっても嬉しいことである。

ただ、それはいいのだが、やはり、何かが間違っているのではないか、何かおかしいのではないか、という疑問が尾形の心に張り付いている。

そのせいなのか、自分の家なのに、家にいても楽しくないし、何となく自分の居場所がないような気がする。

5

ベッドに横になり、部屋を薄暗くして、針谷は映画を観ている。ベッドの横にあるテーブルにはバーボンの入ったロックグラスと、ピスタチオの小袋が置いてある。

映画はチャップリンの『モダン・タイムス』だ。

針谷は、チャップリンの映画は昔からよく観ている。好きな映画を何度も繰り返して観るのが針谷の癖だが、チャップリンの映画は特に好きで、小学生の頃から数え切れないほど観ている。自分でも不思議だが、最初の頃は、チャップリンのギャグや大袈裟《おおげさ》な演技に大笑いするだけだったが、ここ数年、相変わらず笑いはするものの、もの悲しさを強く感じるようになり、どの映画を観ても、最後には涙ぐんでしまうのである。当然ながら、この映画のラストシーンも脳裏に焼き付けられているが、その場面を目にすれば、やはり、涙腺が緩《ゆる》むだろうと自分でもわかる。

携帯電話の着信音が鳴る。

面倒だから無視しようかと思うが、何気なく携帯の画面を見て、慌てて体を起こす。

「もしもし」

「あ……。ごめん、もしかして寝てた？」

「え、何で？」

「何だか、ぼんやりした声だから」

「酒を飲んでたからかな。大丈夫。起きてるよ」

「それならいいんだけど」

　篠原貴子である。

「そっちは……元気？」

「ええ、何とか」

「高志君は？」

「元気よ」

「そうか。何かあったのかい？」

　貴子の声が沈んでいることに気が付いた。

「すごく図々しいのはわかってるし、電話なんかしてはいけないのもわかってるんだけど……」

「構わないよ。そんな遠慮はしなくていい」

「会えないかな？　相談に乗ってもらえると嬉しい。他に相談できる人もいないから」

「いつでもいいよ。そっちの都合に合わせる」

「明日でもいい？」

「うん、いいよ。休みだし、別に予定もない」

　待ち合わせの場所と時間を決めて、針谷は電話を切る。

　グラスを手に取り、ウィスキーを喉《のど》に流し込む。

　ふーっと大きく息を吐き、胸に手を当ててみる。

いくらか心臓の鼓動が速くなっている。

ベッドに横になり、天井を見上げる。

（もう四年か……）

針谷が最後に貴子に会ったのは四年前の二〇〇九年だ。その日付も、はっきり覚えている。一二月一七日の木曜日である。今日が二〇一三年の四月五日だから、厳密には三年と四ヶ月弱ほどになる。

場所は中野の警察病院だった。高志が入院していたのだ。

貴子は別れると言ったわけではない。時間がほしい、と言ったのだ。

「いろいろなことが起こって、頭の中がすごく混乱してるから……。時間がほしいの。時間をかけて、ゆっくり考えたい。そうすれば、どうしたらいいかわかるかもしれない」

と。

原因は、針谷にあった。

貴子の元夫で、高志の父親である東郷栄吉を針谷が射殺したのである。そうしなければならなかった事情を貴子は理解してくれたし、針谷を責めたりもしなかった。

しかし、それでも高志の父親を射殺したのは事実だし、いずれ高志が大きくなったら、その事実を知ることになるだろう。そのとき、針谷が貴子や高志のそばにいるのがいいのか悪いのか、貴子はよく考えたいと言ったのである。

それを針谷は受け入れた。貴子が結論を出すのを待ち、その結論を受け入れるつもりだった。急かすつもりはまったくなかったが、年が明けても何の連絡もないので、三ヶ月ほど経ってからアパートを訪ねてみた。もういなかった。引っ越していた。その気になれば、転居先を調べるのは簡単だったが、針谷は調べなかった。引っ越しすることを針谷に知らせなかったのは、貴子がそうしない方がいいと判断したからだろうし、電話もかけてこないのは、針谷と話したくないからだと考えたためだ。貴子と針谷の二人だけの問題であれば、針谷も違った対応をしたかもしれないが、大きくなったときの高志の気持ちを最優先に考えれば、自分の方からは何もしないのが賢明だと思った。

高志は、この四月から小学生になるはずだ。

この三年数ヶ月、自分は淡々と日々の職務をこなしてきただけだが、その間に、高志がすくすくと育っていたと考えると、針谷としても感慨深いものがある。

ふと、貴子が話したいことがあるというのは、どんなことだろう、と思う。会って話したいと言っただけで、その用件については何も説明しなかったのだ。

6

警視庁公安部。

応接室に三人の男たちが集まっている。

渋い顔でソファにふんぞり返っているのは、部長の土肥原貢《どいはらみつぐ》である。土肥原に向かい合って、安立義之《あだちよしゆき》警部と鹿内広政《しかうちひろまさ》巡査部長が坐っている。

「あれ、どうなってるんだ？」

土肥原が訊く。

「これといって目立った動きはありません」

安立が答える。

「あれから三年だぞ。何もないってことはないだろう」

「法に触れるようなことはしていないという意味です。少なくとも、われわれの知る範囲では」

「信者は増えてるんだよな？」

「三年前の事件で大きく信者を減らしたのですが、その後は着実に信者が増えています」

「以前に比べて、教団に忠実な信者が増えているようなので、むしろ、教団の基盤は固まっている気がします」

鹿内が口を挟む。

「おまえたちの話を聞いていると、教団の悪事を担っていたのはサマルカンド銀蔵とかレグルス年夫とか、三年前に死んだ奴らだって話を信じたくなるじゃないか。あいつらが死んじまったから、教団は真っ当な宗教団体に生まれ変わったわけか？」

「もちろん、そんなはずはありません」

安立が首を振る。

「教団が犯した犯罪行為の中心にいたのは間違いなく教主の美福門太陽です」

「だけど、証拠は何もないわけだよな？　何もかも死んだ奴らのせいにしちまったから。まさに死人に口なしだ」

土肥原が、ふんっ、と鼻を鳴らす。

「はい」

「エスは？　何も報告はないのか」

「今も千葉支部に属していますが、これといって役に立ちそうなことは何も……」

「このままだと継続捜査が難しくなるな」

「え」

安立と鹿内が驚き顔になる。

「当たり前だろう。他にもやることはいくらでもあるんだぞ。これといって目立った動きもなく、違法な活動もしていないのなら、これ以上、調べても仕方ないだろうが」

「それでは、過去に教団がやってきた犯罪行為がうやむやになってしまいます」

「そうですよ。教団の本質は何も変わってないわけですから、また同じことをやるに決まってます」

鹿内が安立に同調する。

「そうは言っても、教団内部の動きが何もわからないのでは、こっちとしても何もできまい。エスからもろくな報告がないようなら、こっちはお手上げだろう」

「教主のそばには木戸沙織がいます」

鹿内が言う。

「木戸沙織？　ああ、ミイラ取りがミイラになったってやつな。警察を辞めて、教主の女になったんだろう。そんな女が使えるのか？」

「接触を試みてはいるのですが……」

なかなか、うまくいかないのです、と鹿内が首を振る。

「じゃあ、駄目だ」

「尾形の妻と息子もいます。熱心に教団活動に取り組んでいるようです」

「尾形か。三年前には役に立ってくれたな。でも、尾形自身は、もう教団には出入りしてないんだろう？」

「妻子だけです」

「三年前は息子が少年院に行くかどうかの瀬戸際だったから、尾形もこっちの言いなりになったわけだよな？　今も何か取引材料があるのか」

土肥原が訊く。

「いいえ、残念ながら」

「どうしようもないじゃないか」

「もう少し時間をいただけませんか？」

安立が懇願する。

「捜査をやめてしまったら、今までやってきたことが無駄になってしまいます」

鹿内も頭を下げる。

「時間なあ……」

土肥原が腕組みして思案する。

「お願いします」

安立と鹿内が必死の面持ちで土肥原を見つめる。

「わかった。もうしばらく様子を見よう。だが、この状態が続くようなら、うちは手を引くぞ」

何か見付けろ、と言い残して、土肥原が応接室から出て行く。

後には、安立と鹿内の二人が残される。

「よかったですね。とりあえず、捜査を続けることができます」

鹿内がふーっと大きく息を吐く。緊張が緩んだ顔になる。

しかし、安立は厳しい表情のままだ。

「このままでは、まずい。部長は手を引きたがっている。あまり時間がない」

「でも、そう簡単に悪事の証拠なんか見付かりませんよね。尻尾《しっぽ》をつかまれないように、教団側も警戒しているわけですから」

「尾形と木戸が鍵だ」

「それは難しいと思いますが」

「他に何かあるか？」

　安立が鹿内を睨む。

「しかし、火のないところに煙は……」

「煙は立たないと言いたいのか？　おまえ、公安に何年いるんだ？　火がなければ、火をつければいいんだよ。そうすれば煙も上がる。違うか？」

7

　もう日付が変わろうとする頃、石塚翔《いしづかしょう》太《た》が帰宅した。あまりにも静かに玄関のドアが開閉されたので、石塚麻友《まゆ》は、翔太がリビングに入ってくるまで、翔太が帰ってきたことに気が付かなかった。

　麻友はビールを飲みながら、テレビを観ていた。

「いやだ、お兄ちゃん、びっくりするじゃないの。ただいまくらい言ってよ」

「あ、ごめん。言ったつもりだったんだけどな」

言わなかったかな……ぼそぼそと口の中で何かつぶやく。目が虚《うつ》ろで、顔色も悪い。

「ごはん、食べる？　作ってあるよ。温めようか」

「いや、いいわ。あまり食欲ないし。風呂に入ろうかな」

「沸いてるよ。入りなよ」

「うん、ありがとう」

翔太がよたよたとした足取りで風呂場に向かう。

それを見送って、また麻友はテレビに顔を向ける。

大して面白くもない番組だから惰性《だせい》で観ているだけだが、ふと気が付くと、翔太が風呂場に行ってから、すでに三〇分以上経っている。

「また寝てるのかな」

麻友がソファから立ち上がる。仕事で疲れているせいなのか、翔太はよく湯船に浸《つ》かって眠ることがあるのだ。決して長湯が好きなタイプではないとわかっている。

風呂場の前の廊下にスーツのジャケットやネクタイ、ワイシャツが乱雑に脱ぎ捨てられている。

「だらしないなあ」

それらを拾いながら、麻友が洗面室に入る。

浴室からは何の物音も聞こえない。

「お兄ちゃん、起きてる？」

曇りガラスを指先でトントンと叩く。

返事はない。

「開けるよ」

麻友が戸を開ける。

翔太がいない。

と思った次の瞬間、

「え」

麻友が驚愕《きょうがく》する。

翔太が湯船に沈んでいるのだ。ゆらゆらとうごめく黒髪が目に入る。

「お兄ちゃん！」

麻友が湯船に両手を突っ込んで、翔太を引っ張り上げる。お兄ちゃん、お兄ちゃん、と叫びながら、翔太の体を揺さぶると、

「あ……」

翔太が薄く目を開ける。

「何をしてるのよ？」

「え、何が……」

「お湯の中に沈んでたよ」

「寝ちゃったのかな」

「危ないじゃない。お風呂で溺《おぼ》れ死ぬなんて、あり得ないよ。酔ってるの？」

「いや、酔ってないよ。店が終わって、真っ直ぐ帰ってきたから。もう出るよ」

「……」

危うく溺れかけていたというのに、あまりにも平然としているので、かえって麻友の方が呆然《ぼうぜん》とする。

翔太は湯船から出ると、バスタオルで体を拭き、パジャマを着ると、もう寝るわ、と二階に上がろうとする。

「ごはん食べないで寝るの？」

「店で残り物を少し食べたし、あまり食欲もないし、それより、眠いから」

「明日も早いの？」

「いつもと同じ。六時起き」

「働きすぎだよ。睡眠時間が足りないじゃん」

「おやすみ」

重い足取りで、翔太が階段を上っていく。

それを見送ると、麻友はリビングに戻る。

冷蔵庫から缶ビールをもう一本取り出してソファに坐る。テレビのスイッチを切る。

（大丈夫なのかな、お兄ちゃん……）

ビールを飲みながら翔太のことを考える。

二年前、大学を卒業すると、翔太は、しゃぶしゃぶ店や焼き肉店、居酒屋を全国展開する大手の外食チェーンに就職した。学生時代から様々な飲食店でアルバイトをして、飲食業界に興味を持っていたのである。東証一部に上場している大企業だから、就職が決まったとき、翔太は大喜びした。

入社して最初の半年は研修期間、その後の一年は、ほぼ三ヶ月毎《ごと》のローテーションでいくつかの職種を経験させられた。それによって、どんな仕事が向いているか適性を見極めるのだという話だった。

ローテーションが終わると、翔太は墨田区にあるしゃぶしゃぶ店の副店長になった。

それを麻友に告げたとき、

「こういうのを抜擢《ばってき》というんだぜ。言うなれば、いきなり映画の助監督になったようなもんさ」

と、翔太は誇らしげだった。

そのとき、翔太は知らなかったのだ。

映画の監督と助監督は、肩書きこそ似ているが、その立場には雲泥《うんでい》の差があり、映画製作の現場で監督は全能の神の如くに振る舞うが、助監督は、ただの雑用係だということを。

副店長になって働き始めるようになって、ようやく、翔太は、自分が就職したのが恐るべきブラック企業であることを知った。気楽なアルバイトとして働くのと、責任の重い正社員として働くのとでは、まるで違っていたのだ。

その店のトップは、もちろん、店長である。

店長は柏木《かしわぎ》圭介《けいすけ》という四〇代の神経質な中年男だ。

店長の次に力があるのは副店長ではない。料理長なのである。

料理長の大島《おおしま》洋平《ようへい》は五〇代の太った赤ら顔で、何かというと怒鳴り散らす短気な男だ。

料理長の次に力のあるのは副料理長だ。何の肩書きもない平の料理人ですら、翔太より大きな顔をしている。

配膳を担当する女性の正社員が何人かいるが、彼女らは強固なグループを作っており、店長ですら気を遣《つか》わなければならないほどだから、当然、翔太など歯牙《しが》にもかけていない。

しかも、そのグループの中心となっている川上《かわかみ》美佐子《みさこ》という四〇代のシングルマザーは料理長の大島と愛人関係にあるので、店では絶大な力を持っている。従業員の勤務ローテーションやアルバイトの採用についても平気で口を出すし、それに異を唱えることは誰にもできない。

つまり、翔太が副店長という自分の立場を誇示できるのは、大学生のアルバイトたちに対してだけなのである。

面倒なことや厄介なこと、とにかく誰もやりたがらないことは、すべて翔太に押しつけられる。まさしく雑用係なのである。

店の営業は午前一一時からで年中無休である。

翔太は午前七時には店にいなければならないから、六時には家を出る。

店長の柏木と料理長の大島が出勤してくる九時までに、前日の売り上げ報告書を作成して、店の清掃状況をチェックしなければならない。店で使う備品を点検し、不足しているものがあれば補充したり、発注したりする必要もある。七時過ぎには、本部から、その日に使う食材が運ばれてくるから、それを厨房に運び、冷凍庫と冷蔵庫に振り分けて保管しなければならない。仕事の性質からすれば、本来、副店長ではなく、調理の担当者や配膳係がするべきことも多いが、長年の慣習で、すべて副店長がやることになっている。

勤怠管理はタイムカード方式だが、翔太のタイムカードは店長が出勤したとき、すなわち、九時に柏木のタイムカードと共に打刻することになっている。それまでの二時間は、翔太が自主的にやっている早出に過ぎないと見做《みな》されるわけである。

店の営業は夜の九時までだが、営業が終わってから一〇時くらいまでは、皆が片付けをする。

店長と料理長はビールを飲みながら、片付けが終わるのを待つ。片付けが終わると、社員やアルバイトが帰り始める。

翔太は戸締まりをしなければならないので、帰宅は誰よりも遅い。家に帰り着くのは早いときで一一時過ぎ、日によっては零時《れいじ》近くまで店に居残ることもある。

副店長になって三ヶ月が過ぎた頃から、翔太は顔色が悪くなって痩《や》せ始めた。週休二日ということになっているが、その三ヶ月で翔太が休んだのは、わずか五日に過ぎない。

もちろん、休日出勤扱いされるわけではない。自主的に店に出てきたと見做されるのである。どれほど身を粉にして働いても、勤務時間は店長が厳密に管理しているので、残業も多くないし、きちんと休みも取っているという体裁になっているわけだ。

「何で、新人がすぐに副店長になるのかわかったよ。若くて体力がないと、とても務まらないからなんだな。今月も同期が辞めたよ。今年になって四人目だ。おれも、いつまでもつかなあ」

疲れ切った顔で、溜息を洩らすことがある。

目に濃い隈《くま》を作り、頬骨が浮いて見えるほど痩せた翔太の顔を見ながら、

「そんなに大変なら、お兄ちゃんも辞めればいいじゃないの」

と、麻友は言うことがある。

「そう簡単に言うなよ。おまえみたいに手に職があればいいけど、おれなんか何の技術も資格もないから、正社員として中途採用される道は厳しい。辞めた同期だって、再就職に苦労してるし、うまく再就職しても、待遇は今より悪くなるし、仕事がきついのも大して変わらない」

　どこにも楽なところなんかないって、と翔太は溜息をつく。

　そう言われると、麻友も返す言葉がない。

　麻友は専門学校を出てから、美容師として働いている。さして待遇がいいとも思っていないが、幸い、人間関係の煩《わずら》わしさはないし、休みも普通に取れるし、早出や残業もほとんどないから、翔太に比べれば、かなり恵まれているのであろう。

「もうちょっと財産があればよかったんだけどね。お父さんが堅実な人だったら……」

「死んだ人間のことを悪く言っても仕方ないさ。親父だって、あの世で申し訳ないと謝ってるかもしれないぞ」

「そうかなあ」

　三年前に父の仁志《ひとし》が亡くなったとき、かなりの額の遺産を相続できるだろうと翔太と麻友は期待した。それ以前に祖母の文子《ふみこ》、母の美和子《みわこ》も亡くなっており、その保険金や遺産もあるはずだから、少なく見積もっても億を超える遺産相続ができると胸算用したのだ。

　ところが、そううまくはいかなかった。

仁志は美和子が亡くなった直後から、いや、もしかすると美和子が亡くなる以前から、文子の介護ヘルパーとして石塚家に出入りしていた富田《とみた》早苗《さなえ》と付き合っており、海外旅行を計画したり、早苗のために中古の分譲マンションを購入したりしていた。いずれ古い家を売り払って、早苗とそのマンションで暮らすつもりだったからだ。

仁志が亡くなってから、翔太と麻友は税理士と司法書士を雇って相続の手続きを依頼したところ、そのマンションが早苗の名義になっていることが明らかになった。なぜ、仁志の名義でなく、早苗の名義になっているのか、税金面での損得から考えても、税理士も司法書士も理解できないと言ったが、彼らに理解できないくらいだから、翔太と麻友にもまったく理解できなかった。

そのマンションには真新しい高級家具が揃っていたが、それらも仁志が早苗に買い与えたものらしかった。当然、マンションにしろ、マンションにある家具にしろ、その相続権は早苗の遺族にあり、翔太と麻友は手出しができなかった。

信じられない話だったが、税理士の計算によれば、文子と美和子が亡くなって一年も経たないうちに、仁志は五千万以上の金を早苗のために使っていたことになるらしい。

しかも、税理士は、その説明をするとき、「少なく見積もっても」と前置きしたから、実際には、もっと使っていた可能性が高い。

その結果、翔太と麻友が相続できた預貯金は三千万程度に過ぎなかった。一人当たり一千五百万である。それでも大金には違いないが、一億円以上の遺産相続を期待していた二人にとっては肩透かしを食ったような感じだった。

　古い家だが、実家の資産価値はそれなりに高く、実家を処分すれば、かなりまとまった現金を手に入れられますよ、と税理士から勧められ、翔太はその気になったが、麻友が強く反対した。

「高く売れたとしても、その後、わたしたちは、どこに住むの？　駅の近くで賃貸マンションを借りたら、家賃が馬鹿にならないわよ。マンションを買って住むくらいなら、このままこの家で暮らす方がいいじゃない。将来、わたしやお兄ちゃんが結婚して家族が増えることになったら、そのときに改めて家の処分を考えればいいと思う」

「まあ、それはそうかもしれないが」

　優柔不断な翔太は、結局、麻友に押し切られ、実家を手放すのはやめた。

　麻友が口にしたのは本音ではない。

　麻友には、実家から引っ越すことのできない理由がある。実家の庭に人骨が埋めてあるのだ。自分たちが引っ越した後に庭を掘り返されたら大変なことになるから、絶対に引っ越すことはできない。自分が生きている限り、何があろうと、この家からは動くまい、と麻友は腹を括《くく》っている。

　もちろん、翔太は庭に人骨が埋められていることなど知る由もない。

古い家なので建物に資産価値はないが、路線価が高いので、土地の評価額は高い。そのせいで、実家の相続税はかなりの金額になった。それを払ったので、翔太と麻友が相続した預貯金は大きく減ることになった。

翔太が二五歳、麻友が二四歳という若さで、都内の持ち家に住み、それぞれ一千万近くの預貯金があるというのは、同世代の若者に比べれば、かなり恵まれていると言っていいだろうが、頼りになる親もいないわけだし、将来を考えれば決して楽観できる状況ではないから、翔太としても、どれほど仕事が辛《つら》いとしても、そう簡単に正社員の座を捨てる気にはならないのであろう。

今は生活に窮《きゅう》しているわけではなく、むしろ、余裕があると言っていいくらいだが、失業してプー太郎になれば、そんな余裕もなくなってしまうだろう。

「お兄ちゃんも大変だよなあ……」

静かなリビングで、一人でビールを飲みながら、麻友がつぶやく。

大学を出て、晴れて社会人になったというのに、忙しすぎて自分の時間を持つことができず、翔太には彼女もいない。同世代の女性と知り合う機会など皆無なのだ。学生時代には付き合っている女性もいたようだが、それほど深い関係には発展せず、もう何年も彼女なしである。

それは麻友も同じで、ここ何年もデートすらしていない。当然、セックスもしていない。

もっとも、麻友の場合、専門学校に通っているときに、ちょっとしたきっかけで大きな借金を拵《こしら》えてしまい、それを返済するために、それほど長い期間ではないが風俗で働いたことがあるという事情もある。その風俗経験が、ある意味、麻友を男嫌いにしてしまい、特定の相手と深く付き合いたいと思わなくなってしまった。

それだけでなく、麻友は誰にも言えない大きな秘密を抱えているので、男であろうと女であろうと、誰ともあまり親しくならないように心《こころ》懸《が》けている。

何食わぬ顔で、ごく普通に美容師として暮らしてはいるものの、三年前、麻友は人を殺している。思わぬ成り行きで突発的にとか、やむを得ない事情があったとか、そういうことではない。計画的にやったのだ。確信犯なのである。

最初の実験台として古溝浩三《ふるみぞこうぞう》という嫌われ者の年寄りを絞め殺した。

次に父の仁志をマンションの屋上から突き落とした。

三人目には、何の恨みもない川久保純一という警察官を刺殺した。

最後に、殺人の手ほどきをしてくれた近藤房子という連続殺人犯を刺殺した。

四人も殺したのである。古溝浩三の頭蓋骨と、近藤房子の遺体は庭に埋めてある。

古溝浩三を殺したときが最も辛く、結局、一人で殺すことはできず、近藤房子の力を借りた。

古溝浩三は、生きているだけで他人に厄災をもたらす人でなしだったから、何の同情心もなかったが、人の命を奪うという行為に怖れを抱いたのである。まだ麻友の心には良心というブレーキが存在していたのだ。

仁志を殺すのも大変だった。どれほど憎いにしても、やはり、実の父親である。何のためらいもなく殺すというわけにはいかなかった。

そのときも、近藤房子の強い後押しがあったから何とかやり遂げることができた。

それで吹っ切れた。自分の中で何かが大きく変わった。変わったと言うより、何かが壊れたと言った方がいいのかもしれない。良心というブレーキが利《き》かなくなったのだ。

だから、川久保純一を殺してほしいと近藤房子に頼まれたとき、麻友は簡単に承知した。人を殺すことなど、すっかり平気になってしまったのだ。なぜ、川久保純一を殺さなければならないのか、その理由を知りたいとも思わなかった。頼まれたから、やっただけのことである。

近藤房子を殺したのも、憎しみや恨みからではない。確かに、母の美和子を手にかけた仇《かたき》には違いないが、その復讐で殺したというわけではない。もう自分には必要のない存在だと冷静に判断したから殺したのである。

警察に追われている逃亡犯である近藤房子と行動を共にすることは、自分の立場も危うくしかねないという判断も働いた。

だから、殺した。わが身を守るために、冷静に損得勘定した上で殺害を決めたのだ。

それから三年、麻友は人を殺していない。どこにでもいる、ごく平凡な美容師として地味に暮らしている。

過去の過《あやま》ちを反省して、心を入れ替えたわけではない。ただ単に、人を殺さなければならない場面に出会《でくわ》すことがなかっただけのことである。そういう必要に迫られれば、いつでも、何のためらいもなく、表情ひとつ変えずに、麻友は人を殺すことができるであろう。

「これ、どうしようかなあ……」

テーブルの上に置いてある封筒を、麻友が手に取る。

今日、大阪から届いた。

差出人は森崎静子《もりさきしずこ》とある。亡くなった仁志の妹、つまり、翔太と麻友の叔母《おば》である。

麻友は静子の顔も覚えていない。

仁志と不仲で、長く絶縁状態にあった。

詳しい事情は知らないが、静子が結婚するとき、その結婚相手を祖父母が気に入らず、強く反対したのだという。仁志も祖父母と一緒になって反対した。

静子は反対を押し切り、駆け落ちした。

怒った祖父は静子を勘当した。昔と違って、今は法律的に勘当することはできないが、祖父の遺言書には、静子には一円も渡さないとはっきり記されていた。

それ故、静子は自分の父親が亡くなっても、遺産を分けてもらうことができなかった。

夫の庸三《ようぞう》と二人で葬儀に押しかけてきたが、祖母の文子と仁志に追い返された。そのときの庸三のふてぶてしい態度に文子が腹を立て、自分が死んでも決して葬式には顔を見せるな、遺産も分けない、と宣言した。

仁志が知らせなかったのかもしれないが、文子の葬儀に静子は来なかった。わざと知らせなかったのではなく、二人の頭から静子の存在が消えていたからだ。

その静子から手紙が来た。

どうして知ったのか、静子は文子と仁志、それに美和子が亡くなったことを知っていた。近藤房子に殺害された美和子の死は大きく報道されたから、大阪にいる静子が知ったとしても不思議はないが、文子と仁志の死を、どうやって知ったのかが麻友にはわからない。しかも、仁志が亡くなってから、もう三年も経っている。昨日今日のことではない。

手紙には、生きているうちに仲直りできなかったので、せめて墓前で菩提《ぼだい》を弔《とむら》いたい、お仏壇に線香を上げてお詫びしたい、と殊勝《しゅしょう》な言葉が書き連ねられており、近々、上京するつもりなので、そのときは、よろしくお願いします、できればお宅に泊まらせてほしい、と結ばれている。

「こっちの都合も聞かないで……。何しに来るっていうの？」

麻友が首を捻る。

翔太にも手紙を読んでもらいたかったが、今の翔太には、その程度の余裕もなさそうだから、わざわざ起こして読ませるほどのこともないだろうと、手紙を封筒に戻して、テーブルの上に放り投げる。墓参りをして、仏壇の前で手を合わせたいというのなら、そうすればいい、どうせ、一日か二日我慢すればいいだけのことだろう、と麻友は考える。

8

すでに日付が変わろうとする時間だが、根津《ねづ》慎之介《しんのすけ》の外見には何の乱れもない。銀髪はきれいに撫《な》でつけられ、黒のスーツはきちんとプレスされ、黒の靴には一点の汚れもない。彫りの深い顔立ちには、六五歳という年齢に見合った深い皺《しわ》が刻まれているが、顔色はよく、肌にも艶《つや》があるので、実際の年齢より若く見える。まるで博物館にでもありそうな重厚感のある幅広の階段を根津がゆっくり上っていく。二階の廊下には赤いカーペットが敷き詰められている。

だから、足音は響かない。

実際、この屋敷全体が静寂に包まれている。二階にいても、耳を澄ませば、一階に置かれている置き時計の時を刻む音が聞こえるほど静かなのである。

根津がドアをノックする。その音が廊下に大きく響く。

「入りなさい」

部屋の中から女の声が聞こえる。しわがれた、ちょっと甲高い声である。

「失礼します」

根津が部屋に入る。

広い部屋に豪華な調度品が並べられている。

あたかも、一八世紀のフランス貴族の部屋にでも迷い込んだかのようである。

それも当然で、部屋全体がマリー・アントワネットの部屋をイメージしてコーディネートされており、家具や調度品も、実際に一八世紀から一九世紀にかけてフランスの貴族屋敷で使われていたアンティーク品ばかりなのである。

鏡台の前に腰掛けている女が振り返る。

この屋敷の主《あるじ》・鳳翔《ほうしょう》ルリ子である。

「こんな時間にどうしたの、急用？」

「申し訳ございません。あの少女ですが、先程、亡くなりました」

「あら、そう。それは残念ね」

口では残念だと言いながら、ルリ子の表情はまったく変わらない。

「とても役に立ってくれたわ。見てちょうだい」

ルリ子は、右手で頬をさすりながら、根津に向けて首を伸ばすような仕草をする。

「すごくいい感じなの。いつも以上に肌に張りがある気がするわ。そう思わない？」

「おっしゃる通りです」

「わたし、いくつに見える？」

「とてもお若く見えます」

「だから、いくつに見えるのよ」

「そうですね……。三〇代半ば過ぎくらいか、と」

「馬鹿をおっしゃいな」

ルリ子が喉を鳴らすように軽やかに笑う。

「お世辞もいい加減にしなさい。ろくに化粧もしてないのに、三〇代に見えるはずがないでしょうに」

「正直に申し上げただけですが」

根津が恭《うやうや》しく頭を下げる。

時たま、ルリ子はこういう質問をする。

もちろん、若く見えると言ってほしいのだ。

しかし、さすがに二〇代と言えば、嘘《うそ》になる。

かといって、五〇代などと言えば、露骨に不機嫌になる。その日の機嫌を窺《うかが》いながら、三〇代と四〇代を使い分けるのが、ルリ子の機嫌を損ねないコツである。

実際のルリ子の年齢は、根津よりひとつ年下の六四歳である。もちろん、根津は知っているし、根津が知っていることをルリ子も承知している。

「次を探さないといけないわね。わたし、困ってしまうもの」

「まず、あの少女を何とかしませんと……」

「ああ、そうね」

興味がなさそうにルリ子がうなずく。

「できれば、この屋敷の敷地内に……」

「駄目よ」

ルリ子がぴしゃりと言う。

「死んだ人間を敷地内に埋めるなんて、とんでもない。死んだら、嫌な臭いがするでしょう。時間が経てば、骨になる。骸骨《がいこつ》のそばでなんか、わたし、眠れないもの。想像するだけで、ゾッとするわ」

「死体を捨てるのは、どうしてもリスクが伴うのですが」

「遠くに捨てればいいでしょう。裸にしなさい。何ひとつ身に着けさせては駄目。丸裸にするの。そして、必ず、雨の日に捨てること。誰かの髪の毛とか、このうちのゴミとか、何かまずいものが体に付いていたとしても、雨がきれいに洗い流してくれるもの」

「こっちの都合のいいときに雨が降るとは限りません」

「天気予報をチェックしなさい。那須《なす》が晴れていても、静岡や山梨は雨かもしれないじゃないの。車で行けば、大して時間はかからないはずよ」

「承知しました」

根津が頭を下げ、部屋から出て行こうとする。

「ねえ」

「はい」

「鯨岡《くじらおか》監督からは、まだ連絡はないのかしら？」

「まだのようです」

「お忙しいでしょうからね。去年、カンヌで賞を取ってから、新聞や雑誌、テレビなんかで鯨岡監督の話題を目にしない日はないくらいだもの。次回作では、アカデミー賞を狙えるかもしれないわよ。名実共に日本を代表する監督になったわね」

「素晴らしい監督だと思います」

「その話題作にわたしが出れば、どれほど盛り上がるかしらね。想像できる？」

「マスコミが大騒ぎするでしょう」

「記憶が曖昧《あいまい》だけど、鯨岡監督とは何度か仕事をしたことがあるのよ。まだ助監督の頃ね。助監督なんか何人もいたから、いちいち名前も顔も覚えていられなかったから、どうしても印象が薄いのよね。向こうから見れば、当時のわたしは雲の上の大スターだったわけだし、そのわたしから連絡をもらったりすれば、鯨岡監督だって緊張するでしょう。もしかすると遠慮してるのかもしれないわ。もう一度連絡してみてちょうだい。久し振りにお目にかかって、お話ししたいわ。脚本についても、いろいろなアイデアがあるから、きっとお役に立てると思うの。監督と女優が一流なんだから、それにふさわしい一流のスタッフを揃えてもらわないといけないし、準備に時間がかかるだろうから、話をするのなら早い方がいいわ。もしかすると、その作品がアカデミー賞を取るかもしれないわよ。そのときは、わたしと鯨岡監督が腕を組んでレッドカーペットを歩くことになるわね。オスカーを手にすることができるかもしれないわ」

「素晴らしいことです」

「そうなったら、わたしにとっては、ふたつ目のトロフィーになるわね。覚えてる？」

「もちろんです。ファンが選ぶ映画大賞を受賞なさいました」

「そうよ。あれはファンの人気投票で選ばれた、わたしにとっては誇りある賞なのよ。だって、本当に人気がある俳優だけがもらえる賞なんだもの。そのトロフィーとオスカーが並ぶなんて夢のまた夢よね」

うふふふっ、と体をくねらせて、ルリ子が笑う。

顔が火照《ほて》っているのは、自分の想像に興奮しているからであろう。

「……」

「根津」

「はい」

「聞いてるの？」

「聞いております」

「すぐに連絡しなさい。今夜とは言わない。明日でいいわ。今夜は、他にすることがあるでしょうからね」

ルリ子が右手を軽く振る。もう出て行け、というのだ。

9

根津の車は高速道路を走っている。

静岡に向かっている。

天気予報を調べたところ、御殿場《ごてんば》方面、自衛隊の演習場あたりで小雨が降っており、明日の朝から昼にかけて強い雨になりそうだとわかったからだ。

御殿場市は森林が多く、人家も少ないが、演習場があるせいなのか、道路はきちんと整備されており、車で移動するには便利である。以前にも遺棄に利用したことがあるが、その死体は今でも見付かっていない。恐らく、とうに白骨化して腐葉土に埋もれているのであろう。

そのときに捨てたのも、ブルーシートに巻かれてトランクに入っているのも、どちらも一〇代の少女である。一人は一七歳、もう一人は一八歳で、高校にも通わず、渋谷や新宿の盛り場をふらふらとさまよっていた。家族との間にトラブルを抱えて、家に帰ることができず、友達の家を泊まり歩いたり、ネットカフェで夜を過ごしたりしていた。ネットカフェに入るお金がなくなると、ネット上の掲示板で助けを求め、その呼びかけに応じて連絡してくる男たちから、性的な奉仕と引き換えに幾許《いくばく》かの金銭を援助してもらっていた。

根津のような年齢の離れた男が連絡しても、嫌がることもなく喜んで会ってくれた。彼女たちにとっては、ネットで知り合う男は、ただの財布にしか見えないのであろう、と根津は思う。待ち合わせ場所で顔を合わせ、一万円札を差し出すと大喜びし、ドライブしながら話をしたいと言うと、何の警戒心も持たず車に乗り込む。飲み物を差し出すと、ありがとうと笑いながら口を付ける。睡眠薬が入っているなどとは疑いもしない。

彼女たちは那須の屋敷に着くまで昏々《こんこん》と眠り続ける。屋敷に着けば、鳳翔ルリ子に奉仕しなければならない。その奉仕は死ぬまで続くのだ。

それが始まったのは、一〇年ほど前、目に見えて、ルリ子の容色が衰えてきた頃からである。

数え切れないほどの美容整形手術や脂肪吸引、ボトックス注射などで何とか若い頃の容姿を維持してきたが、五〇歳を過ぎると、いかに努力しても、老化の進行を抑えることができなくなってきた。

鏡を見ると、また皺が増えている、また染《し》みができている、肌に張りがない、とルリ子は錯乱して泣き叫んだ。ある時期には、家の中にある鏡をすべて片付けさせたほどである。若さを保つための様々な方法を、金に糸目を付けずに試した。まさに湯水の如く、惜しげもなく大金を費やした。

三〇代の人気絶頂の頃、ルリ子は新興企業集団を率いる総帥《そうすい》と結婚した。親子ほどに年齢が離れていた。結婚生活は、総帥が亡くなるまで五年続いた。

総帥は、那須の屋敷と大量の株をルリ子に残した。

会社経営などに何の興味もないルリ子は、さっさと株を売り払い、一〇〇億円を超える莫大な現金を手に入れた。結果的に、その判断は正しく、数年後、業績が急激に悪化して、株価は暴落した。ルリ子が株を持ち続けていたら、今の生活を維持することは不可能だったであろう。

その現金は、会計士のアドバイスに従って、銀行預金と堅実な債券投資に振り分けられ、ルリ子に安定した収入をもたらしている。元本には手をつけず、債券の利息だけで贅沢《ぜいたく》な暮らしができるほどだ。

しかし、いくら大金を投じても、ルリ子の老化は止まらなかった。

「必ず何かあるはずよ。きっと若さを保つ方法があるはずよ」

ルリ子は、古今東西の美女たち、例えば、クレオパトラや楊貴妃《ようきひ》がどんな美容法を実践していたかを調べ始めた。中国史上、女性として唯一、皇帝となった則天《そくてん》武后《ぶこう》や清朝末期に絶大な権力を振るった西太后《せいたいこう》のことも調べた。中世のヨーロッパにも参考になる女性君主が何人もいた。

　ついに、

「わたし、見付けたわ。これを試してみる」

と言い出したのが一〇年前なのである。

　もちろん、根津とて素直に従ったわけではない。

　ルリ子が望んでいるのは犯罪行為で、捕まれば死刑になるかもしれないほどの重罪であった。

　根津はためらったが、

「言いつけに従うことができないのなら、ここから出て行きなさい。わたしが必要としているのは、全身全霊でわたしに尽くしてくれる忠実な僕《しもべ》なのだから」

と、ルリ子に最後通牒《つうちょう》を突きつけられ、やむを得ず承知した。

　若さと美貌を保つことにルリ子が生き甲斐を感じているように、ルリ子のそばでルリ子に尽くすことに根津は生き甲斐を感じている。屋敷から追い出されたら、根津の人生には何の意味もなくなる。たとえ犯罪行為に手を染めることになるとしても、ルリ子のそばにいたいと腹を括ったのだ。

（一度か二度で済むかもしれない）

という期待もあった。

ルリ子のやり方がうまくいくとは思えなかったからだ。実際に試して何の効果もなければ、ルリ子も諦めるのではないか、と期待したのである。

だが、そうはならなかった。

初めて、それを試みた翌朝のルリ子の歓喜の表情を、根津は一〇年経った今でも、よく覚えている。

「根津、根津！」

ルリ子の部屋から叫び声が聞こえ、根津は慌てて駆けつけた。

白いバスローブを着たルリ子が鏡台の前に呆然とした顔で坐り込んでいた。

「どうかなさいましたか？」

「見てちょうだい」

ルリ子は根津に腕を差し伸べた。

「肌が……肌がつるつるなの。張りがあって、色艶もいい。こんなこと初めてだわ。やっぱり、あれはすごい。すごいのよ」

「……」

正直、根津には何が変わったのか、よくわからなかった。ルリ子の皮膚には年相応に染みがあり、たるんでいるように見えた。

だが、肝心なのは、根津がどう思うかではない。

ルリ子がどう思うかである。

このやり方は効果がある、とルリ子が信じてしまえば、もう止めようはなかった。

それでも、初めの頃は年に一人くらいでよかったが、年を取るにつれて加速する老化に対応するため、ここ数年は、一人が死ぬと、すぐに次の少女を求めるようになっている。

（また次を見付けなければ）

神奈川から静岡に入ると、小雨が降っているので、ワイパーを動かしている。前方をじっと見据えて運転しながら、根津は思案している。

ルリ子に奉仕して死んだ少女たちには何の同情も感じない。かわいそうだとも思わないし、良心が痛むこともない。

根津にとって大切なのはルリ子を満足させることだけである。どんな犠牲を払おうと、ルリ子の要求には応えなければならないと覚悟している。

（問題は鯨岡だな）

今夜、少女の死体を捨てることも、新たな少女を見付けることも、根津にとっては大したことではない。もう慣れている。

しかし、鯨岡啓介《けいすけ》に会いたい、会って映画製作の打ち合わせをしたいというルリ子の願いを叶えるのは、そう簡単ではないだろうと思う。

実は、ルリ子に命じられはしたものの、根津は鯨岡に連絡を取っていない。どうせ無駄だと考えたからだ。まだ返事が来ないとごまかしているうちに、ルリ子の関心が他に向くことを願っていた。

ルリ子が銀幕のスターだったのは三〇年ほども昔である。結婚して映画界から引退し、その後、亡くなった総帥の意向もあってマスメディアに姿を現すことはなくなった。一部のマニアックな映画ファンから「伝説の大女優」と呼ばれているのは事実だが、世間一般には「忘れられた過去の女優」という印象しかない。

それがわかっているから、根津は敢えて鯨岡に連絡しなかったのだ。会って食事をするくらいのことであれば、何とかできるかもしれないが、映画製作の話で、しかも、ルリ子に主演させろという話では、まともに相手にされるはずがない。

仕事も金もないような落ちぶれた監督なら耳を貸すかもしれないが、鯨岡はカンヌで賞を取り、引く手数多《あまた》、今や飛ぶ鳥を落とす勢いの大監督なのだ。

（困ったな。しかし、何とかしなければなるまい）

根津はルリ子の性格を知っている。明日以降、鯨岡に連絡したか、まだ返事は来ないのか、と執拗《しつよう》に問い詰められることになるはずだ。いつまでも嘘でごまかすことはできないから、何らかの手段で鯨岡とコンタクトを取り、ルリ子との会見をセッティングしなければならない。

10

四月六日（土曜日）

「ああっ、またかよ……」

尾形がベッドで目を覚ます。

寝室にまで線香の匂いが濃厚に漂っている。どれだけ燃やせば、家の中がこんなに線香臭くなるんだ、と顔を顰《しか》める。

線香だけではない。読経《どきょう》の声も聞こえる。敏江と誠が仏間で声を張り上げているのだ。

「休みだってのに、ゆっくり寝てることもできないのか……」

舌打ちしながら、尾形が起き上がる。

洗面を済ませ、パジャマのまま玄関に行く。朝刊を取って、台所に入る。

（ん？）

いつもなら、朝食が用意されているはずである。

しかし、テーブルには何もない。

新聞を放り出し、小走りに仏間に行く。

「おい、朝飯はないのか？」

「……」

敏江の読経の声がやむ。

仏間から出てくる。

「おはようございます」

「朝飯は？」

「わたしと誠は絶食日なんです。今日一日、水以外は口にしません」

「は？」

「そうすることで、体の中に溜まっている毒素を外に出すことができるんですよ。体が軽くなるし、気分もよくなるんです。あなたも、やってみない？　一日三食なんていう固定観念に縛られる必要はないんですから」

「おれは朝飯が食べたいんだ」

「別に止めはしませんよ。好きなものを食べればいいでしょう」

「家事はおまえの仕事じゃないのか」

「主婦にも休みがあってもいいはずですよ。専業主婦だって、普段は、ちゃんと仕事をしてるんですから。あなたは外で、わたしは家で、という違いがあるだけです」

「ふざけたことばかり言うな。誰に食わせてもらってるんだ」

つい怒鳴ってしまう。

「お父さんが間違ってるよ」

誠も仏間から出てくる。

「おれが稼《かせ》いで食わせてやってるんだ、という言い方はおかしい。時代遅れの古臭い考えだよ。お父さんが外で仕事をしている間、お母さんは家を守っている。どちらが偉いということはないよ。男も女も平等なんだよ。お父さんに休みがあるように、お母さんにも休みがあるのは当たり前じゃないか。そんなにごはんが食べたいなら、自分で用意すればいい。お母さんは召使いじゃないんだから」

「……」

尾形の口からは言葉が出てこない。

（何だ、こいつらは？）

敏江も誠も、まるで赤の他人でも見るかのように尾形に冷たい目を向けている。

「もういい」

二人に背を向け、尾形は寝室に戻る。

手早く着替えをして、外に出る。

玄関のドアを閉めるとき、仏間から読経の声が聞こえた。

（ああ、空気がうまいぜ）

玄関先で両手を伸ばして、息を大きく吸い込む。線香の匂いが混じっていない空気は、こんなにうまいのか、という驚きを感じる。

　どこに行こうという当てもなく、尾形は歩き出す。

　駅の近くの定食屋かファミレスで朝ごはんを食べようかとも考えるが、もう食欲がなくなっていることに気が付く。敏江や誠との言い争いで食欲も失《う》せてしまったらしい。

（あいつらには、うんざりだ）

　二人から向けられた冷たい視線を思い出し、背筋が寒くなる。

　ふと、別れた方がいいかもしれない、それがお互いのためなんじゃないのか、と考える。

　だいぶ前から「離婚」という二文字は、常に尾形の頭の中にある。

　誠には両親が揃っている方がいいだろうと考えて、敏江に対する不満を抑えつけてきたが、今では敏江に負けず劣らず、誠も教団活動に励んでいる。そんな誠の姿を見ていると、むしろ、自分がいない方が二人のためなのではないか、とも思える。

（よし、離婚届をもらいに行くぞ）

　そう決めて、区役所に行くことにする。

　土曜日だから区役所は休みだが、離婚届は警備室でもらうことができるとわかっている。以前、調べたことがあるのだ。

　しばらく歩いて、尾形が足を止める。

（待てよ、こんな大事なことを腹立ち紛れに決めていいのか？）

敏江との離婚について、これまで何度となく思案してきたとはいえ、明確に決断を下したわけではない。迷いがあるから、思案を重ねてきたのだ。

さっきの出来事で頭に血が上ってしまい、その勢いで離婚届をもらいにいく気になっただけかもしれない……もっとよく考えた方がいいのではないか、と心に迷いが生じる。

公園が目に入ったので、ちょっとここで休んで、頭を冷やして考えてみよう、時間はたっぷりあるのだし、そう慌てることもない、と尾形は考える。

尾形の住む江戸川区は、都内にしては公園が多い。葛西臨海《かさいりんかい》公園が最も大きいが、それほどでなくても、そこそこ広い公園があちこちにある。

とは言え、尾形が公園に来たのは、まだ誠が小さかった頃の話で、最近はまったく足を踏み入れていない。だから、ここが何という公園なのかもわからない。

まだ早い時間だからなのか、それほど人の姿は多くない。犬を散歩させている人や広場で野球やサッカーをしている子供たちがちらほら目につく程度である。

公園の中を少し散歩してから、木陰にあるベンチに腰を下ろす。

(タバコが吸いたいぜ)

貧乏揺すりを始める。

タバコがないわけではない。持ち歩いている。

ただ、最近は、喫煙所以外でタバコを吸うと、冷たい目を向けられることが多い。歩きタバコなど論外である。お節介にも、わざわざ注意しに来るじいさんやばあさんがいる。

公園なら屋外だし、今はあまり人も多くないから、一本くらい吸っても見咎《みとが》められることもないかな、という気もするが、携帯用の灰皿を持っていないから、地面に灰を落としたりすると、目くじらを立てる奴がいるかもしれない、と心配にもなる。

さっきまではタバコのことなど忘れていたのに、一度吸いたいと思うと、どうしても吸いたい気持ちになってくる。

あれこれ迷っていると、足許《あしもと》で、くんくんという鳴き声がする。

（ん？）

子犬である。全身が茶色で、いくらか耳が垂れている。

「何だよ、おまえ？」

尾形がつぶやくと、子犬は大きな黒い目で尾形を見上げる。愛想よく尻尾を振っている。

「人懐っこいんだな」

公園でタバコを吸うのはルール違反だが、たとえ子犬でも、リードなしで放し飼いにするのもルール違反だぞ……そんなことを考えつつ、周囲を見回す。飼い主らしき人間は見当たらない。

「おかしいな、どこから来た？　おまえのご主人さまは、どこにいるんだよ？」

子犬は、尾形の足に前足をかけて、さっきよりも激しく尻尾を振る。

「あれ」

子犬が首輪をしていないことに気が付く。

「小さいから首輪をしてないのか、それとも、野良犬か？」

近頃、野良犬というのは、都内ではほとんど見かけなくなっている。珍しいな、と思う。

子犬の頭を撫でながら、あれこれ考えていると、

「うわ～っ、かわいいなあ。おじちゃんの犬？　撫でてもいい？」

小さい女の子がそばに寄ってくる。

「え？　いや、そうじゃなくて……」

「あ、わたしの手を嘗《な》めたよ。いい子だねえ」

よしよし、と女の子が子犬を撫でる。

子犬が嬉しそうに、今度は女の子に尻尾を振る。

女の子と子犬が遊ぶのを、尾形がぼんやり眺めていると、

「おはようございます」

六〇代半ばから七〇歳くらいと見受けられる年配の女性が尾形の隣に腰を下ろす。

「漆原《うるしばら》百合子《ゆりこ》と申します」

いきなり名乗る。

「はあ」

「失礼ですが、あなたは？」

「尾形と申します」

「尾形さんですか。よろしくお願いします。あれは孫娘の漆原翔子《しょうこ》です。五歳です」

「ショコタンだよ」

翔子が振り向いて、口を尖らせる。

「わたしと孫の姓が同じなのを不思議に思われるかもしれませんが、お察しの通り、娘が離婚して、翔子を連れて実家に戻ってきたのです。連れ合いに先立たれて、わたしは一人暮らしだったものですから。一人暮らしのときには広く感じましたけど、三人暮らしになってみると、ちょっと窮屈《きゅうくつ》に思うこともありますね」

「……」

何がお察しの通りだよ、こっちは何も察してなんかいないよ、と言いたいのを、尾形は我慢する。おしゃべりなばあさんだが、そう悪い人間にも見えないし、そんなことで腹を立てるのは大人げないと思うからだ。

「離婚して子供のいる女性を、最近は、シングルマザーって呼ぶんですよね？　外国語だと格好良く聞こえますけど、実際は、全然格好良くありません。別れた亭主がろくでなしで、わたしも亡くなった連れ合いも、あいつは駄目な奴だ、甲斐性なしだなんて、結婚したときから話しておりましたので、娘が離婚を決めたときにも少しも驚きませんでしたの。

扶養料っていうんですか、慰謝料だったかしら……」

「お孫さんの養育費のことですか？」

「ああ、それです。養育費ね。だって、自分の娘なんだから、母親が引き取ることになっても、子供の生活費を負担するのは当たり前じゃないですか。子育てには、何かとお金がかかるんだし。その当たり前のことができないのよね、あのろくでなしは。娘は、大して取り柄もないし、手に職もないし、何の資格もないし、学歴もないし、まあ、そんなですから、夜の仕事をしています。明け方に帰宅して、それから昼過ぎまで寝るような生活ですから、わたしは孫を連れてお散歩」

「……」

何て、おしゃべりなばあさんなんだ、こっちの反応なんか無視して、自分の言いたいことばかりべらべらといつまでもしゃべってやがる、おれがここに坐っているのは、ゆっくり大切なことを考えたかったからなんだ……我慢しようとしても苛立ちが募ってくる。

（落ち着け、頭を冷やしたいのに、頭に血が上ったら困るじゃないか……）

何度か大きく深呼吸して、尾形は腰を上げようとする。

「じゃあ、わたしは、これで……」

「あら、もう行ってしまうんですの」

名残惜しそうに百合子が尾形を見つめる。

「失礼ですが」

「ん？」

尾形が顔を向けると、灰色の上着とズボンという格好の男が二人立っている。どちらもおっさんだ。

「わたしたち、保健所の者です。この公園に捨て犬がいるという通報を受けまして」

「はあ、そうですか」

「これじゃないか？」

一人がしゃがみ込んで、子犬を捕まえようとする。

「ダメ！」

翔子が子犬を抱きかかえて、保健所の職員を睨む。

「これは、おじちゃんの犬なんだから」

「首輪を付けていないようですが……。あなたの犬ですか？」

「……」

違う、そうじゃない、さっき、ここで初めて会った犬さ、と言うべきだろうが、尾形の口から言葉が出なかったのは、隣に坐っている百合子が強い力で尾形の腕をつかんでいるせいだ。

（何だよ、どういうつもりだ？）

尾形が百合子を見る。

「お嬢ちゃん、その子を放してみて。飼い犬なら、その人のところに行くだろうから」

「……」

翔子は相変わらず睨んでいる。

「ショコタン」

百合子が声をかけると、渋々、翔子が子犬を地面に下ろす。

子犬は、翔子の周りをうろうろしていたが、やがて、よたよたと尾形の足許に近付き、くんくんと鼻を鳴らしながら、尾形の足に体をこすりつける。

「ふうん……」

保健所の職員が顔を見合わせる。

「何という名前なんですか？」

「名前？　そう言われても……」

尾形が戸惑う。

すると、

「夢之介《ゆめのすけ》ですよ」

横から百合子が口を出す。

「ほう、夢之介君ですか？」

「あ、ああ、そうだよ、夢之介さ」

尾形が慌ててうなずく。

「そうですか。わかりました。通報に誤解があったようですね。ただ、散歩させるときはリードを付けて下さい。最近は、そういうことにうるさい人が多いですし、何より飼い主の義務ですから。首輪も必要です」

「そうします。すみません」

尾形が頭を下げると、では、失礼します、と二人の男たちは去って行く。

「よかったね、夢之介」

翔子が夢之介を抱きかかえる。

「保健所に連れて行かれたら、あっという間に殺処分ですよ。こんな小さくてかわいい子を殺すなんて、とんでもない話じゃないですか。最近は責任感のない飼い主が多すぎますからねえ。中には、飼うのが面倒になったから処分してくれって保健所に持ち込むとんでもない飼い主もいるらしいんですよ。世も末ですよね。夢之介だって、きっと、どこかの無責任な馬鹿が捨てたに決まってます。殺処分になるとわかっていて捨てるんだから」

「あの……夢之介というのは……？」

「昔、うちで飼ってた犬なんですよ。うちといっても、今のマンションじゃないですよ。わたしの実家。田舎の一戸建てだったから犬だって飼えたんです。都会のマンションでは、なかなか犬なんか飼えませんよ。うちだって、ペット禁止だし」

「ちょっと待って下さいよ。じゃあ、この犬、どうするんですか？」

「あら、尾形さんの犬じゃないですか」

「は？」

「さっき保健所の人たちに、そう言ったでしょう？」

「いや、そんなことを言った覚えはありません」

「じゃあ、殺処分の方がいいっておっしゃるの？」

百合子が怖い目で尾形を睨む。

「そんなことは言ってませんがねえ……」

この展開はいったい何なんだ、おれは区役所に行きたいんだよ、いや、そうじゃない、区役所に行って離婚届をもらうべきかどうかを考えたかったのに、おかしな邪魔が入って何も考えることができなかった……。

しかし、もう区役所に行こうという気は失せていた。何とか、この場から逃げ出したいが、そんなことが許される雰囲気ではない。

11

「やあ」

針谷が声をかけると、貴子が携帯から顔を上げる。貴子が指定した銀座のカフェで待ち合わせたのだ。

針谷は約束の時間より一五分ほど早く着いたが、すでに貴子は待っていた。

「早かったんだね」

向かいの席に坐りながら、針谷が言う。

「買い物するつもりで早めにうちを出たんだけど、大して時間もかからずに済んだから」

「そうか」

注文を取りに来たウェイターにアイスコーヒーを頼む。貴子はアイスティーを飲んでいるが、氷がだいぶ溶けているから、三〇分くらいは待っていたのではないか、と針谷は考える。

「すっかりご無沙汰《ぶさた》してしまって」

「いや、こちらこそ」

「その言い方はおかしいでしょう」

貴子が、ぷっと噴き出す。

「そうかな」

「だって、何も知らせずに引っ越しして、今まで音信不通だったのは、こっちなんだから。気を遣って、針谷君の方からは連絡しなかったわけでしょう？」

「まあ、そうかな」

「早いよね。もう三年になるのかな。針谷君は変わらないね。悪い意味じゃないのよ。いい意味で変わらないということだから。三五でしょう？　五つくらいは若く見えるわね」

「……」

アイスコーヒーが運ばれてくる。ミルクを入れ、ストローで飲む。砂糖は入れない。君も変わらないね、と言いそうになったが、慌てて、その言葉を呑み込んだのだ。

貴子は変わった。

以前は、フリーのルポライターをしていたこともあり、見かけよりも動きやすさ重視ということなのか、いつもラフな格好をしていた。化粧っ気はあまりなく、髪は後ろで引っ詰めて平気な顔をしていたし、洗いざらしのジーンズにTシャツかトレーナーという服装でいることが多かった。

薄化粧なのは今も変わらないが、髪はきちんとカットされて、いくらかウェーブがかかっているし、センスのいいブラウスとスカートという姿だ。洋服もアクセサリーも、派手ではないが、どれも高級品だとわかる。隣の椅子に置いてあるバッグも有名ブランドの物である。何も説明されなくても、優雅な暮らしをしていることが察せられる。

「……」

しばらく二人とも口を利かず、黙って飲み物を飲んでいる。

針谷には質問したいことがたくさんある。

しかし、たくさんありすぎて何から訊けばいいのかわからない。どこに住んでいるのか、仕事は続けているのか、高志はどうしているのか、この三年間、どんな暮らしをしていたのか、そもそも、なぜ、黙って姿を消したのか……。

「高志も小学生になるのよ」

不意に貴子が口を開く。

「来週、入学式があるの。よほど嬉しいみたいで、ランドセルを背負って、うちの中を歩き回るのよ」

「どこの小学校？」

「月島《つきしま》なの」

「へえ、いいところにいるんだね」

「便利だし、暮らしやすいところよ。都心なのに自然も多いし、環境がいいの」

「じゃあ、銀座にはよく来るんだ」

「有楽町線ですぐだから」

貴子がうなずく。

「今のマンションは駅のすぐ近くなのよ。周りには、幼稚園、小学校、病院、スーパーがある。中学校は少し遠いけど、自転車で通えばいいわけだし」

「うん」

「高志が小さいうちは、高志中心の生活にしようと思って、引っ越し先を選んだの」

「いいことだよ」

と、うなずいて、仕事はどうしてる、と訊く。一瞬、貴子の表情が緊張したように見えたので、余計なことを訊いてしまったかな、と臍《ほぞ》を噛《か》む。

「全然してないわけじゃないけど、以前のようにはしてないわね。タブロイド紙や週刊誌の仕事はほとんど受けてない。注文内容が細かくて忙しい割には大した稼ぎにならないから。断っているうちに、仕事の依頼も来なくなって……。何だか、わたし、偉そうなことを言ってるわよね。前は、どんなに小さな仕事でもふたつ返事で引き受けて、塵《ちり》も積もれば山となる、みたいな感じで、何とか生活費を稼ぎ出していたのに」

「別に偉そうじゃないさ。自分がやりたい仕事をするのが一番いいよ。誰だって、そう思ってる。そうできない人が多いというだけで」

「何だかんだと言っても、にわか成金だしね。それは隠しようがないもの」

貴子が肩をすくめる。

「そんな言い方をしなくてもいいさ」

「東郷はすごい大金を残してくれたから、もっと物価の安い土地で地味に暮らせば、仕事をしなくても、高志が大人になるまではやっていけるわ。だけど、東京から離れれば、ライターとしてやっていくことは、ほぼ不可能になる。それでいいのかどうか、自分でもよくわからなかった。迷いがあったの。それで東京に残ることにした。高志の教育のことを考えて、月島にマンションを買って引っ越したけど、中古とはいえ、場所がいいし、交通の便もいいから、そう安くなかった。残ったお金を計算すると、この先、自分が仕事をしないでもやっていけるかどうか、ちょっと不安になったから、完全にはリタイアしないことにした。その代わり、仕事を選ぶことにしたわけ。結果的には、それでよかったのかな、と思ってる。興味のある仕事だけを引き受けていると、仕事の数も収入も減るから、それだけでは食べていけないけど、主婦のパート代くらいの稼ぎにはなるし、少しは家計の足しになる」

「しっかりやってるんだね。安心したよ」

「あなたには本当に申し訳ないと思ってるの」

貴子が目を伏せる。

「わたしも高志も、ものすごく優しくしてもらったのに、たくさん迷惑をかけてしまって……」

「いいんだ。何も気にすることはないよ」

「それなのに、図々しく電話なんかかけて。すごく恥ずかしいんだけど、他に相談できる人もいないから……」

「話を聞こうか」

針谷がうなずく。

三年前、貴子が黙って姿を消したのは、二度と針谷に会うまいと覚悟を決めてのことだったに違いない、と想像できる。にもかかわらず、連絡してきたということは、よほど深刻な問題が生じたからであろう。

「矢作《やはぎ》清治《せいじ》という男がいるの」

「矢作清治？」

針谷が首を捻る。聞き覚えのない名前なのだ。

「あなたは知らないと思う。あなたと知り合う以前に関わりのあった男だから。九七年、服役して、今は四四歳のはず」

「何をして刑務所に？」

「子供ばかりを狙う変質者よ。随分、昔からやっていたと思う。だけど、なかなか逮捕されなかった。物証が乏しい上に、被害者が幼いから、証言も曖昧。もちろん、矢作は、それを承知でやっていたわけだろうけど」

「まさか高志君が？」

「ううん、高志は関係ない」

貴子が首を振る。

「被害者は何人もいるけど、証拠がないから逮捕されなかった。だけど、矢作の仕業《しわざ》だということは、みんな、わかってた。そういうことって、あるでしょう？」

「うん、あるね」

　針谷がうなずく。

「矢作は、元々、小学校の教師だったの」

「え」

「低学年のクラス担任をしているとき、クラスにいる女の子たちに猥褻《わいせつ》な行為をした。体育館の用具室や理科室とか、人気《ひとけ》のない場所に呼び出して、体を触ったり、写真を撮ったり……」

「それでも捕まらなかったの？」

「やっぱり証拠がないし、子供たちの証言が曖昧だったから。逮捕はされなかったけど、さすがに親たちが黙ってないから、学校で問題になって担任を外された」

「それだけ？」

「次の人事異動で他の学校に移ったけど、その学校でも同じようなことが起こって、矢作は懲戒免職《ちょうかいめんしょく》になった。学校での猥褻行為のせいではなく、ショッピングモールで、小さな女の子を多目的トイレに連れ込んで、女の子の父親に取り押さえられたせいなのよ。懲戒免職にはなったけど、最終的には不起訴になったので、そのときは刑事罰を受けなかった」

「ひどいな」

「その頃、わたしは、ある週刊誌の依頼で、小児性犯罪者に関する記事を連載していたの。一般の犯罪者と違って、子供を狙う犯罪者は捕まりにくいから、『野放しになっている変質者たち』みたいなタイトルで、限りなくクロに近いけど、逮捕されていない変質者を追跡して、時には、インタビューを試みた」

「その男にもインタビューしたのかい？」

「ええ、あいつのことは忘れない。あんな気味の悪い、嫌な男に会うのは初めてだった。何かのきっかけで、たまたま悪の道に踏み込んでしまったのではなく、本質的に邪悪な人間だった。そんな人間がいることを知って怖くなったし、教師として子供たちに接していたことにも驚愕した。頭のいい男だから、尻尾をつかまれるようなことは絶対に言わなかったけど、どれだけ多くの子供たちに猥褻なことをしていたか、わたしにはよくわかった。学校を辞めてからも、同じようなことをしていると、わたしは確信した。自分のしたことをまったく反省せず、それどころか自慢げに話すのよ。もちろん、自分とは何の関係もない赤の他人の話だという前提でね。野放しにされている変質者というより、野放しにされている極度に危険な変質者だったのよ。チャンスがあれば、何度でも同じことを繰り返すつもりでいた」

「警察には？」

「もちろん、何度もかけ合ったわ。だけど、腰が重くて動こうとしなかった」

「立件が難しいからだな」

「被害者に声を上げてほしかった。第三者であるわたしがいくら騒いでも、警察は相手にしてくれないから。だけど、被害者の保護者からは、もう忘れてしまいたいのだから、過ぎたことを掘り返さないでくれと怒鳴られたり、罵倒されたり、泣かれたりした。実際、わたしが聞いたのは本当にひどい話ばかりで、とても記事にできそうにない内容だった。あんなに辛い取材はなかった」

「うむ」

「だけど、とうとう、一人の被害者が立ち上がって、警察に被害届を出してくれた。小学生のときに被害に遭って、わたしが取材したときは中学生になっていた。同じような被害者をこれ以上、出さないために、わたしが勇気を出さなければならない、とご両親を説得してくれたのよ。それでも、すぐに警察が捜査を始めたわけじゃない」

「最後には動いたわけだろう？」

「矢作がショッピングモールで万引きしたのよ。たぶん、女の子を狙ってうろうろしていたんでしょうけどね」

「何を万引きしたの？」

「ドラッグストアで目薬だったか胃腸薬だったかを万引きしたのよ。捕まったのは初めてだったみたいだし、前科も前歴もなかったから、普通は逮捕されないみたいだけど、本人が万引きを認めず、ドラッグストアの店長に暴力を振るったので逮捕された。それがきっかけで警察が動き出し、矢作のアパートが家宅捜索され、被害に遭《あ》った子供たちの画像が大量にパソコンに残されているのが見付かった。それで矢作は一巻の終わり」

「別件で動いたわけだな」

　針谷がうなずく。

「本人が素直に万引きを認めていたら、常習犯でない限り、さすがにそこまではやれない。万引きを否定した上に店長に暴行したことで墓穴を掘ったんだな」

「パソコンの画像は自分が撮影したものではない、知人からもらったものだと言い張った。その知人に迷惑をかけたくないから名前は言えない……そんな子供騙《だま》しみたいな言い訳でごまかそうとした。その後、被害届を出す被害者が増えたおかげで、矢作は裁判にかけられた。一貫して黙秘したけど、懲役七年の実刑判決を受けた。猥褻行為だけではなく、万引きとか、店長への暴行とか、いろいろな罪が合算されたのよ」

「なるほど、で、その変質者が出所したわけだね？」

「ええ、出所して、わたしに電話をかけてきた。どうやって電話番号を調べたのかわからないけど、たぶん、出版社関係から知られたんだと思う。口もうまいし、頭もいいから、仕事を依頼したいようなことを言って、誰かから聞き出したのよ」

「君のせいで刑務所に行くことになったと思ってるのかな」

「そうだと思う。わたしが被害者の後押しをしたせいだって」

「どんな電話だったの？」

「ええ……」

貴子は目を瞑り、大きく息を吐く。

目を瞑ったまま、

「その節は、大変お世話になりました。おかげさまで無事に勤めを終えることができました。一度お礼に伺えればと思っております。息子の高志君はお元気でしょうか。今年から小学生だそうですが、本当におめでとうございます。昨今、交通事故も多いですし、子供が犯罪に巻き込まれることも多いですから、どうか注意なさって下さい。高志君に危ないことが何も起こらないことを、心から願っております。わたしも遠くから高志君を見守りたいと思っております。大きくなってお母さまに親孝行できる日が来るのが楽しみですね。子供に先立たれるほど辛いことはないと言いますから、そんな不幸な出来事が起こらないことを祈っております……」

一気に話すと、貴子が目を開ける。

「大体こんな感じだった」

「心配するような振りをして、それとなく恐怖を煽《あお》る言い方をしているね。確かに頭のいい奴だな。いつ電話がかかってきたの？」

「一週間くらい前かな」

「もっと早く連絡してくれればよかったのに」

「電話だけのことだし、悪質な嫌がらせなんだろうと思ったの。だけど……」

「ん？」

「水曜日に高志と買い物に出かけたとき、矢作に似た男を見かけた気がするの」

「本当か？」

「わたしが覚えているのは七年前の姿で、今はだいぶ見かけも変わっているかもしれないから、絶対にそうだと言い切る自信はないわ。だけど、あれは矢作だった気がする。遠くから、じっとわたしたちの方を見つめていて、わたしと目が合うと、にやりと笑って立ち去った。どうしようかと悩んで、昨夜あなたに電話した」

「警察には？」

「電話が一回かかってきて、近所で見かけた気がするというだけなのよ。警察が何をしてくれる？　何かしら実害が生じなければ何もしてくれないわ。そうでしょう？」

「うん、そうだな」

「だけど、わたしにはわかるの。あいつは、高志に何かをしようとする。わたしではなく、高志にね。そうすることが、最もわたしを苦しめることになるとわかっているから」

「そこまで君を恨んでいるのかな？」

「だって、わたしが取材しなければ、あいつが刑務所に入ることもなかったわけだから」

「逆恨みされたのかな」

「わたし、すごく怖いのよ」

「……」

自分に何ができるだろうか、と針谷は腕組みして考える。今のところ何もできることはなさそうだが、このまま放っておくこともできない気がする。

12

「おおっ、見事だなあ」

山根敏郎《としろう》が感嘆の声を上げる。

「なあ、とても、うちの庭に咲いていた花だとは思えないよな」

「そうですね。ちょっとした生け方の工夫でこんなにきれいに見えるのね」

山根伊勢《いせ》もうなずく。

二人は新九郎の両親である。

「どう思う、新九郎？」

「うん、きれいだね」

新九郎の反応は素っ気ない。

「それだけか?」

「よくわからないからさ」

「本来、自然のまま、地面に植えられている姿が一番きれいだ……新九郎さんは、そうおっしゃりたいのだと思いますよ」

ねえ、と鈴木花子が新九郎に顔を向ける。

「そうではなく、花につく虫のことならわかるけど、花そのものに関しては、何も知らないんだよ」

せっかくの花子の気遣いが新九郎には通じない。

「ごめんなさいね。この子は昔から風流心が欠けているのよ」

伊勢が花子に謝る。

「わかろうがわかるまいが、せっかく花子さんがきれいに飾ってくれたんだから黙って誉《ほ》めればいいだろうが。お世辞のひとつも言えないような男が、よく刑事部長になったもんだよ」

敏郎が呆《あき》れたように首を振る。

山根家には広い庭があり、敏郎と伊勢が家庭菜園を拵えている。そこで野菜や草花を栽培している。

四月初めの今、野菜であれば、アスパラガスや蕪《かぶ》、クレソンやセロリ、空豆やパセリ、ルッコラ、蕨《わらび》などが育ち、花であれば、ピンク色のアカヤシオ、薄紫色のアケボノフウロやアザレア、アネモネ、白色のアンズ、黄色のキンポウゲ、赤色のキンレンカ、ハナキリン、青色のサイネリア、セネッティなどがきれいに咲いている。

今日は家庭菜園でできた野菜を素材とする食事会をすることになっており、そこに花子も招待された。

花子は生け花の免状を持っているので、庭で花を摘《つ》み、花瓶に飾り付けた。それが見事だというので、敏郎と伊勢は感心しているわけである。

「今日は花見だな。花子さんが生けてくれた花を見ながら、うまい酒が飲めそうだ。新九郎、ビールを持ってこい」

「まあ、嫌だ。気が早すぎますよ。飲むのは、せめて食事の支度ができてからにして下さいな。そんなに時間はかかりませんから」

伊勢がソファから腰を上げる。

「お手伝いします」

花子も立ち上がろうとする。

「あら、いいのよ、花子さんはお客さまなんですから。のんびり坐っていて下さいな」

「手伝ってもらえばいいじゃないか。花子さんは料理も上手だからなあ」

「そうね。花子さんの腕前はプロ並みだものね。じゃあ、お願いするわ」

伊勢と花子がリビングから台所に行く。

「茶道と華道の免状を持っていて、仕事はピアノ教室の先生。料理の腕も玄人《くろうと》はだし。で、趣味が乗馬か。できすぎだなあ。少なくとも、おまえにはもったいないぞ。なぜ、おまえみたいな変人と付き合っているのかな？」

敏郎が不思議そうな顔をする。

「さあね、本人に訊けばいいじゃないか」

新九郎が肩をすくめる。

チャイムが鳴る。

「出てくれ。宅配か何かだろう」

敏郎が言う。

「うん」

新九郎がふたつ返事で腰を上げ、玄関に行く。

「あんなに腰の軽い刑事部長もいないだろうな」

感心したようにつぶやき、敏郎も立ち上がる。

やはり、ビールが飲みたいので自分で台所に取りに行くつもりなのである。

新九郎が玄関のドアを開けると、

「よお」

夏目悠太郎が元気よく挨拶する。

「は？」

「何だよ、そんなに驚いて。ほら」

両手にぶら下げたスーパーのレジ袋を新九郎に押しつける。

「差し入れだ。いろいろ買ってきてやったぞ。もっぱら、酒と酒のつまみだが……。スーパーで特売をしてたから、ついでに牛肉も買った。輸入肉だが」

「どうして、おまえが、今日、うちに来るんだ？」

「ブス子ちゃんに聞いたよ。食事会をするそうじゃないか。冷たい奴だぜ。おれに隠れて、こそこそしやがって。出世すると、人が変わるのかねえ」

「花子さんから聞いたのか。それなら仕方ないが、別におまえに隠れてこそこそしたわけじゃない。おまえのことは、まったく頭になかった。それだけのことだ」

「何て冷たい言い草なんだ。呆れるぜ。勤務時間外でも上司風を吹かせるつもりか？」

「絡むなよ。もう飲んでるのか？」

「喉が渇いたからビールを飲んだだけだ。車じゃないからな。電車に乗って、駅から歩いてきた」

「歩きながら酒を飲むなんて下品な奴だ。しかも、こんな明るいうちから」

「口うるさい奴だぜ。そんな堅苦しいことばかり言うと、ブス子ちゃんに嫌われるぞ」

夏目がにやりと笑う。

そこに、

「どうしたの、お客さま？」

伊勢がやって来る。夏目を見て、ぎょっとした顔になる。

「あ、どうも、お母さん、ご無沙汰しています」

「……」

伊勢は顔を引《ひ》き攣《つ》らせ、言葉を失っている。

「お邪魔しま～す」

勝手に上がり込むと、どたどたと足を踏み鳴らして、玄関からリビングに行く。リビングでは、敏郎がビールを飲んでいる。

「お、やってますね。お久し振りです、お父さん」

夏目が挨拶すると、敏郎が口からビールを噴き出す。

「どうしたんですか、そんなに慌てて。気管に入ると危険ですよ。落ち着いて飲まなければ駄目じゃないですか。ビールが原因で死んだら、いい笑いものですよ」

ソファにどっかりと坐り込むと、ああ、喉が渇いたなあ、おれもビールが飲みたいなあ、と大声で言う。そこに、ビールとグラスをお盆に載せて、花子が台所から出てくる。

「いらっしゃいませ」

「うん、どうも、どうも」

片手を上げて、軽く挨拶する。

「気が利くじゃないか。新九郎とは大違いだ。注《つ》いでくれる？」

グラスを手に取る。

「はい、どうぞ」

花子が夏目にビールを注ぐ。

「じゃあ、お父さん、乾杯」

「……」

敏郎は呆然として固まっている。

夏目が勝手にグラスを打ち合わせる。

「ああ、うまいなあ」

一気に飲み干す。

また花子が注ぐ。

「もういいよ。あとは自分でやるから。駅前のスーパーで買い物してきたからさ。酒やつまみを出してよ。牛肉もあるから、何か作って」

そこに新九郎と伊勢がやって来る。

「承知しました」

新九郎はレジ袋をぶら下げている。

「おい、新九郎、それをブス子ちゃんに渡せ」

「まあ、何ですか、ブスだなんて」

伊勢が腹を立てる。

「ジョークですよ、お母さん。本当にブスなら、面と向かってブスとは言いません。まあ、かなり際どいですけどね」

あははは、と夏目が豪快に笑う。

「……」

敏郎、伊勢、新九郎の三人は呆れているが、花子だけはツボにはまったのか、お腹を抱えて笑っている。笑い涙まで流している。

「新九郎、突っ立ってないで坐れよ。三人で飲もうぜ。ブス子ちゃん、新九郎にもグラス。ビールも追加ね」

「はい」

「どういうことなのかしら……」

伊勢が溜息をつきながら、台所に行く。

すぐに花子がグラスとビール、それに乾き物やカルパス、チーズなどを載せた大皿を運んでくる。

「君はブスだけど、動きは機敏でいいね。グーだよ、グー」

夏目が花子を誉める。

13

一時間後……。

テーブルには料理や酒が並べられているが、次々になくなっていく。

夏目が一人で飲み食いし、一人でしゃべっているという状況である。胃袋が底なしなので、いくらでも飲み食いできる。

花子はソファに坐る暇もなく、忙《せわ》しなく料理を作っては運び、汚れた食器を片付ける。

伊勢も一緒になって立ち働くべきだろうが、夏目の毒気にあてられて、疲れたような顔でソファに坐り込んでいる。

「いやあ、わたしもね、ついに警視庁勤務ですよ。科警研に残れば、主任研究員として前途洋々、順調に出世の階段を上ることができたわけですが、そんな人生、つまらないですからね。いくつになっても、やはり、チャレンジ精神は大事ですよ」

「おい、その話、もう三回目だぞ」

新九郎がうんざりしたように言う。

「ふんっ」

夏目がじろりと新九郎を睨む。

「ただひとつ気に入らないのは、形の上で新九郎の部下になることです。もっとも、仕事を離れれば、上下関係のない、ただの友達です。同じ職場になるわけですし、これからは、今まで以上に足繁くお邪魔させていただくつもりですので、よろしくお願いします」

「……」

敏郎と伊勢は、がっくり肩を落とす。

「何だか、随分、楽しそうじゃないの」

新九郎の妹・静香《しずか》である。

後ろにいるのは静香の娘・茶々《ちゃちゃ》だ。五年生である。

「わ」

静香を見て、夏目がビールをこぼす。顔が引き攣っている。静香が苦手なのだ。

「静香御前《ごぜん》もいらっしゃるとは……」

「わたしがいるとお邪魔かしら？　ここ、わたしの実家なんですけど」

「まさか、そんな邪魔だなんて」

「ちょっと寄り道したから来るのが遅くなったんだけど、随分と景気よく食べたり飲んだりしてたみたいじゃないの。あら、それ、ビール？　出世したものねえ。発泡酒にしなさいよ。どうせ、もう味なんてわからないでしょう？」

「い、いや、そんなことは……」

「それに、このお腹」

静香が夏目の腹の肉をぎゅっとつかむ。

「あ、痛っ」

「痛い？　嘘でしょう。こんなぶよぶよした贅肉《ぜいにく》。神経なんかないでしょうに」

「ありますよ」

夏目の顔を冷や汗がたらたらと伝い落ちる。

そこに、また花子が酒や料理を運んでくる。

「お客さまなのに、花子さんが働いてるんですか？」

静香が驚く。

「いいんです。とても楽しいですから」

花子がにこっと微笑《ほほえ》む。

「まあ、おいしそうね。じゃあ、テーブルに並べて、花子さんも食べて下さい。お酒も飲みましょう」

「でも、向こうで片付けもありますし……」

「大丈夫よ。ここからは、わたしがやりますから。夏目さんが手伝ってくれるし」

「え」

「ほら、立ちなさい。台所に行くわよ」

「……」

夏目がうなだれて立ち上がる。

「花子さん、坐って下さい。茶々も坐って」

「じゃあ、遠慮なく」

花子と茶々が並んで坐る。

夏目がのろのろと台所に向かい、その後ろを静香が歩く。まるで囚人を護送する看守のようだ。

14

マンションの周辺を三キロほどジョギングして帰宅し、シャワーを浴びて汗を流すと、芝原麗子は、ソファに坐り込む。

ビールを飲みたいが、ぐっと我慢する。

部屋を少しでも片付けるのだ。

これまで何度となく挑戦して失敗したが、今日こそ何とかするつもりでいる。

ＳＲＯの室長に任じられたときも、

（心機一転、今までの生活を改めなくては）

と自分に言い聞かせ、部屋を片付けようとした。

しかし、あえなく失敗した。

言い訳はできる。

それまで副室長だったとはいえ、何かにつけて室長の山根新九郎に頼っていたから、いきなり室長に昇格しても、何から手をつけていいのかわからず、パニックを起こしそうになった。目の前の仕事をこなすので精一杯で、部屋の片付けをする余裕がなかった。

いくらか室長という立場にも慣れてきた頃、お盆や正月など、まとまった休みを取ることができるときには、

（今度こそは）

という気持ちで部屋を片付けようと思うのだが、そのたびに挫折した。

（何もかも一度に、というのは無理なのよね）

玄関から一歩でも足を踏み入れれば、目の前にゴミの山がある。ちょっとやそっとのゴミではない。何年もの堆積《たいせき》なのだ。リビングも寝室もゴミで溢《あふ》れて足の踏み場もないほどだし、台所もひどい。生ゴミを放置すると悪臭が発生し、虫も湧《わ》くので、生ゴミだけは、たまに捨てるように心懸けているが、汚れた食器などは、水に浸けたまま、いつまでも放

置しているし、フライパンや鍋は、最後に洗ったのがいつなのか思い出すことすらできず、錆《さ》びるに任せている。トイレや浴室の汚れもひどい。

片付けに失敗した理由を自分なりに分析し、あまりにも気負って、肩に力が入りすぎてしまった揚げ句、どこから手をつけていいかわからなくなり、結局、何もできずに終わってしまうというパターンだと気が付いた。

それ故、無理せず、少しずつやることにした。

最初の一歩が肝心なのだ。その一歩の積み重ねが、やがて千歩になるはずである。

手許に三種類のゴミ袋を用意した。

一般ゴミ用、缶用、ガラス瓶用である。

今日は、この三つの袋をいっぱいにするだけでいい、と自分に言い聞かせる。

「よし、やるぞ」

立ち上がると、ゴム手袋をはめ、ゴミ袋にゴミを詰め始める。三つの袋がいっぱいになるのに、一〇分もかからない。あっという間である。口を縛って、玄関に運ぶ。あとで、マンション内のゴミ置き場に持っていこうと考える。

「何だ、意外と簡単じゃないの。要は、気持ちの持ちようが大切だということなのよね。あまり欲張らないで、少しずつ片付けていけばいいのよ」

気分が昂揚《こうよう》し、自然と笑みがこぼれる。

冷蔵庫から缶ビールを取り出し、リビングに戻る。

「……」

急激に昂揚感が萎《しぼ》み、しばし啞《あ》然《ぜん》とする。

三つのゴミ袋をいっぱいにしたのに、部屋の見た目が何も変わっていないのである。依然としてリビングにはゴミが堆積している。

もしや片付けをしたのは何かの錯覚だったのではないかと疑い、リビングを出て、廊下の向こうにある玄関を眺める。そこには、間違いなく三つのゴミ袋が置かれている。錯覚ではなく、ちゃんとゴミを片付けたのだ。にもかかわらず、リビングには何ら変化がない。

「まさに初めの一歩ということなのね。あれっぽっちのゴミを片付けたくらいでは、何も変わらないわけか……」

ふーっと溜息をつきながら、麗子はソファに腰を下ろす。缶ビールを飲む。

「こんなにだらしのない人間が人の上に立つなんておかしいよね。室長だなんて笑える」

ふと、昨日、いきなり異動してきた夏目悠太郎を思い出し、

「いっそ、夏目さんが室長になればいいんじゃないかしら」

と考える。

でも、それだと尾形さんが納得しないだろうなあ、あの二人、ものすごく仲が悪いから、それでなくても、一癖あるメンバーばかりなのに、わたしなんかがまとめていけるのかな

あ……と不安になる。

缶ビールを飲み干すと、空き缶を足許に放り出し、次のビールを冷蔵庫に取りに行く。

つまみを用意しようと思い、チーズとサラミを皿に盛り付ける。包み紙は床に投げ捨てる。

SROをどうやって運営していくかということを夢中になって思案しているので、空き缶や包み紙を所かまわず捨てているという自覚がまったくない。

15

日菜斗《ひなと》は、安立と二人で芝生の上でフリスビーで遊んでいる。

その姿を坊屋久美子はビニールシートに坐って見守っている。

時々、日菜斗は、久美子に顔を向けて手を振る。

久美子が笑いながら手を振ると、日菜斗も嬉しそうに笑う。楽しくて仕方ないようだ。

安立には、月に二回、休みの日に日菜斗と会う権利が与えられている。

しかし、これまで、その権利を行使したことは、ほとんどない。離婚してから、日菜斗と二人だけで会ったことは、数えるほどしかないはずである。

結婚しているときからそうだったが、安立には休日に普通に休むという発想がない。

同じ警察官だから、久美子にも事情はわかる。

休日にきちんと休んでいるようでは、公安部の捜査員は、仕事にならないのだ。

だから、当たり前のように休日出勤をする。

独り身になって、安立は、それまで以上に仕事にのめり込んでいるから、月に二回、日菜斗に会う余裕すらない。

その安立が、昨日、久美子に電話をかけてきて、

「明日、日菜斗に会いたい」

と言ったので、久美子は驚いた。

もっと早く連絡してくれればいいのにと思ったものの、安立が日菜斗に会うことには反対しなかった。日菜斗に会うのは安立の正当な権利だからである。

ただ、

「できれば、君も一緒に来てくれないか」

と言われたときには、多少、違和感を覚えた。

「日菜斗と二人きりで会っても、どう相手をすればいいかわからないから」

と、取って付けたような言い訳をした。

何かおかしいな、という疑念を抱きつつ、久美子は同行を承知し、三人で幕張《まくはり》海浜《かいひん》公園にやって来たのである。

日菜斗の遊び道具だけでなく、お弁当も持参したので、ピクニックにでも来たような雰

囲気である。

「子供の相手は体力が必要だな」

額の汗を拭いながら安立が戻ってきて、ビニールシートにどっかり腰を下ろす。

「飲む？」

水筒から紙コップにアイスコーヒーを注いで差し出す。

「ありがとう」

安立が紙コップを受け取る。

日菜斗も戻ってきたので、

「少し休憩したら？　サンドイッチ、食べる？」

久美子が訊く。

「まだ、いらない」

首を振ると、今度はボールを持って走り出す。

「おれなんかより、ずっと体力がありそうだな」

「子供って、そういうものなのよ」

「子供と言えば……」

安立がちらりと久美子の顔を見る。

「木戸沙織が妊娠したらしい。知ってるか？」

「木戸さんが？　教主の子供ということ？」

「そうだ」

「ふうん、まだ一緒にいるのね……。だけど、もう教団には力がないんでしょう？　事件の後、税務調査が入って、かなりの財産が没収されたという話を聞いたけど」

「教団の財産の一部が被害者の弁済に充てられたのは事実だ。経済面から見ると、確かに教団は弱体化した。ある程度は、ということだが」

「実際には違うということ？」

「数は減ったが、今でも教主の周りには信者がいる。何があろうと、教主から離れず、教主を神の如くに崇めている奴らだ。その点では、贅肉が削《そ》ぎ落とされて、むしろ、強靭《きょうじん》な組織になったと言えるかもしれない」

「そうなの」

あまり興味のありそうな顔ではない。

「その熱心な信者たちの中には尾形の妻子もいる」

「……」

久美子が安立に冷たい目を向ける。

なぜ、突然、日菜斗に会いたいと言い出したのか、なぜ、久美子に同行を頼んだのか、その理由がわかったのである。久美子から尾形家の情報を手に入れたいのに違いない。

「尾形さんのご家族のことなんか、わたし、何も知らないわよ」

「尾形の妻子と木戸沙織は繋《つな》がっている。それだけじゃない。尾形の息子は、教主の長男・サラディン太郎と親しいようだし、尾形の妻は婦人部で重みを増している。つまり、尾形の妻子を通して、教団中枢部の動きを知ることができるということだ」

「犯罪とは無縁の健全な宗教団体に生まれ変わったという記事を、週刊誌だったか新聞で読んだ記憶があるけど」

「表向きの話だ。美福門太陽が教主である限り、教団の本質は何も変わらない。死んだ者たちにすべての罪をなすりつけて、うまく逃げられてしまったが、これまでに教団がやってきた犯罪行為には教主も深く関与しているというのが、おれの見立てだ」

「公安部そのものの見立てではないという意味？」

「みんな、騙されているんだ」

「そう、わたしもね」

「ん？」

「てっきり父親としての愛情に目覚めて、日菜斗に会いたいんだと思った。全然違った。仕事の話をしたかっただけなのね。わたしの仲間の家族について探って、その情報を寄越せという嫌な仕事の話」

「そうだ、仕事だ。これは正しいことだ。教団の動きを正確に知ることができれば、これから先、教団がやるに違いない悪事を未然に防ぐことができる」

「本当に正しいと思うのなら、わたしではなく芝原室長に話すべきだわ。いいえ、そうじゃないわね。尾形さん本人に頼むべきでしょう」

「それができるくらいなら……」

「それができないのなら、わたしに頼むのもやめて下さい」

「なあ……」

「それ以上、ひと言でも仕事の話をしたら、日菜斗を連れて帰ります。滅多にないことなんだから、少しくらい仕事を忘れて日菜斗と遊んであげてよ。ほら、あんなに楽しそうにしてるんだから」

「……」

安立が日菜斗の動きを目で追う。その表情は険しい。

16

青山の本部を手放したので、今現在、大宇宙真理の光教団の本部は千葉市に置かれている。千葉市の中心部から、車で三〇分も走れば、いくらでも広い土地がある。人家もほとんどなく、歩いている人間もあまり見かけないような土地である。

古くからの熱心な信者が、実家の所有する土地を提供してくれた。廃業した牧場で、古びてはいるものの、大きな住居があるし、水道や電気などのライフラインも整備されている。その施設では、美福門太陽の家族を含めて、三〇人ほどの信者たちが共同生活を送っている。週末になると、全国各地から信者たちが訪ねて来るし、彼らのほとんどが一泊か二泊して修行するので、一時的に一〇〇人以上の信者たちが施設で生活することになる。

彼らは宗教的な修行をするだけでなく、住居の周辺に広がる荒れ果てた牧草地を開墾《かいこん》したり、開墾された土地に作物を植えたりする。

住居を修理したり、新たな宿泊施設を建築したりするという作業もある。建築関係の仕事をしている信者もいるので、彼らの指導の下に作業は手際よく行われている。

事件によって、多くの信者が亡くなったり逮捕されたりしたが、教主の美福門太陽が逮捕されなかったので、宗教団体としての認可が取り消されることはなかった。そのおかげで、今でも、税制上の様々な恩恵を受けており、徐々にではあるが、教団は息を吹き返しつつある。

その点では、安立の見立ては正しい。

「空気がおいしいですね」

足を止め、木戸沙織が胸を膨《ふく》らませて大きく息を吸い込む。

「東京とは違うね」

傍らの美福門太陽がうなずく。

青山の本部にいるとき、美福門太陽が信者の前に姿を現すことは、ほとんどなかった。

今は違う。

一日に二度、午前と午後に外に出てくる。健康のための散歩という名目だが、どんな名目であるにしろ、信者にとっては驚天動地の出来事である。

彼らにとって、美福門太陽は神なのだ。

もしくは、神に等しい存在である。

間近に仰ぎ見るだけで畏《おそ》れ多い存在なのである。

美福門太陽が姿を現すと、農作業や大工仕事をしている者たちが作業の手を止め、地面に膝《ひざ》をつき、頭を垂れる。そうせよと誰に指示されたわけでもないのに、誰もが、そうするのである。

散歩のとき、木戸沙織が目の不自由な美福門太陽の手を引く。

木戸沙織に手を引かれて、美福門太陽は信者たちに言葉をかけながら、ゆっくりと歩いて行く。

当然ながら、信者たちが美福門太陽に頭《こうべ》を垂れるとき、木戸沙織にも頭を垂れる格好になる。それを不満に思う信者はいない。

彼らは、木戸沙織が美福門太陽の子を宿していることを知っているのだ。

それ故、美福門太陽には敬虔《けいけん》な眼差しを、木戸沙織にはいたわるような優しい眼差しを向ける。

二人が通り過ぎると、信者たちは、涙を流しながら見送る。

これが今では日課になっている。

信者の数は減ってしまったが、美福門太陽と信者たちの絆は以前よりも、ずっと強くなっている。

今では強引な勧誘をしていないので、目に見えて急激に信者が増えることはないが、それでも着実に増えつつあるのは、心から美福門太陽を崇める者たちが地道に勧誘活動をしているせいである。

「あ」

「どうした？」

「馬がいます」

「ふんっ、馬か」

「きれいな生き物ですね」

「そうかね」

雑草で覆《おお》われた牧草地を整地して、そこを畑にして様々な作物を植えているが、土地が広いので、ひとしきり野菜や果物の種を植えると、それ以外の土地は、やはり、本来の牧草地にしておこうかという意見が出て、信者の誰かが伝手《つて》を辿って乳牛をもらってきた。

それを真似《まね》て、馬をもらってきた者もいる。そう簡単に馬が手に入るのかと思われそうだが、実際には、意外と簡単に手に入る。競走馬を引退し、乗用馬になっても、そこで使えなくなれば廃用馬になる。処分されるのである。怪我をした馬であれば馬肉にされ、ドッグフードに加工されるが、病気の馬を馬肉にはできない。

　馬肉にする当てもなく処分するだけだと、殺すのにもお金がかかるし、死体を処理するのにもお金がかかる。ほしいという者がいれば、喜んで手放すわけである。重病の馬はすぐに死んでしまうが、ほとんどの場合、治療すれば完治する。治療代が惜しいから、何もしないで放置するのだ。

　そんな病んだ馬が何頭か施設に来て、中には死んだ馬もいるが、治療のおかげで回復して元気になった馬もいる。そういう馬たちが牧草地に何頭もいる。

　施設には牛や馬だけでなく、豚や鶏、ヤギや羊、ウサギもいる。ちょっとした牧場なのである。おかげで、毎日、新鮮な牛乳や卵が手に入る。いずれ野菜や果物を収穫できるようになれば、自給自足も夢ではないな、と木戸沙織は考える。

「馬に乗ったら気持ちいいでしょうね」

「それは駄目だね」

「え、なぜですか？」

「万が一、ということがある」

微笑みながら、木戸沙織は自分のお腹に手を当てる。

「今すぐというわけではありませんよ。いずれ、という意味です」

「無事に子供を産んだら、ということだね」

「はい」

「この子には、すごい力がある」

美福門太陽が沙織の手に自分の手を重ねる。

「いずれ教団を率いることになるだろう」

「でも、後継ぎには、サラディン太郎さまが……」

「あの子には霊的な力はない。将来的には、サマルカンド銀蔵のように事務方の責任者になってもらうのがいいだろう」

サマルカンド銀蔵は、美福門太陽の伯父《おじ》で、教団の事務総長を務めていた。東郷栄吉によって殺害され、教団が犯した悪事の責任をすべて負わされた。

「では、この子を教主に……」

「そうなるだろう。だからこそ、体を大切にしてほしいのだ。わかるね？」

「はい」

沙織がうなずく。

17

「生まれて半年は経ってないでしょう。四ヶ月くらいですかね」

中年の男性獣医が言う。

「野良犬ですか？」

尾形が訊く。

「首輪をしてないし、チップも埋め込まれていないようだから飼い犬ではないのでしょうが、あまり野良犬には見えませんね。少なくとも、生まれてから、しばらくは、どこかで飼われていたんじゃないでしょうか。簡単な躾《しつ》けもされているようですし」

「で、捨てられたわけですか？」

「恐らく」

獣医がうなずく。

「なぜ、そんなことを……」

「昨今、ペットブームで気軽に犬や猫を飼おうという人が増えました。それ自体は悪いことではないんですが、実際に飼ってみたら、想像していたより、飼育するのが大変だったと気が付くわけです」

「それで嫌になって捨てる？」

「気が向いたときだけ付き合うわけにはいきませんからね。人間と同じように犬の性格も千差万別です。手のかかる子だっていますよ。飼い始めてから、先天的な疾患に気が付き、高額の治療費を負担することに耐えられなくなることもあります。理由はいろいろですが、安易に飼い始めると、安易に捨ててしまうということかもしれません」

「とんでもない話ですよ」

　漆原百合子が興奮気味に叫ぶ。

　この犬猫病院を尾形に紹介し、公園から一緒について来たのだ。

「命というものを、どう考えてるんでしょうね。人間だって、犬だって、猫だって、命の尊さには何の違いもないじゃありませんか。夢之介は、尾形さんのような優しい人に拾われて幸せですよ。きっと運の強い子なんですね」

「いや、別に拾ったわけでは……」

「先生、夢之介は病気ですか？」

　百合子の孫・翔子が訊く。ショコタンだ。

「特に具合が悪そうなところは見当たらないね。ただ、外で暮らしていたのなら何を食べていたのかわからないから、念のために、虫下しの薬を飲ませた方がいいね。体がかなり汚れているし、耳の中も汚いから、洗ってやらなければならない。ご自宅で風呂に入れて洗ってもいいでしょうが、最初だけでも、きっちり念入りに洗いたいということであれば、うちのトリミングサロンでやれますよ」

病院内にはトリミングサロンとグッズを販売する売店が併設されている。

「トリミング……？」

尾形が怪訝《けげん》な顔になる。

大昔、小学生の頃、実家で雑種犬を飼っていたことがあるが、庭の犬小屋に繋いだままで、家の中には入れなかったし、風呂に入れたこともない。

だから、ピンとこないのだ。

「そこまでは別に……」

「あら、お願いした方がいいわよ。やっぱり、プロにやってもらうと違いますからね。きれいになるだけでなく、悪いところも見付けてもらえますから」

「はあ……」

「じゃあ、お願いしましょう」

百合子が言うと、女性スタッフが夢之介を抱いて、トリミングサロンに連れて行く。

「一時間もあれば終わるでしょう」

獣医が言う。

「その間に、売店で必要なグッズを買いましょうよ。首輪とかリードとか、ドッグフードとか……」

百合子は楽しそうだ。

「おじちゃん、行こう」

翔子が尾形と手を繋ぐ。

こうなっては、尾形も逆らいようがない。

溜息をつきつつ、三人で売店に行く。

18

石塚麻友は、リビングのソファに坐って、コーヒーを飲みながら、ぼんやりとテレビに目を向けている。

遅番なので、今日は昼過ぎに出勤すればいい。

寝坊しても構わないのだが、六時前に起きた。翔太が出かけるからだ。いつも慌ただしく出かけるので、せめて朝食くらい食べさせたいと思うのだが、

「ごめん、時間がないから」

テーブルの横に立ったまま、コーヒーを一口飲み、パンを半分くらい食べると、そそくさと出かけてしまう。それでも、麻友が起きなければ、翔太は何も口にしないで出かけてしまうから、少しはましだろう、と麻友は考える。

翔太の出勤時間は午前九時だが、店長や料理長の無言の圧力で、自分がやる必要のない

仕事まで押しつけられているせいで、午前七時には入店する必要がある。

週休二日のはずなのに、実際には休みなど、ほとんど取ることができない。

疲労困憊《こんぱい》して顔色も悪く、体重が落ちて痩せ細っている翔太の姿を見ていると、とても自分だけのんびり寝坊する気になれないのである。

「困るよなあ……」

翔太が普通の状態でなくなってきているのは明らかだ。麻友が困ると思うのは、その影響が自分にも及び始めていると感じるからである。

麻友自身は、ストレスを感じることのない気楽な職場にいる。その分、かなりの薄給だが、特に生活に困ることもないので不満はない。

自分の生活や仕事には何のストレスもないのに、翔太のことが心配で、それが麻友のストレスになっている。

退職も勧めたが、翔太には意外と頑固なところがあり、再就職も大変だし、今はどんな仕事をしても楽なんかできないと言い、もう少しがんばる、と言い張る。

「がんばるだけの力が残っていれば、いいんだけどさ」

そのうち倒れるのではないか、まあ、倒れたら入院させればいいし、それが休養になるかもしれない、という楽観的な見方もできるが、心配なのは、発作的に自殺でもするのではないか、ということだ。

そうなったら取り返しがつかない。

麻友にとって、今や、翔太はたった一人の家族なのである。

昔から頼りがいのない、毒にも薬にもならない兄だったが、反面、お人好しで、麻友を困らせたり迷惑をかけたりしたこともない。

そんな男だから、祖母の文子や母の美和子、父の仁志の死に何の疑問も抱かないのであろうし、美和子や麻友が人殺しだなどとは想像もできないのに違いない。昔から今に至るまで、石塚家は、ごく普通の平凡な家庭だと信じているはずだ。

「だけど、わたしにできることもないしなあ」

麻友が重苦しい溜息をつく。

夜、一〇時過ぎに麻友は帰宅した。

（あれ？）

玄関のドアを開けて怪訝な顔をしたのは、リビングからテレビの音声が聞こえたからだ。

ただいま、と声をかけながらリビングに入ると、翔太がソファに寝転がって、缶ビールを飲みながらテレビを観ている。

「珍しいね。早いじゃないの」

世間一般的には、午前九時からの勤務で（実際には午前七時から働いているが）、午後一〇時過ぎに家に帰っているのは、それほど早いわけでもないだろうが、翔太の場合は、そうではない。

午後一一時前に帰宅することなど、ほとんどないのだ。

「暇だったから、片付けも楽だったのさ」

「いつも暇ならいいのに」

「それじゃ、おれも困るよ」

「ごはんは食べたの？」

「お好み焼きを買ってきた。何だか急に食べたくなってさ。おまえの分もあるから、温めて食べろよ。風呂も沸いてるよ」

「ありがとう。先にお風呂に入る」

麻友が浴室に行こうとすると、

「あ、そう言えば……」

「何？」

「大阪から電話があった。静子叔母さんって、覚えてる？」

「電話が来たの？」

「ああ」

「何だって？」

「明日、こっちに出てくるらしいよ」

「え」

「うちに泊めてくれないかってさ。みんなにお線香をあげたいって」

「いいって言ったの？」

「うん、言った」

「何で？」

「何でって、部屋は余ってるし、親戚なんだし」

「親戚といっても、顔も覚えてない親戚じゃないの。他人と同じよ。お父さんともおばあちゃんとも不仲だったから、おばあちゃんのお葬式にも来なかったでしょう？　それを今になって……」

「だって、頼まれたら断れないじゃないか」

「何だか嫌な感じだなあ」

「何が？」

「遺産を寄越せとか言ってくるんじゃない？」

「まさか」

　翔太が驚き顔になる。

「そんなこと言わないだろう。常識で考えれば、あり得ない話だろう」

「どうだかね。お兄ちゃんの思っている通りならいいけど」

麻友は浮かない顔である。

19

根津慎之介がドアをノックする。

「入りなさい」

「失礼します」

ドアを開けて、部屋に入ると、白いバスローブに身を包んだ鳳翔ルリ子がワイングラスを手にして、リクライニングチェアに横になっている。顔がほんのりと赤くなっている。サイドテーブルに置かれたボトルは、半分くらいなくなっている。

「追加のチーズとクラッカーをお持ちしました」

「ありがとう」

「……」

根津がトレイをテーブルに置く。

一礼して下がろうとすると、

「鯨岡監督と連絡は取れたの？」

何気ない振りをして、ルリ子が訊く。

実際には、気を揉《も》んで、ずっと落ち着かなかったのだ。

「とてもお忙しいようで、なかなか、つかまりません」

「忙しいのはわかるけど……。どこに連絡したの？」

「鯨岡監督のマネジメントをしている事務所ですが」

「それでは駄目よ。事務所の社員なんか、杓子定規《しゃくしじょうぎ》な対応しかしないんだから。映画会社に連絡してみなさい。鯨岡監督の最新作を製作した映画会社よ。昔、わたしも何本か撮ったことがあるわ。覚えてるわよね？」

「はい、もちろん」

「当時の幹部は、もう定年退職していないでしょうけど、あの頃の若手が今では重役になっているはずよ。わたしの名前を出せば、きちんと対応してくれるに違いないわ」

「では、そのように」

「そうしなさい。まったく、根津は気が利かないわねえ」

おほほほっ、とルリ子が笑う。

「……」

根津は無表情にうつむいている。

事務所に連絡したのは本当である。

仕事の依頼であれば、まず企画書を提出してもらいたい、と事務的な対応しかしてもらえず、鯨岡啓介本人にコンタクトを取ることはできなかった。

ルリ子には言わなかったが、事務所では駄目だと根津も判断し、ルリ子が口にした映画会社にも連絡してみた。

その対応は事務所よりも、ひどかった。

根津が名乗り、ルリ子の名前も出した上で、昔、ルリ子の映画に関わったことのある重役への取り次ぎを頼んだところ、しばらく待たされてから、その者は外出しており、本日は戻る予定はありません、と受付の女性が機械的に答えた。居留守を使われたのである。それを口にすれば、ルリ子が傷つくだろうと気を遣って、根津は黙っていたのだ。

「他にご用がなければ、これで……」

「次の子、お願いね。今はいいけど、このまま何もしないでいると、どうしても肌が荒れて、艶もなくなってしまうのよ。演技に年齢は関係ないけど、見かけは、そうはいかないわよね。人間だもの、年を取れば衰えてくる。それを、できるだけ食い止めたいの。鯨岡監督の映画に出るのなら、やっぱり、心も体も最高の状態で出たいもの。そう思わない？」

「おっしゃる通りです」

「それじゃ、お願いよ。あまり待たせないでね」

ルリ子が微笑みながら、ワインを口に含む。

一瞬、根津には、ルリ子が人の生き血を啜《すす》っているかのように見えた。

20

四月七日（日曜日）

体を強く揺すられて、

「あ……何だよ、いったい？」

尾形が薄く目を開ける。

「よく寝ていられるわね。さっきから、あの犬がうるさく吠えているじゃないの。聞こえないの？」

「……」

そう言われると、リビングから夢之介の吠え声が聞こえる。昨日、簡単なケージを拵えて、その中に入れておいたのだ。

「気が付かなかったな、何時だ？」

「五時過ぎですよ」

「はあ、五時かよ」

「ごはんを食べさせて、散歩に連れて行きなさいよ。帰ってくる頃には、わたしと誠はいないと思いますけど」

「ふんっ、また教団でボランティアか。誠が休みのたびに熱心なことだ」

「いちいち嫌味を言わなくて結構です」

敏江が寝室から出て行く。

「うちに犬がいると、朝もゆっくり寝ていられないってことなんだな」

ゆっくり体を起こす。まだ寝惚《ねぼ》け眼《まなこ》である。

昨日、獣医の診察を受けた後、ショップで買い揃えたグッズやドッグフードを持って、夢之介を家に連れ帰った。

今まで犬も猫も飼ったことがないから、きっと敏江は目を吊り上げて反対するだろうと覚悟していたが、夢之介を引き取ることになった事情を説明すると、意外にも、

「犬であろうと人間だろうと命の重さに違いはありません」

と、漆原百合子と同じようなことを言い、

「うちで飼うのなら、あなたがちゃんと面倒を見て下さいよ。あなたが仕事のときは、少しくらい手伝いますけど、あまり当てにされても困ります」

夢之介を飼うことをあっさり承知した。

誠は犬を飼うのが嬉しいらしく、

「お父さんやお母さんが忙しいときは、ぼくも手伝うよ。ごはんをやったり、散歩に連れて行けばいいんだよね」

と申し出た。

夢之介もまったく人見知りしないので、すぐに誠に懐き、長い時間、遊んでいた。

その姿を見て、

（犬を飼うのは、そう悪いことでもないかもしれないな）

と、尾形は喜んだ。

まだ中学生なのだから、休みのたびに宗教活動に励むより、犬とじゃれあって遊ぶ方が自然ではないか、と思うのだ。いくら説教しても聞く耳を持たないから諦めていたが、夢之介と遊ぶことで、宗教活動以外のことに関心を持つきっかけになればと期待した。

夢之介の話題ばかりではあるものの、敏江や誠と最近にないほど話をした。それもまた新鮮だった。敏江と誠が教団の話しかしないので、尾形は二人とろくに口を利いていなかったのだ。

洗面を済ませてリビングに行くと、夢之介が尾形の姿を認めて、嬉しそうに激しく尻尾を振りながら、ケージの中で跳びはねる。

「あなた、随分、好かれているじゃないの」

皿に移したドッグフードを、敏江が運んできて、尾形に渡す。

「まあ、な」

何となく、誇らしいような気持ちで、尾形がケージの中に皿を置く。

待ちかねた様子で、夢之介ががつがつとドッグフードを食べ始める。

その間に、尾形は出かける支度をする。

着替えをして、リードや手提げ袋を持って戻ってくる。手提げ袋には、夢之介がおしっこをしたときにかけるためのペットボトルの水や、糞《ふん》を始末するための小型スコップとビニール袋、それに、おやつも入っている。すべて、昨日、百合子のアドバイスに従って買い揃えたものである。

「お父さん、夢之介と散歩に行くの？」

誠が二階から下りてくる。

「ああ、行ってくる」

「いいなあ、ぼくも行きたいな」

「じゃあ、一緒に行くか？」

「ううん、そうだなあ……」

誠は迷う様子である。

「今日は大切なお勤めがあるでしょう？」

敏江がやんわりと注意する。

「そうだった。今日は、どうしても行かないと駄目な日だった」

誠は残念そうである。

「飼うと決めたんだから、これから、いつでも夢之介は、うちにいるのよ。暇なときに遊べばいいでしょう」

「そうだね。お父さん、今度、一緒に行こうよ」

「ああ、いつでもいいぜ」

夢之介にリードを付けて抱き上げると、尾形は一人で出かけることにする。

外に出ると、夢之介を地面に下ろす。

「さあ、行くか」

声をかけると、夢之介が元気に歩き始める。

「おまえ、小さいくせに、意外と力があるんだな」

ぼんやりしていると、リードを持って行かれそうになる。

尾形は機嫌よさそうな顔である。

誠の反応が嬉しいのだ。

教団活動をすっぽかすようなことをすれば敏江が怒るだろうから、今日は仕方がない。

支障がない日に一緒に散歩に行くようにすれば、自然に誠との会話も増えるだろうと思う。

それが楽しみなのである。

公園を目指して、ぶらぶら歩いて行く。

同じように犬を散歩させている人の姿がやたらに目に付く。

（最近は、犬を飼っている人間が多いんだなあ）

今までは、日曜日の早朝に近所を散歩することなどなかったから、そんなことにも気が付かなかった。

誰もが気さくに笑顔で、おはようございます、と挨拶してくれる。中には、かわいい子ですね、何ていう名前ですか、と訊いてくる人もいる。

（おれ一人だったら、絶対に誰も挨拶なんかしてくれないだろうな）

犬を連れているだけで、何だか、自分が違う人間になったような気がするなあ、と不思議な気持ちになる。それが決して嫌ではない。

朝と夕方、一日に二回の散歩は大変だな、土日はいいが、平日は、おれが散歩させるのは無理だな、朝はがんばって早起きするにしても、夕方は、そう早くは帰宅できないだろうから、やはり、敏江と誠にも協力してもらうしかないかな……そんなことを考えながら散歩しているうちに公園に着く。

公園の中にも、犬を散歩させている人が多い。近くを通るときに、きさくに声をかけてくれる。尾形自身は無愛想だが、夢之介の愛想のよさがカバーしてくれるおかげだ。

「夢之介！」

背後で声がする。

尾形が肩越しに振り返ると、翔子が駆け寄ってくるところだ。

夢之介も大はしゃぎだ。

翔子の後ろから、百合子が足を引きずるようにゆっくり歩いてくる。

尾形も昨日気が付いたが、百合子は右足がいくらか不自由なようである。

「おはようございます」

百合子がにこやかに挨拶する。

「おはようございます。早いんですね。お散歩ですか？」

「え……ええ、はい、きっと尾形さんが夢之介の散歩に来るだろうと思いましてね。孫もせがむものですから」

「なるほど」

うなずきながら、尾形は微《かす》かな違和感を覚える。返事をするときに、ほんの一瞬とはいえ、百合子が答えに逡巡《しゅんじゅん》したことを見逃さなかったのだ。被疑者の表情の変化から手がかりをつかもうとする、警察官独特の癖がついているせいだ。

昨日と今日では、尾形が公園にやって来た時間は大きく違っている。昨日は区役所に行こうと考えていたわけだし、今日は早朝の犬の散歩だから、昨日と今日では数時間の違いがある。どちらの日も、尾形は百合子と翔子に会っているわけだから、二人が公園にやって来た時間も、それだけ違っているということである。

もちろん、尾形が夢之介を散歩させることを予想して、早い時間から公園で待っていたという説明に納得できないわけではないが、そう答える際、百合子が慌てた様子で、すぐに答えることができなかったことが気になるのである。

（気の回しすぎかな。暇なばあさんと、暇な子供なんだから、他に行くところもなくて公園に来ただけなんだろうぜ。いや、違うかな。もしかして、昨日も、このくらい早い時間から、ずっと公園にいたのかもしれない……）

　昨日も今日も早朝から公園にいたとすれば、二日続けて尾形に会ったとしても不思議はないわけだが、なぜ、それを隠そうとするのかがわからない。

（公園にばかりいると知られるのが恥ずかしいってことか？）

気にはなったものの、大したことではないだろうと、それ以上、深く考えるのをやめる。

「どんな様子でしたか？」

　百合子が訊く。

「元気ですね。ドッグフードもよく食べるし、ウンコもたくさんします。朝っぱらから、わんわん吠えてました。うるさいから散歩に連れて行けと家族に叱《しか》られました」

　尾形が苦笑いをする。

「まだ子犬ですから、元気が有り余ってるくらいでちょうどいいんですよ」

「そうかもしれません」

「あ、そうだ、これ、これ」

　百合子が紙袋を差し出す。

「何ですか？」

「夢之介のお洋服ですよ」

「え」

「昔、うちの犬に着せていたものだから、サイズが合わないかもしれませんけど、夢之介もすぐに大きくなるでしょうからね。ピッタリより、少しくらい大きい方がいいんですよ」

「犬に服を着せるんですか？」

「ええ、今では普通でしょう」

ほら、と百合子は公園を散歩している犬たちを指差す。中型犬は何も着ていない犬もいるが、小型犬は、ほとんどが服を着たり、帽子を被《かぶ》ったりしている。靴を履いている犬もいる。

「犬だって風邪を引きますから、寒い時期には服を着せないとね。家にいるときだって、冷え込むときは服を着せるだけでなく、毛布をかけてあげたりしないと駄目ですよ」

「わかりました」

「夏の暑い日とか、アスファルトも熱くなることがあるから、注意しないと犬が足を火傷《やけど》するんですよ。そういう日は、できるだけ涼しい時間帯に散歩させるとか、靴を履かせて散歩させるとか、いろいろ工夫しないといけません」

「すごいですね。人間並みじゃないですか」

「ええ、そう思っておけば間違いありませんね」

百合子が得意げにうなずく。

「おばあちゃん、見てよ」

翔子が呼ぶ。

「どうしたの？」

「夢之介ね、お手ができるんだよ。お代わりも」

「まあ、何て賢い子なのかしら」

百合子が翔子の隣にしゃがむ。

二人が夢之介と遊んでくれるので、尾形はベンチに腰掛けて休憩する。

（お節介焼きの面倒臭いばあさんだが、根は悪い人間じゃないんだな。しかし、犬に洋服を着せるとはねえ……）

目を瞑ると眠気が兆してくる。

21

月島の駅前を針谷が歩いている。

昨日、銀座で貴子と会い、かつて取材の過程で関わった矢作清治という犯罪者から脅されたという話を聞いた。元々が小学校の教師だったというだけあって頭のいい男で、貴子に電話をかけてきたとき、露骨な脅し文句などは口にせず、遠回しに貴子を不安にさせるような言い方をした。

その程度のことで警察が動いてくれるはずもないが、貴子は矢作清治の凶悪さを知っているので、高志に何かあってからでは遅いと心配になり、針谷に相談した。

矢作清治から電話がかかってきたのは一週間ほど前だが、四日前の水曜日、高志を連れて貴子が買い物に出かけたとき、矢作清治に似た男を見かけたという。

矢作清治は刑務所に七年服役していたので、貴子が覚えているのは七年前の姿だから、その男が本当に矢作清治だったかどうか確信は持てなかったものの、貴子の不安は大きくなった。

助けてほしい、高志を守ってほしい……そう貴子に頼まれて、針谷はためらうことなく承知した。

まだ何の実害も生じていないから、針谷にできることも限られているが、何かあったときに、すぐに動くことができるように予防措置だけは講じておこうと考えた。

矢作清治が貴子と高志を狙っているという前提に立って考えれば、狙う者と狙われる者の居場所を把握することが大切だと考えた。

矢作清治の居場所を突き止めるために、針谷はいくつかコネを使った。

かつて貴子が調査した矢作清治の個人情報も役に立った。逮捕されたときは独身だった。兄弟姉妹はいない。母子家庭で育ち、ずっと母親と二人暮らしだったが、矢作清治が服役して三年後、母親は亡くなっている。

出所後に頼ることのできる身内がいなければ、すなわち、「帰住先」がなければ、国の更生保護施設を頼るのではないか、と針谷は考えた。

針谷は、三五歳、東大卒のキャリアの警視である。

何も問題を起こさず、無難に勤めていれば、今頃は、地方都市の警察署長くらいにはなっていたはずだ。実際、針谷の同期は、皆、順調に出世の階段を上っている。彼らとは、今でも繋がりがある。

針谷のように問題を起こして、出世の階段から転がり落ちてしまった者は、仲間からも疎外されそうなものだが、そうならなかったのは、針谷家の重みのおかげと言っていい。針谷の父親は、政権与党に属する有力な国会議員だし、針谷の兄も国会議員である。針谷自身、警察での出世は見込めないから、いずれ父親の後を継いで政界に進出するのではないか、と噂《うわさ》されている。

警察官としての針谷に魅力はないが、針谷の将来には大きな魅力がある……だからこそ、警察官僚としての出世を願う者は、そう簡単に針谷と絶縁しないのである。

そういう同期の一人に、法務省の保護局に出向している者がいる。ゆうべ、その男に連絡を取り、矢作清治がどこかの更生保護施設に入所していないか調べてほしいと頼んだ。相手は快く引き受けてくれた。もちろん、友情のためなどではない。電話を切るとき、

「ひとつ貸しだぞ」

と念を押された。いつか何らかの形で借りを返さなければならないということだ。

矢作清治の居場所については、今のところ連絡待ちである。更生保護施設にいなかった場合、居場所を突き止めるのは、かなり難しくなる。

(そのときは、何か別の手立てを考えるさ)

月島にやって来たのは、貴子と高志が住んでいるあたりを自分の目で見ておこうと考えたからだ。

矢作清治が現れたのが本当なら、きっとまたやって来るに違いない。そのとき、土地勘がまったくないのでは、何の対処もできない、と考えたからだ。

二人が住んでいるマンションの前を通り過ぎる。

マンションを見上げて、ふーっと大きく息を吐く。

高志に会いに行きたい、と思う。

今なら、たぶん、貴子も拒否しないだろう。

が……。

そんなことはできない、と針谷は己を戒《いまし》める。どんな事情があるにしろ、針谷が高志の

実の父親を殺したという事実を消すことはできないのだ。その事実にどう向き合うか、その心構えができてからでないと高志に会うことはできない、と思うのだ。

もう一度、大きく息を吐くと、針谷はマンションの前を通り過ぎる。

22

夜。

スーパーの買い物袋を提《さ》げて、麻友が帰宅する。

閉店間際に立て続けに何人か客が来店し、一時間ほど残業したので、いつもより帰りが遅くなったが、別に慌ててはいない。どうせ翔太の帰りは遅いのだから、急いで夕飯を用意する必要はないのだ。

玄関ドアの鍵を開けようとして、家の中から明かりが洩れているのに気が付き、小首を傾《かし》げる。

鍵もかかっていない。

（具合でも悪くなって早帰りしたのかな……）

ドアを開けて家に入ると、リビングの方から笑い声が聞こえてくる。具合が悪いわけではなさそうだし、一人でもないようだ。副店長になってから、こんなことは初めてである。

「ただいま」

声をかけながら、麻友がリビングに入る。

ソファに三人坐っている。

一人は翔太である。

あとの二人は中年の男女だ。

「お帰り。遅かったね」

翔太がにこやかに言う。すでにビールを飲んでいるらしく、顔が赤い。

「忙しくて、ちょっと残業したから」

テーブルの中央には鍋が置かれ、湯気を立てている。どうやら蟹鍋のようだ。それ以外にも肉や刺身などが並んでいる。豪勢である。

「あ、どうも、麻友ちゃん、初めまして。大阪の森崎ですわ」

浅黒い肌をした、髪の薄い男が大きな声で挨拶する。森崎庸三である。

「わたしだって、会うのは初めてみたいなものよね、叔母ちゃんのこと、覚えてないでしょう」

妻の静子が庸三の隣で微笑む。

「あ……どうも、ご無沙汰しています」

腰を屈《かが》めて、麻友が頭を下げる。

「遅いなあと思ってたんだよ。いつもは、とっくに帰ってる時間だからさ。まあ、残業なのかなと思ったから、とりあえず、先にビールを飲んでたんだ。着替えて来いよ。一緒に食べよう」

「うん」

翔太に促されて、麻友がリビングから出て行く。

（どういうこと……？）

連絡があったから、森崎夫婦が訪ねて来ることは予想していた。

しかし、なぜ、翔太が早帰りして、三人でビールを飲んでいるのかがわからない。そう簡単に早帰りなど許される職場ではないのだ。

着替えて、麻友がリビングに戻ると、翔太たちは何やら大笑いしている。庸三が親父ギャグを連発しているらしい。

翔太の笑い声を聞くのは久し振りなので、思わず麻友の頰も緩む。

「まずは、麻友ちゃんも一杯」

庸三が缶ビールを手に取り、静子がグラスを差し出す。

「すみません」

グラスを持ち、麻友がビールを注いでもらう。

「よし、改めて乾杯や〜。わしらには子供がおらんから、翔太君と麻友ちゃんが子供みたいなもんやで。これからは助け合っていこうな〜」

乾杯と庸三が発声すると、翔太も大声で唱和する。

「よっしゃ、食べようで。せっかくの蟹が煮えすぎたらもったいない。さあ、二人とも、どんどん食べてや」

庸三が料理を勧める。

「お兄ちゃん、どうしてこんなに早帰りなの？」

麻友が訊く。

「ああ、そうだ。まだ話してなかった。いやあ、とにかく、びっくりだったんだよ……」

翔太が説明を始める。

こんな話である。

昨日、大阪から電話がかかってきたとき、問われるままに翔太がおしゃべりしたので、森崎夫婦は、日中、翔太と麻友が仕事で留守だと知り、翔太の店を訪れたのだという。食事をして時間を潰《つぶ》すつもりだったらしい。もちろん、勤務先も翔太が話したのである。副店長なのに、翔太はバイトの学生たちと一緒になって独楽鼠《こまねずみ》のように走り回っていたから、ろくに二人に挨拶もできなかった。

二人が席に着いて何をオーダーしようかと相談しているところに、たまたま厨房から料理長の大島洋平が現れた。不機嫌そうな顔で、偉そうにふんぞり返っていた。

おう、洋平やないか、と庸三が声をかけると、大島の態度が一変したという。背筋をピンと伸ばし、庸三に向かって深々と一礼したというのだ。

庸三と大島は、昔、大阪の老舗料理店で修業した兄弟弟子の間柄だった。

翔太が庸三の甥《おい》だと知ると、翔太に対する態度まで変わったのだという。

「おかげで、今日は早帰りできたというわけさ。料理長が店長に口を利いてくれてね。いつもがんばってるんだから、たまには早く帰してやれって」

翔太が愉快そうに笑う。

「へえ、そんなことがあるのね」

麻友も驚く。

「叔父《おじ》さんも料理人だったんですか？　全然知りませんでした」

「大阪で小料理屋を経営してたんだってさ。そこを畳んで、東京に出て来るらしいよ」

そうですよね、と翔太が庸三に顔を向ける。

「畳んだというか、潰れたというか……」

静子が苦笑いをする。

「人生は七転び八起きや。しくじったら、やり直せばええだけのことやないか。まだ五六やし。今度は東京で一花咲かせるつもりや」

ビールを飲みながら、庸三が言う。

「どこにお店を開くか決まってるんですか？」

麻友が訊く。

「それを決めに来たわけやね。焦っても仕方ないし、じっくり腰を据えて、いい物件を見付けたいと思うとる」

「それがいいですよ。店が流行《はや》るかどうかは、立地が大きくモノをいいますから」

翔太がうなずく。

「わしも、そう思うんやけど、立地のいい物件は高いわ。どこで折り合いを付けるかが問題やね。金に糸目をつけんでもええんやったら、そりゃあ、銀座の一等地に店を構えたいもんなあ」

「好きなだけここにいて下さい。どうせ部屋はいくつも空いてますからね。ホテル代だって、馬鹿にならないでしょうから」

「翔太君は優しいなあ。感謝するで」

「翔太君も麻友ちゃんも忙しいだろうから、掃除でも料理でも任せてちょうだいね」

静子が嬉しそうに言う。

「こっちこそ、ありがたいです。さすがに一流の料理人の作ったものは味が違いますね。どれも、すごくおいしいです」

料理を食べながら、翔太はぐいぐいビールを飲む。

「飲み過ぎじゃない？　明日も仕事でしょう」

麻友がそれとなく注意する。

「平気さ。明日は、そんなに早く店に行かなくてもいいんだ。いつもより一時間遅いだけだけど、それだって、すごいことだよ」

叔父さんのおかげです、と翔太が庸三に頭を下げる。

「まさか、翔太君の職場に洋平がいるとは思わんかった。知っていれば、もっと早く口を利いてあげたんやけどなあ。あいつは下の者には厳しいけど、上の者にはまったく頭が上がらんのや。見かけはゴツいけど、気の小さい男でなあ。修業が苦しくて、よう店の裏で泣いてたもんや」

庸三が愉快そうに笑う。

23

食事が済んでしばらくすると、庸三も翔太も飲み過ぎたのか、眠そうな顔になり、風呂にも入らず、それぞれの部屋に引き揚げた。

静子と麻友の二人で後片付けをし、先に静子に風呂に入ってもらった。

森崎夫婦には、一階の客間を用意した。

麻友が風呂から出たときには、もう静子も客間に引き揚げていた。リビングの照明を消して二階に上がる。家の中は、しんと静まり返っている。

「お兄ちゃん」

呼びかけながら、翔太の部屋のドアを小さくノックする。返事はない。

ドアを開けると、部屋の中は暗く、翔太のいびきが聞こえている。

後ろ手にドアを閉め、お兄ちゃん、とまた呼ぶ。

しかし、翔太は目を覚まさない。

ベッドのそばに行き、サイドテーブルに置いてあるスタンドの明かりをつける。翔太が口を開けて熟睡している。起こすのはかわいそうだと思うが、大切なことだから、

「お兄ちゃん、起きてよ」

翔太の体に手をかけて、揺り動かす。

「ううん……」

翔太が薄く目を開ける。

「麻友かよ、何だ、気持ちよく寝てるのに……」

「ねえ、どういうつもりなの？」

「何が？」

「どうして合鍵なんか渡したのよ」

「は……」

「渡したよね」

「ああ……」

「どうしてあんなことをするのよ」

「叔父さんたち、しばらくうちにいるわけだし、おれも麻友も日中は仕事でいないから、鍵がないと困るじゃないか」

「そもそも、どうして、うちにいていいなんて言ったのよ。そんな大切なことを勝手に決めて」

「他人じゃないんだぞ。身内じゃないか。少しくらい親切にしてあげてもいいだろう。叔父さんも叔母さんもいい人だし、東京で仕事を始めるのなら、これからは助け合っていかないと」

「本気でそんなことを考えてるの？」

「当たり前じゃないか。叔父さんのおかげで、明日は、ゆっくり仕事に行けるしな。感謝してるよ。ありがたい……」

「いつ会ったのかも覚えていないような人たちのことを、そんな簡単に信じて……」

「明日にしてくれ。眠いんだ」

　翔太は布団を被ってしまう。

「……」

麻友は首を振りながら溜息をつくと、明かりを消して翔太の部屋から出る。自分の部屋に戻ろうとするが、胸がむかむかして気分が悪い。外の空気を吸って、気分を変えてから寝ようと考え、一階に下りる。庭に出る。パジャマ姿なので、夜気が冷たいが、その冷たさがかえって心地よい。

コンクリート塀で囲まれた庭は、その半分くらいが花壇になっている。以前は痩せた雑草が生えているだけだったが、今では四季折々に様々な花が咲き誇るようになっている。麻友が熱心に手入れをしているせいだ。

そもそもの始まりは、三年前、ここに古溝浩三という年寄りの頭蓋骨を埋めたことである。頭蓋骨を埋めた後に、近藤房子が花の種をまいた。

そのときは、まさか自分も同じ場所に埋められることになるとは、近藤房子も想像もできなかったであろう。

ちょっとくらいの花を植えただけでは何かの拍子に、例えば大型の台風で庭の土が流されるような事態が発生したときに頭蓋骨や白骨化した死体が露出しないとも限らないと心配になり、麻友は本格的な庭作りに取り組むことを決意した。植物の根が地中深くに伸び広がっていけば、そう簡単に土が流されることもないだろうと考えたのだ。

そんな動機で始めた庭作りだったから、種を植えて花が咲いたら、それっきり放置するつもりだったが、自分でも意外なことに、次第に土をいじるのが楽しくなり、今では庭の手入れに力を入れるようになっている。普段は仕事があるので、水やりをする程度だが、休みの日には、作業着に着替えて庭で何時間も過ごすことがある。園芸の雑誌を読んだりもするし、ホームセンターの園芸コーナーに出かけることもある。趣味は何かと問われれば、今なら、庭いじりです、と答えるに違いない。

花壇のそばにしゃがみ込み、

（困ったな。どうしよう……）

麻友がまた溜息をつく。

森崎夫婦と少し話しただけで、麻友は、庸三も静子も嫌いになった。にこにこして、翔太と麻友の機嫌を取るようなことばかり話していたが、そんな上《うわ》っ面《つら》の愛想のよさにはごまかされなかった。本心を隠して、翔太と麻友を取り込もうとしているのだと見抜いた。

とは言え、すぐに追い出すのも難しそうだ。

翔太が反対するに決まっているからだ。

（どうすればいいのだろう……）

ふと、近藤房子なら、どんなアドバイスをしてくれるだろうか、と麻友は考える。

麻友の母親を殺した連続殺人犯だが、多くの有益な助言をしてくれたのは事実である。房子の助言に従ったおかげで、財産を守ることができた。

（自分で何とかしなければならないのよね。弱気にならないこと。それが肝心よ。決して

逃げずに、自分が正しいと思う道を真っ直ぐに進んでいかなくては駄目）

そう自分に言い聞かせると、麻友は腰を上げ、家に入る。

「ああ、寒い」

外にいるときはあまり感じなかったが、急に寒さを感じて体が震える。

トイレに明かりがついている。

その前を通り過ぎようとしたとき、ドアが開いて、庸三が出てくる。

麻友と庸三が鉢合わせする格好になる。

「お、麻友ちゃんやないか。どうしたんや、こんな時間に……。しかも、そんな薄着で……」

「え、あの……」

麻友が口籠《くちご》もったとき、不意に、庸三の右手が伸びて、麻友の乳房をぎゅっとつかむ。

ゆっくり揉み上げると、親指で乳首を撫で回す。

ヘルスで働いていたことがあるので、男が何をしてきても、麻友は驚かない。

しかし、このときは、びっくりした。胡散臭《うさんくさ》い相手だと疑っていたものの、それでも自分の娘のようだと口にしていたくらいだから、まさか性欲の対象として見られているとは思っていなかったのだ。

がたんと音がする。

静子が現れる。部屋から廊下に出るとき、何かにぶつかったらしい。

庸三は素早く手を引っ込めると、

「そんな薄着だと風邪を引くでえ」

と、にやにや笑いながら麻友に背を向ける。

「……」

麻友が呆然として立っていると、

「トイレ、いいかしら？」

静子が目の前に立っている。

「あ、どうぞ」

麻友が傍らに避《よ》けると、静子がトイレに入る。

麻友は二階に上がっていく。

その表情は険しい。

24

「黒沢《くろさわ》さんですか？」

背後から声をかけられて、紺色のスポーツジャケットを着て、脇にスポーツ新聞を挟んだ男が振り返る。根津慎之介である。ネット上の出会い系サイトでは「黒沢」という名前を使っているのだ。

「あ……そうです。ゆかりさんですか？」

「はい」

うなずいたのは、小柄な少女である。

「……」

根津がじっと見つめる。

頭のてっぺんから足の先まで、すべてが派手だ。ショートカットの髪はピンク色、ジャケットの色はゴールド、スカートは豹《ひょう》柄、タイツはピンク色、厚底ブーツは緑色だ。色合いは派手だが、ひとつひとつは、どれも安っぽく、高級感のあるものは何も身に着けていない。

それほど派手な格好をしていても、さほど周囲から浮いているということはないし、好奇の目を向けられることもない。

根津がいるのは原宿駅近くのコンビニの前だが、その少女と同じように派手な格好をした若者たちがたくさん歩いているからだ。

むしろ、ごく常識的な格好をしている根津の方がいくらか浮いて見えるほどだ。

サイトのプロフィールには、二〇歳の成人と記してあったが、とても、そんな年齢には見えない。恐らく高校生くらいだろうし、もしかすると中学生の可能性もあるかもしれない、と根津は考える。化粧を落として素顔を確認できれば、もう少しはっきりするだろうが、今のままでは厚化粧すぎて判断がつかない。

もっとも、根津には相手の年齢など、どうでもいい。かえって中学生か高校生の方が都合がいいかもしれないと思う。こんな派手な格好をして、出会い系のサイトに登録して、金のために見知らぬ男と会うことを承知するくらいだから、学校でも家庭でも持て余されているのだろうし、これまでに何らかのトラブルを起こしているのに違いない。頻繁に無断外泊しているかもしれないし、家出も経験しているかもしれない。そうであれば、ますます好都合だ。行方がわからなくなっても、すぐには大騒ぎにならないだろうからだ。同じようなタイプの少女を何度も扱っているうちに、彼女たちの置かれている境遇が驚くほど似ていることに根津は気が付いた。

そのおかげで警察に捕まることもなく、今でも同じやり方を続けることができている。

「どうかしましたか？」

少女が訊く。

根津が「黒沢」と偽名を使ったように、「ゆかり」というのも偽名である。本名は菊池《きくち》桃《もも》香《か》、親しい友達からは「モカ」と呼ばれている。

根津が推測したように二〇歳ではない。一七歳である。但《ただ》し、高校生ではない。入学して半年で不登校になり、去年の暮れに自主退学した。その後、他の高校に通うこともなく、仕事もしていないから、今は、プー太郎である。親とは不仲で、友達の家を泊まり歩くことが多く、何度か家出をしたことがある。その点、根津の推測は的を射ている。

「いや、カッコいいなあと思って」

「そうですか、どうも」

モカがにっこりと笑う。

「びっくりしたでしょう、こんなおじさんで」

「いいえ、別に」

「わたし、車なんです。よかったら、少しドライブしませんか？　このあたりの喫茶店は若い人ばかりで、わたしのようなおじさんが入るのは、ちょっとためらってしまいます」

「いいですよ。ドライブするなら、飲み物を買ってきてもいいですか？」

「ええ、もちろん。何か買ってきましょう」

「わたしが買ってきますよ。奢《おご》ります。何がいいですか？」

「そうですね。コーヒーがいいです」

「ホットですか、アイスですか？」

「アイスがいいですね」

「ちょっと待っていて下さいね」

モカがコンビニに入っていく。

（人を見た目で判断してはいけないな。意外といい子なのかもしれない）

そのいい子が、これからどんな目に遭うのか、根津にはわかっているので、モカに哀れみを感じる。

だからといって、胸が痛むわけでもなく、計画を中止しようとも思わない。

モカがコンビニから出てきて、どうぞ、と右手でアイスコーヒーを根津に渡そうとする。自分の飲み物は左手に持っている。

「ありがとう」

根津が手を差し出したとき、モカがよろめき、根津の胸に飛び込む格好になる。根津のシャツにコーヒーがこぼれ、自分の飲み物は地面に落としてしまう。蓋《ふた》が付いているので中身は無事だ。

「ごめんなさい。わたしって、マジでドジ」

どうしよう、どうしよう、と言いながら、モカがシャツの汚れをハンカチで拭う。

「いいんですよ。気にしないで下さい。大したことはありませんから」

モカの肩に手を乗せて、根津がモカを軽く押《お》し遣《や》る。

「本当にごめんなさい」

モカが深々と頭を下げる。

「じゃあ、行きましょうか。近くの駐車場に車を停《と》めてありますから」

「はい。よろしくお願いします」

二人はコンビニから二〇〇メートルほど離れたところにある地下駐車場に移動する。

「こっちですよ」

根津がモカを車に案内する。

「わあ、すご～い」

モカが目を大きく見開く。車にはまったく詳しくないが、それでも、その車がありふれた国産車とは値段が一桁《ひとけた》違うことくらいは察せられる。

根津にとっては乗り慣れた愛車に過ぎないが、モカからすれば、自分には決して手の届かない高級外車なのだ。

「どうぞ」

根津が助手席のドアを開けてやる。

「すみません」

緊張した面持ちでモカが乗り込む。

根津も運転席に乗り込む。シートベルトをして、エンジンをかける。

「これ、どうぞ」

「ありがとう」

アイスコーヒーのカップを受け取り、ドアに付いているドリンクホルダーに置く。

ハンドルを握って車を出そうとしたとき、車の前に誰かが立っていることに気が付く。若い男である。

その男が運転席の方に回ってきて、ウィンドーをこつこつと叩く。

「何か？」

ウィンドーを半分だけ下ろして、根津が訊く。

「これ、あんただよね？」

男がスマホの画面を根津に示す。

コンビニの前にいる根津とモカの姿が写っている。

「いい年齢《とし》をしたおっさんが、若い女と抱き合ってるなんていやらしいよね。そう思わないか？」

「……」

その写真は、モカが根津のシャツにコーヒーをこぼし、ハンカチで拭き取ろうとしているところである。確かに、根津がモカを抱きしめているように見えなくもない。

（そういうことか……）

根津も状況を理解した。

思い返せば、モカがコーヒーをこぼしたのも不自然だったし、汚れを拭くためとはいえ、体の密着のさせ方があまりにも露骨だった。

美人局《つつもたせ》なのである。ネットの出会い系サイトでは、そう珍しくもないことだ。

根津がちらりと助手席のモカを見る。

モカは顔を伏せて、身を硬くしている。

「こぼれたコーヒーを拭いてくれただけですよ」

とぼけた顔で、根津が言う。

「だけど、抱き合ってるようにしか見えないぜ。おっさんが若い女の子を出会い系でナンパして、真っ昼間から人前で抱き合うなんて恥ずかしいよなあ。あんたの家族が見たら、びっくりするんじゃないのかな。車に乗せて、これからラブホにでも連れ込むつもりなんだろう？」

「ドライブして、どこかで食事でもしようかと思っていただけですよ」

「そんな言葉、誰が信じるかね？」

へへへっ、と男が笑う。

「ゆかりさん、申し訳ありませんが、ドライブは無理なようです。車から降りてもらえませんか」

「……」

モカは動かない。

「自分の娘みたいな……いや、孫みたいな女の子とエッチしようとして、都合が悪くなったら放り出すっていうのかよ？　図々しくないか。警察、呼ぶか？」

「警察を呼ばれて困るようなことはしてませんよ」

「さあ、どうかね。この写真を撮られたとき、抱き合っただけでなく、こっそりキスでもしてたんじゃないのか？　それだと淫行になるんじゃないのかな。条例に違反してないか？　え、変態のおっさんよ。警察で取り調べってことになるぜ」

「ちょっと待って下さい」

根津がポケットから財布を取り出し、そこから一万円札を三枚抜く。そのとき、わざと財布の中身が男に見えるようにした。財布には、一万円札がぎっしり詰まっている。

男が両目を大きく見開いて、財布を凝視するのを根津は横目で見ている。

「ゆかりさん、今日はどうもありがとう。ドライブは無理のようですから、これで何か買って下さい」

根津がモカの手に三万円を押しつける。

「……」

モカが顔を上げ、問うような眼差しを男に向ける。

「おいおい、淫行しておきながら、そんな端金《はしたがね》で追い払おうっていうのかい？」

「それなら、あと二万円ほど……」

「ケチ臭いおっさんだぜ！」

男が舌打ちする。

「その財布には、いったい、いくら入ってるんだよ？」

「お金を要求すれば恐喝《きょうかつ》になりますよ。誰が恐喝なんかしてる？」

ふざけるんじゃねえよ、と男が大きな声を出す。

「あの……ここで立ち話もなんですから、よかったら車に乗って話しませんか」

それほど多くはないが、駐車場内には人の姿がある。男が大きな声を出すと、それが響いて人目を引くことになる。

「じっくり話し合おうってわけかよ」

「そういうことです。その写真を消去していただきたいのです」

不安そうな顔を装い、写真を撮られて困っているような振りをして下手《したて》に出る。写真を撮られただけならまだしも、車も見られてしまった。ナンバーも控えられてしまったことだろう。そうであれば、この若い男も生かして帰すわけにはいかない。根津にとっては、二人をこの場から立ち去らせてしまうことが最悪である。何とか二人を車に乗せなければならないのだ。

「じゃあ、乗ってやるか。三人でドライブだな」

男が後部座席のドアを開ける。

モカが助手席から降りて、男の腕をつかむ。

「ねえ、テツ。もう行こうよ。お金をもらえばいいじゃない。それで十分だよ。わたし、怖いよ」

「何をビビってんだよ。ちょっとドライブするだけだぜ。何も心配することないって」

へへへっと笑う。

この男、赤木哲也《あかぎてつや》という。モカと同じプー太郎だ。年齢は一九。仲間からは「テツ」と呼ばれている。

高校を出てから、いくつかの仕事に就《つ》いたものの、どこも長続きせず、すぐに辞めてしまった。最初に勤めたホームセンターが最も長かったが、それでも半年である。それ以降、二ヶ月以上、仕事が続いたことがない。今では仕事を探すことすらしていない。

父親は公務員で、母親は専業主婦という、ごく普通の家庭だが、祖父が残してくれたアパートから、月々、家賃収入が入るので、暮らしには、かなり余裕がある。

子供の頃から、テツは父親と不仲で、ホームセンターを辞めた直後に大喧嘩になり、最後には、テツが父親を殴り倒した。

父親は、おまえの顔など見たくないから出て行け、と、実家を出て、所有するアパートの一室に住まうように命じた。テツに甘い母親は、父親に内緒で、月々、三万円を口座に振り込んでくれる。

大嫌いな父親から、ねちねちと小言を言われることもないし、お節介で鬱陶しい母親につきまとわれることもなくなり、部屋で酒を飲もうが、女を連れ込もうがやりたい放題である。

住むところには困らないし、母親からの振り込みでタバコ代には困らないが、それだけでやっていくことはできない。飯代も必要だし、遊ぶ金もほしい。

しかし、まともに働こうという気持ちはない。

何とか楽に稼ぐ方法はないものかと思案し、ネットでもいろいろ調べて、出会い系で若い女の子を狙うおっさんを恐喝するのがよさそうだと思い至った。

モカは恋人というわけではない。家に帰りたくないのを知っているから、頼まれればアパートに泊めてやる。その代わり、気が向いたときにセックスをする。それだけの関係である。

モカはテツに逆らえないから、何でも言うことを聞く。美人局の片棒を担ぐのも気が進まない様子だったが、

「じゃあ、もう出て行け」

と、テツが凄《すご》むと、渋々、承知した。

これまでに五回成功し、二〇万近く儲《もう》けた。こんなに簡単に金が手に入るのなら、もっと前からやればよかったと思った。

今日が六回目である。

根津の分厚い財布を見て、今までで最高の稼ぎになりそうだ、とテツは舌なめずりする。

「ほら、乗れって。二人で並んで坐ろうぜ」

テツは、モカを後部座席に押し込み、自分も乗り込む。

「おっさん、出していいぞ」

「あ、はい。では、出します」

うなずきながら、さりげなく足許の黒いバッグに手を入れる。そのバッグには電波妨害機が入っている。スイッチを入れると、スマホの通信やGPSを遮断することができる。

根津が車を発進させ、地下駐車場から出る。

「え〜っ、どこに行けばよろしいでしょうか？」

「どこでもいいよ。話をするだけなんだから。適当に走らせればいいだろうが」

「それでは高速に乗っても構いませんか？　いちいち信号で止まるのは面倒ですから」

「どうでもいいって言ってるんだよ」

テツは、ふんぞり返ってタバコを吸い始める。

「あれ？」

モカが首を捻る。

「何だ、どうした」

「携帯が繋がらない」

「安物を使ってるからだろう」

「さっきまで普通に繋がってたのに」

「おれは、このおっさんと大事な話があるから、おまえは黙ってろ。つまらないことを言って邪魔するな。いいな？」

「うん」

「でな、おっさんよ」

「大変申し訳ないのですが、高速に乗るまで待っていただけませんか。車通りが多いので、運転に集中しないと事故でも起こしそうです。あまり運転が得意ではないものですから」

「面倒臭いおっさんだぜ。まあ、いいや。事故られたら厄介だしな」

「ありがとうございます。お待たせして申し訳ありません。何かお飲みになりますか？」

「わたしが買ったアイスコーヒーのこと？」

モカが訊く。

「いいえ、あらかじめ用意していた飲み物があるのです」

「何があるんだよ？」

「コーヒー、コーラ、ジュース、ワイン、ビール……」

「ふうん、いろいろあるんだな。モカ、おまえ、何にする？」

「いらない。さっき飲んだし」

「コンビニで買ったのは落としちまっただろうが」

「ちょっと飲んだし、今は喉が渇いてないから」

「いいから、もらえって」

「じゃあ、コーラ」

「コーラかよ、ガキだな。おれは、ビールをもらおうか」

「お待ち下さい」

　車が赤信号で止まると、運転席と助手席の間にある物入れから根津がコーラとビールを取り出す。物入れには冷蔵機能が付いているので、飲み物はよく冷えている。

　根津がプルトップを引き、素早く液体状の睡眠薬を入れる。軽く振ってから、

「どうぞ」

　振り返って、テツとモカに飲み物を渡す。

　モカは携帯をいじっているし、テツはふんぞり返って外を眺めているから、根津の細工にはまったく気が付いていない。

「ありがとうよ」

「すみません」

　二人が飲み物に口を付ける。

「お代わりもありますので」

そう言いながら、つまみになりそうなスナック菓子の袋を渡す。

「気が利くねえ。あんたは話がわかりそうだ」

「高速に乗って、お話ができるようになるまで、くつろいで下さい」

「そうさせてもらうぜ」

テツがビールを勢いよく飲む。

「念のためにシートベルトをしていただけますか」

「ああ、わかった」

テツとモカがシートベルトをする。


それから一時間後……。

根津は、那須の屋敷に向かって高速道路を飛ばしている。

テツとモカは後部座席で寝息を立てている。シートベルトをしているおかげで、姿勢を保つことができる。そうでなければ、床に転がってしまうだろう。

相手の体格や体質にもよるが、どれくらいの量の睡眠薬を飲ませれば、どれくらいの時間眠っているか、根津は熟知している。経験から学んだのだ。

テツもモカも少なくとも三時間は目を覚まさないはずである。それだけの余裕があれば、根津には十分すぎる。

25

根津は車をガレージに入れて、シャッターを下ろす。

屋敷に住み込んでルリ子の世話をしているのは根津だけだが、庭の手入れをしたり、食事の支度をしたり、掃除をしたりするために通ってくる使用人が何人かいる。彼らの目を避けるために、根津はいつも注意を払っている。わざわざ、シャッターを下ろしたのは、そのためである。

テツとモカは、まだ眠っているが、眠りが浅くなっているのか、時折、口から呻《うめ》き声や唸り声を洩らしている。あと一時間もしないうちに目が覚めるであろう。

ガレージには折り畳み式の車椅子が置いてある。

普段は一台しか使わないが、予備の車椅子をもう一台しまってある。それも取り出して並べる。

まず、後部座席からモカを降ろして、床に横たえる。洋服や靴を脱がせ、全裸にしてから車椅子に坐らせる。手首と足首を結束バンドで車椅子に縛り付け、口枷《くちかせ》をする。

口枷というのはＳＭプレイ用の小道具で、直径が四センチほどのシリコンボールにベルトが付いている。シリコンボールを口に含ませ、首の後ろでベルトを締める。息はできるが、口を利くことはできなくなる。

次にテツを引っ張り出し、モカと同じように全裸にする。車椅子に乗せ、手足の自由を奪う。

二人の着衣や所持品は、まとめて大きな袋に入れ、ガレージの裏にある倉庫に放り込む。倉庫には頑丈な鍵が付いているので、根津以外の者は立ち入ることができない。

二人の携帯は、倉庫の中にある金庫に入れる。完全に電波を遮断するので、発信も受信もできなくなる。GPSも役に立たない。

ガレージの奥には地下室に繋がる通路がある。

根津は、テツとモカを順繰りにガレージから地下室に押していく。通路の端まで行くと、そこにまた頑丈な扉がある。そう簡単に地下室には立ち入ることができない仕組みになっているのだ。

裏返せば、それほど強く警戒しなければならないような重大な秘密が地下室にあるということだ。

その扉を開けると、ぷーんと濃厚な血の匂いが漂い出てくる。普通の人間であれば、とても耐えられないほどの衝撃であろう。

しかし、根津は慣れている。顔色も変えずに車椅子を地下室の中央に押していく。

二人の車椅子を並べると、地下室の明かりをつける。

地下室は二〇畳ほどの広さがある。

床には、絶えず水が流れており、常に二センチくらいの水かさがある。床に血が溜まらないようにするための工夫だが、そんな工夫をしているにもかかわらず、地下室には血の匂いと死臭が満ちている。

車椅子の横に大きなバスタブがある。

地下室の隅に鉄格子のはまった大きな檻《おり》がある。奥行きと横が一メートルくらいで、高さは二メートル弱、あたかも巨大な鳥籠のように見える。それがふたつある。

檻の上部には太い鎖が付いており、それが天井のクレーンと繋がっている。クレーンを使って、その檻を持ち上げることができる仕組みだ。

檻の横に棚があり、一見すると何に使うのかわからないような様々な器具が並べられている。

一息ついて、根津が額の汗を拭っているとき、背後で、ガチャッという音がする。ガレージではなく、母屋と行き来できるドアが解錠された。

「奥さま」

ルリ子の姿を見て、根津が背筋を伸ばし、頭を下げる。

「二階から外を眺めていたら、車が戻ってくるのが見えたのよ。もしやと思って、来てみたわけ。正解だったわね」

ルリ子がくくっ、とおかしそうに笑う。

が、すぐに笑いが消え、

「何、その男？　どうして二人もいるの。男なんかいらないのに」

咎めるような口調である。

「はい、実は……」

モカだけでなく、テツも連れてこなければならなくなった事情を説明する。

「ふうん、なるほどね。この女の子を餌にして、カモを誘《おび》き寄《よ》せようとしたわけか。何て言うんだっけ、そういうやり方……」

「美人局でしょうか」

「ああ、そうそう。美人局。一度、時代劇でそんな役を演じた気がするけど、どうだったかしら」

「それは『女郎蜘蛛《じょろうぐも》』ですね。妖艶な魅力で男を惑わす悪女でした。美人局とは、ちょっと違っているかもしれませんが……」

「そうだった。思い出したわ。懐かしいわね。お園《その》という名前じゃなかったかしら」

「そうです。凶悪な盗賊と火付盗賊改《ひつけとうぞくあらため》の頭《かしら》を手玉に取る悪女の役でした」

「悪女って、面白いのよね。演じていて、とても楽しいの。いい子ちゃんを演じるのなんか、つまらないもの」

「悪女を演じるには、かなりの演技力が要求されますしね」

「その通り。また、いろいろ演じてみたいわ。ところで、鯨岡監督とはコンタクトが取れたの？」

「いいえ、それは、まだ……」

「すぐにやりなさい！」

ルリ子の目付きが鋭くなる。

「はい」

根津が肩を落としてうなずく。

「別にあなたが細かい話をする必要はないのよ。それは、わたしが自分でやるわ。膝をつき合わせて、わたしのアイデアを聞いてもらえれば、きっと鯨岡監督のことですもの、鋭いインスピレーションが湧くに違いないわ。わたし自身、脚本に関しては、いくつかアイデアがあるから、それも役に立つと思うのよ。だから、あなたがするべきことは、この屋敷に鯨岡監督を連れてくることなのよ。それだけでいいの。わかった？」

「承知しました」

「のんきに構えていては駄目よ。売れっ子監督なんだもの、すでにいくつもオファーが来ているでしょうからね。他のオファーを受けてからでは遅いのよ」

「……」

「その女の子、すぐに使いたいわ。今日は、みんなを早めに帰しなさい」

「そうします」

根津がうなずく。みんなというのは、屋敷にいる通いの使用人たちのことである。彼らを帰宅させ、根津と二人きりになってから、秘密の儀式を始めたいというのがルリ子の意向なのである。

「その男の子も使ってみようかしら」

「え、男でも構わないのですか？」

「効果はわからないけど、せっかくだから試してみようかしらね。男でも女でも、若さには強いエネルギーがあるはずだもの。試してみて、駄目なら始末すればいいでしょう」

「はい」

「いろいろ楽しみだわ」

遠くを見つめるような目で、ふーっと大きな吐息を洩らす。

第二部　血の婚礼

1

四月八日（月曜日）

「いやあ、びっくりだなあ。週の始まりの月曜日、朝っぱらから大いびきをかいて熟睡してる人間がいるなんて」

夏目《なつめ》が呆れ顔で尾形《おがた》を見る。

机に広げたスポーツ新聞に埋もれるような格好で尾形がだらしなく眠り込んでいるのだ。

「夏目さんは、爽やかな顔をしてますね。朝は苦手じゃないんですか？」

久美子《くみこ》が訊く。

「よく訊いてくれたね、坊屋《ぼうや》ちゃん。こう見えても、わたしは規則正しい生活をしている人間なんだよ。早寝早起きがモットーでね。太陽が昇ると共に目覚め、太陽が沈むと共に眠る生活が理想なんだ」

夏目が自慢げに言う。

「意外と健康的なんですね」

ちっちっちっ、と舌を鳴らしながら、夏目が首を振る。

「この不健康なおっさんとは大違いってことさ」

「そうでもないみたいですよ」

コーヒーメーカーの前に立ち、淹《い》れ立《た》てのコーヒーをマグカップに注ぎながら、針谷《はりや》が口を挟む。

「何が？」

夏目が針谷に顔を向ける。

「犬を飼い始めたみたいなんです。散歩させてから出勤するから、寝不足なんだと思います」

「へえ、尾形さんが犬を飼ったの？　それこそ、ちょっと意外だわ。と言ったら、失礼かしら」

麗子《れいこ》が言う。

「ペットショップで値引きされてる犬でも買ったのかね？」

夏目が笑う。

「詳しくは教えてくれないんですが、野良犬を拾ったみたいです」

「今時、野良犬を拾うなんて珍しいわね」

「ゆうべ、夢之介《ゆめのすけ》が……それが名前なんですが、ちょっと下痢したみたいで、うちに電話がかかってきたんですよ」

「相談されたわけね」

「幸い、大したことはなかったようで、獣医に診せるまでもなく回復したようですが」

「野良犬を拾って世話するなんて、尾形さん、優しいところがあるんですね」

久美子が感心する。

皆が尾形の犬の話で盛り上がっているとき、事務職の浪岡《なみおか》美鈴《みすず》だけは話に加わらず、両手で湯飲みを持ち、ゆっくり緑茶を飲んでいる。

「じゃあ、そろそろ朝礼を始めましょうか。針谷君、尾形さんを起こしてくれる？」

「はい」

「もう起きてますよ」

尾形がむっくり顔を上げる。寝惚《ねぼ》け顔である。

「始めて下さい」

「では……」

麗子が立ち上がり、皆に連絡事項を伝える。事務的なことばかりである。

「……」

尾形は、ぼんやりした表情で麗子の話を聞いている。聞いてはいるが、理解している感じではない。かなり疲れている様子だ。

針谷が言ったように、ゆうべ、夢之介がお腹を壊して大変だった。夢之介の病状も心配だったが、下痢したままリビングを走り回ったせいで、あちこちに糞が飛び散ったことで大騒ぎになった。敏江《としえ》がヒステリックに悲鳴を上げ、それを宥《なだ》めつつ、尾形が掃除をした。慣れないことをしたせいで腰が痛くなった。

夢之介は、朝早くから吠え出した。淋しげに吠えるのではなく、早くケージから出せと要求する吠え方だった。

「ゆっくり寝られやしない」

と、敏江が怒るので、尾形はさっさと起き出して、夢之介を散歩に連れて行くことにした。普段より二時間も早起きしたのである。こんなことを続けられるだろうか、と気持ちを落ち込ませながら歩いていると、後ろから誠《まこと》が追いかけてきた。一緒に散歩に行きたいという。誠と二人で出かけるのは久し振りだった。教団に関する話題は二人とも避け、もっぱら夢之介の話ばかりしたが、それでも尾形には嬉しく、いくらか前向きな気持ちを取り戻すことができた。公園まで散歩したので、もしかすると、百合子《ゆりこ》と翔子《しょうこ》がいるかもしれないと思ったが、二人には会わなかった。

尾形が物思いに耽《ふけ》っていると、いきなり針谷が尾形の脇腹を肘《ひじ》でついた。

「何だよ？」

「夏目さんが大事な話をするみたいですから、ちゃんと聞いた方がいいですよ」

「あいつが？」

尾形が目を細めて、じっと夏目を見つめる。

「この一〇年、関東及びその周辺地域における未解決の殺人事件を自分なりに分類・分析した結果、同じ犯人による犯行だと思われる事件が複数見付かったのです」

夏目が胸を反《そ》らせて言う。

「連続殺人ということですか？」

麗子が訊く。

「イエス、その通り！」

「そんな未解決の連続殺人事件がありましたっけね？」

尾形が首を捻る。

「まだ連続殺人事件だと、誰も気が付いていないのだよ。気が付いていれば、とっくに誰かが解決していただろうさ」

はい、どうぞ、と夏目がＡ４サイズの書類を皆に配る。

「もう資料まで作ってあるんですか？」

　針谷が驚いたように言う。

「ふんっ、科警研のエースであるおれが手ぶらで警視庁に異動してくると思うかね？　異動が決まってから、どんな事件を最初に手がけるか熟慮したのだ。何よりも優先したのは、麗子さん……いや、芝原《しばはら》室長に大きな手柄を立てさせたいという気持ちだ。室長としての勲章となるような実績をプレゼントするつもりなんだよ。はっきり言うが、最近のＳＲＯは冴えないよな。存在が霞《かす》んでいる。この三年、ろくな活躍をしていない。にもかかわらず、いまだにこの部署が存続しているのは山根が刑事部長だからに過ぎない。あ……これは別に芝原室長を批判しているのではありませんよ。どうか誤解しないで下さいね。悪いのは部下である。部下がろくな働きをしないのだから、室長が実績を上げられるはずがない！　だから、もう過去の実績など忘れて、新たなるＳＲＯとして出発するべきなんだよ。山根ＳＲＯではなく、芝原ＳＲＯ、すなわち、ネオＳＲＯとしてな」

　夏目が興奮気味にまくし立てる。周囲に唾《つば》を飛ばしながらしゃべるので、それを避けるために、麗子や久美子は、さりげなく後退りしている。

「この一〇年で一〇件ですか。一〇年前に一件、九年前に一件、八年前に一件、六年前に一件、四年前に一件、三年前に二件、二年前に一件、去年が二件……。発見された場所は、千葉、茨城、埼玉、神奈川、群馬、長野、山梨、静岡と広範囲にわたっていますね。同一犯による犯行だと考える理由は何なのでしょうか？」

　資料に目を落としながら、針谷が訊く。

「それはだね……」

「あ、ちょっと待って下さい。ごめん、針谷君、わたしが先に質問してもいいかな？」

　麗子が言う。

「もちろんです」

　針谷がうなずく。

「ピックアップされたいくつかの案件については、何となく記憶があるの。なぜかというと、近藤《こんどう》房子《ふさこ》の事件を捜査したとき、若い女性が被害者になっている首都圏の未解決事件を調べたから。近藤房子の事件の場合、どの被害者に関しても明確に事件性があったけど、ここに記されたいくつかの案件は、犯罪によるものなのか、それとも事故なのか、判断が曖昧なものも含まれていますよね？　ですから、すべてを事件と呼ぶのは、どうなのかしら？」

　麗子が夏目に訊く。

「さすがですな、室長」

　夏目がにやりと笑う。

「そうなんですよ。この事件……案件ではなく、すべて事件だと自分は確信していますが、近藤房子の事件との類似点がいくつもあるのです。まあ、頭のいい犯罪者というのは警察の盲点をつこうと知恵を絞るから、どうしても似た部分があるのかもしれませんけどね。資料に記した最も古い三件、つまり、一〇年前、九年前、八年前の被害者は衣服を身に着けたまま発見されているし、特に目立った外傷もありませんでした。事件性が疑わしいと室長が考えたのは、この三件ですよね？」

「ええ、そうです」

「六年前から去年までの七件は被害者が全裸で発見されています。中には白骨化した状態で見付かった遺体もありますが、その付近で着衣の残骸は見付かっていないので、全裸で遺棄されたと考えるのが妥当でしょう。衣服を身に着けた被害者と全裸の被害者、なぜ、その違いが起こったかといえば、それは犯人が学習したせいだと推察するわけです」

「全裸で遺棄する方が、遺体が見付かったとき身許を特定するのが難しくなるからですか？　近藤房子も遺体を全裸で遺棄してましたよね」

久美子が訊く。

「全裸で捨てて、誰にも発見されなければ、やがては白骨化するし、いつかは骨も土に還って、何の痕跡《こんせき》も残らなくなる。着衣があると、そうはいかないからさ」

「身許を特定できないことにこだわるのであれば、指先を切断して指紋の採取ができないようにしたり、歯を砕いて治療痕の追跡調査ができないようにすればいいんじゃないんですかね？　近藤房子もやってましたが、割とよくある手口ですよね」

　針谷が言う。

「そう、それが近藤房子のやり方だった。しかるに、ここに記した被害者たちには、そういうやり方がされていない。指先も切断されていないし、歯も砕かれずに治療痕がそのまま残っている。だからこそ、この被害者たちは近藤房子の手にかかったわけではない。別の犯人によって殺害されたのだと確信できるわけさ」

「近藤房子のやり方に似ている点は、これが連続殺人だと仮定しての話ですが、遺体をあちこちの県に分散して遺棄していることもそうですよね？」

　久美子が訊く。

「日本の警察に管轄《かんかつ》という高い壁があることは秘密でも何でもない。隣り合っている県警同士が友好的に捜査協力することが、かなり珍しいのは事実だからな。犯人が、それをうまく利用すれば、連続殺人が連続殺人として認知されないことも起こり得る。ふたつの県で発生したふたつの殺人事件が、手口がよく似ているにもかかわらず、情報が共有されなかったために別個の殺人事件として処理され、結局、犯人が捕まらないという事例は、いくらでもある。他の事件で犯人が捕まって、実は、そのふたつの事件が同一犯の仕業だったとわかっても、ふたつの県警は決して自分たちの過《あやま》ちを認めようとしない。その頑迷《がんめい》さには呆れるほどだ。そもそも、ＳＲＯというのは、管轄という弊害に縛られず、自由に広域捜査をして事件を解決することを期待されて設置された部署だろう？　そういう意味では、まさに、これはSROにぴったりの事件だと思うわけよ」

夏目の鼻息が荒くなる。

「東京を避けているのは意図的かもしれませんね。その点も近藤房子の事件と同じです」

針谷がうなずく。

「東京で遺体が見付かると警視庁が動くからな。警視庁が動くと、周辺県の警察も否応なしに捜査協力せざるを得なくなる。犯人としては最も避けたい事態だろう。それを防ぐには東京を避けなければならないわけだな。東京だけでなく、栃木にも捨てられていないようだぜ。遺体が発見されていないだけかもしれないが」

尾形が言う。

「ふんっ、さっきまで居眠りしていたのに、いいところに気が付いたな。その通りだ。栃木にも捨てられていない。なぜ、栃木にも捨てられていないと思うかね？」

夏目が尾形に訊く。

「さあ、たまたまってこともあるだろうが……」

「違うね。たまたまではない。意図的に栃木に捨てていないのだ」

「何で？」

「たぶん、そこが自分のテリトリーだからだな」

「テリトリー？　縄張りってことか」

「今の段階では、何の証拠もないから、おれの独断的な推理に過ぎないが、この犯人、たぶん、栃木に住んでいるんだよ」

「はあ？」

尾形が呆れ顔で首を捻る。

「待って。話がどんどん飛躍しているみたいね。ちょっと戻しましょう。うちが捜査するかどうか決めるには、これが連続殺人事件であると考えられる、もう少し強い根拠が必要だと思うの」

麗子が言う。

ふふふっ、と夏目が低く笑う。

「何だよ、気持ち悪い奴だな。何か言いたいことがあるのかよ」

尾形が夏目に顔を向ける。

「発見された遺体には共通点がある」

夏目がじっと尾形を見つめる。

「何だと思う？」

「は？　わかるはずがないだろうが。それとも、この資料に書いてあるのか？　読み落としたかな……」

「いや、共通点は書いてないと思いますよ」

横から針谷が口を挟む。

「じゃあ、わかるはずがないぜ。なぜ、そんな大切なことを資料に書いてないんだよ」

尾形が夏目に訊く。

「敵を欺《あざむ》くには、まず味方からというだろう。情報が大部屋あたりに洩れたら、手柄を横取りされかねないからな。おれは麗子さんのために……いや、芝原室長のために、この事件を解決したいんだ。大部屋に手柄を譲る気はない」

「何だか、奇妙な理屈に聞こえるな。まあ、いいや、さっさと、その共通点を教えろよ」

「感じの悪いおっさんだぜ。できれば、あんたには教えたくないけどなあ」

「早く言えって。殴るぞ、この野郎」

尾形の目付きが険しくなる。本気で怒り出す前兆だ。

「実はだな、見付かった遺体のうち、すでに白骨化していた遺体を除くと、どの遺体も極度の貧血状態で見付かっているのだよ。恐らく、それが死因だろうな」

「極度の貧血状態？　さっき、目立った外傷はない、と言わなかったか？　外傷がないのなら出血多量で死ぬってことはないだろう」

尾形が訊く。

「そうなんだよ。これといった外傷はないのに、極度の貧血状態になるとは、どういうことなのか？　まあ、それが、この事件の最も特異なところと言っていいだろうな」

「もしかして、何らかの手段で血を抜かれたと考えているわけですか？」

針谷が訊く。

「外傷もないのに体から血がなくなるなんて、自然に起こり得ることではないだろう。人為的な手段で血を抜かれたと考えるべきだろう」

「ふんっ、吸血鬼だっていうのかよ。これは、ホラー事件なのか？」

尾形が馬鹿にしたように鼻で嗤《わら》う。

「勝手に馬鹿にすればいいさ。おれは、あんたの助力なんか期待してないからな」

「一人で捜査するってのか？」

「室長がやると決めれば、ハリーも坊屋ちゃんも協力してくれるさ。なあ、そうだろう？」

夏目が針谷と久美子の顔を順繰りに眺める。

「指示されたことはやりますよ。なあ、坊屋？」

針谷が久美子を見る。

「ええ、もちろん」

久美子がうなずく。

「それは心強い言葉だな。もうひとつ付け加えておこう。この犯人だけど、犯行の間隔が短くなっている気がするんだよ。早く逮捕しないと、被害者が加速度的に増えていくだろうな」

　夏目が麗子に顔を向ける。さあ、どうしますか、と問いかけているようである。

2

「なるほど、目の付け所が面白いね。さすが夏目だよ。ＳＲＯにスカウトした甲斐があったな」

　麗子から話を聞いて、新九郎《しんくろう》が笑う。

「目の付け所はいいかもしれませんが、協調性に問題がありそうです。みんなとうまくやっていけるかどうか……。特に尾形さんと」

「そのうち血の雨が降るかな」

「部長」

　麗子が呆れたように新九郎を見る。

「ごめん、ごめん。だけど、ぶつかり合うくらいで、ちょうどいいんじゃないかな。芝原ＳＲＯ、ネオＳＲＯ、いいじゃないか。捜査の基本は、発生した事件に取り組むことだから、どうしても受け身になりがちだ。しかし、現実には、なかなか表に出てこない事件もあるわけだから、自分たちで能動的に埋もれている事件を掘り起こすという作業も必要になる」

「近藤房子事件がそうでしたね」

「熟練した犯罪者というのは、犯行を重ねていくにつれて、巧妙に犯行の事実を隠すようになるからね。そういう犯行を掘り起こすのは容易ではない。しかし、その困難な作業に取り組むことにこそＳＲＯの存在意義があるわけだよ」

「おっしゃることは、よくわかります」

麗子がうなずく。

「最近起こった事件には大部屋が対処するし、過去に起こった未解決事件には特命捜査対策室が取り組んでいる。他の部署とかぶった捜査をしても仕方がないわけだから、ＳＲＯはその隙間に存在する事件を捜査するのがいいと思うんだよね。ひとつは、さっきも言ったように、過去から現在まで犯行が続いていながら、犯罪として認識されていなかったり、連続事件としてとらえられていない事件、もうひとつは、広域捜査が必要な事件だね。管轄の壁を乗り越えて捜査するのは、一般の警察官には、とても難しいことだからさ」

「はい」

「しかし、吸血鬼事件とは、面白そうだなあ。いいなあ。夏目にぴったりの事件だな」

「なぜですか？」

「だって、あいつ、いつもニンニク臭いじゃないか。吸血鬼はニンニクが苦手だというから、夏目は労せずして強力な武器を備えているわけだよ」

　ははは っ、と新九郎が笑う。

「SROは楽しそうだよなあ。刑事部長なんて、書類仕事ばかり多くて本当につまらないよ。こんなに退屈な仕事だとわかっていたら引き受けなかった」

　新九郎が溜息をついたとき、

「そんなことを言うと罰《ばち》が当たりますよ」

　秘書の永瀬《ながせ》和子《かずこ》がコーヒーポットを手にして部屋に入ってくる。二人のカップにお代わりを注ぐと、

「念のために申し上げますが、わたしの手許には未決済の書類が山積みになっておりますので」

　にやりと笑う。

「ああ、承知してるさ。ちゃんと片付けるよ」

「よろしくお願いします」

　一礼して、和子が部屋から出て行く。

「あの人、ベテランですよね？　今までに何人もの幹部の秘書をなさってきたとか」

「以前は警務部にいたよ」

「正直に申し上げていいですか？」

「うん、いいよ。何かな？」

「山根部長がSROの室長から刑事部長に昇格なさって、副室長だったわたしが室長に昇格したわけですが、わたしには荷が重すぎたんじゃないでしょうか。できれば部長に残っていただきたかったですが、それが無理なら、もっとふさわしい人がいたのではないかという気がするのです」

「そうは思わないけどね。芝原君は、よくやっていると思うよ」

「夏目さんにも言われたんです。最近のSROは影が薄い、存在感がないって。その通りだと思うんです」

「あいつも余計なことを言うなあ」

新九郎が苦笑いをする。

「山根部長がいなければ、とっくに廃止されていたかもしれない、とも言われました」

「そんなことはないよ。SROには他の部署にはない特殊性がある。その特殊性を生かせば、他の部署にはできないことができるはずだからね。実際、埋もれていた事件をいくつも解決したじゃないか」

「それは、部長が室長だったときの話です。わたしが室長になってからは、何の実績もありません」

「そういうこともあるさ。途切れなしに大事件ばかり扱う方がおかしいからね。悩むのもわからないではないけど、自分のやっていることを信じることさ。とりあえず、夏目の掘り出してきた事件に取り組むのがいいだろう。今は余裕があるだろうけど、直《じき》に忙しくなるかもしれないから」

「何かあるんですか？」

「例の教団さ」

「え、大宇宙真理の光教団ですか？」

「うむ」

「何か新たな動きがあるんですか？　最近は、あまりニュースになることもないようですが」

「その通りだよ。すっかりおとなしくなって、取り立てて問題も起こしていないようだ。この前の幹部会で、公安の土肥原《どいはら》さんに話を聞いたら、教団を公安の監視対象から外すつもりだと言っていた。無害な組織になったという判断なのだろうね」

「でも、部長には気になることがあるんですね？」

「検討中だから、実際には、まだ公安によって監視されている。ある程度、教団の動きは把握しているわけだが……」

「はい？」

「木戸《きど》君が教祖の子を身籠もったらしいよ」

「え。沙織《さおり》ちゃんが？」

「教祖の第三夫人で、婦人部の副代表という立場だから、立派な幹部だよ。その上、教祖の子供を産めば、教団における立場は盤石《ばんじゃく》と言っていいだろう」

「あの沙織ちゃんが……。信じられない気持ちです」

麗子が溜息をつく。

「尾形さんの奥さんと息子さんも教団での地位は上がっているようだね。そういうことを、尾形さんと話すことはあるのかな？」

「ありませんね」

麗子が首を振る。

「個人的なことですし、デリケートすぎることですから、とても気軽に話題になんかできません」

「尾形さんが入信すれば話は別だろうけど、奥さんと息子さんが熱心な信者で、尾形さんだけが信者でないというのは、うちにいても、さぞ居心地が悪いだろうなあ」

「そのせいかどうかわかりませんが、最近、犬を飼い始めたらしいですよ。針谷君が言ってました」

「尾形さんが犬をなあ。やっぱり孤独なのかもしれないな」

「もし、先々、教団絡みの捜査をすることになると、尾形さんをどうするかという問題が発生しますね。もちろん、尾形さんを信頼していますけど、尾形さんが苦しむことになるのではないかと心配です」

「うん、そうだね。妻子が教団内部で高い地位についているとなれば、尾形さんの立場も微妙だからなあ。前回は偽装信者になって大いに捜査に役立ってくれたけど、さすがに同じ手を二度も使うことはできないだろうし」

「教団が今のまま、ずっとおとなしくしてくれていれば、わたしたちが捜査する必要もないわけですけど」

「それが最も望ましいね。だけど、何となく、そうはいかない気がするんだよなあ」

「なぜですか？」

「あの教祖さ。美《び》福門《ふくもん》太陽《たいよう》。側近たちにすべての罪をなすりつけて、自分は処罰を免れたけど、本当の首謀者はあいつに違いないとわたしは信じている。あんな悪いことをした奴がいつまでもおとなしくしているとは思えないんだよ」

3

「針谷さん、法務省からお電話です」

固定電話の保留ボタンを押しながら、浪岡美鈴が針谷に呼びかける。

「うむ」

机に足を投げ出して居眠りしていた針谷が、机から足を下ろして電話に手を伸ばす。

「針谷です」

「おれだよ。例の件、調べたぞ」

「ああ……」

法務省の保護局に出向している同期である。

一昨日の土曜日、矢作清治《やはぎせいじ》について調べてほしいと依頼した。出所した矢作が、保護局の管轄下にある更生保護施設に入所しているのではないかと考えたからだ。思った通り、矢作は更生保護施設にいた。矢作を受け入れてくれる親族はいなかったということだ。

「どういう事情があるのか知らないが、何か問題が起こっても、おれの名前は決して出さないと約束しろよ」

その施設の住所を告げた同期に、

「もちろんだ」

メモを取りながら、針谷が答える。

「それから……」

ひとつ貸しだからな、と土曜日にも口にした言葉を改めて言った。

「承知している」

そう答えて、針谷は電話を切る。

住所のメモをじっと見つめる。

矢作が入所している更生保護施設は江東区《こうとう》の南砂《みなみすな》にある。最寄り駅は東西線の南砂町駅だ。

貴子《たかこ》と高志《たかし》が暮らしている中央区と江東区は隣り合っている。南砂町から月島までは、東西線と大江戸線を乗り継げば、わずか一五分程度で着く。

(偶然だろうか……)

首を捻って、針谷が思案する。

杞憂《きゆう》に過ぎないかもしれないが、貴子は不安を感じているし、何かあってからでは取り返しがつかないから、早めに手を打たなければならないな、と考える。退庁時間になったらすぐに警視庁を出て、南砂町に行ってみようと決める。

4

「ごめんね、急に呼び出したりして」

「ううん、全然平気だよ。わたしのお客さんが来るのは夕方だし、緩い職場だから、長めにお昼休みを取っても叱られたりしないし。わたしも連絡しようと思ってたんだよ」

麻友《まゆ》がにこっと微笑む。

職場の近くのカフェで高木雅美《たかぎまさみ》と向き合っている。

麻友と雅美は同い年の二四歳で、専門学校の同期である。学生時代は毎日顔を合わせ、一緒に旅行に行ったりもするほど仲良しだったが、卒業してからは、ほとんど会っていない。たまにメールをやり取りする程度である。

それは雅美との関係に限ったことではなく、この三年、麻友は意識的に昔の友人と距離を置いてきた。仕事を始めてからも、職場の同僚とはあまり親しくならないように心懸けてきたし、彼氏もいない。麻友に好意を寄せる異性もいないではなかったが、その種の誘いは、はっきり断ってきた。

何人もの命を奪った自分が普通の人間として普通に生きていくことができるのかという、その疑問の答えを探し続けた三年間だったと言っていい。

その答えは今も見付かっていない。これから先も見付からないかもしれないと思ったりもするが、それなりに平穏で地味な生活を続けていて、その暮らしに特に不満も感じていないから、今の生活がこれからも続くのなら、答えが見付からなくても構わないかな、という気もしている。

「麻友は変わってないね。と言うか、以前より、ずっとよくなった」

「そう？」

「すごく落ち着いた雰囲気。大人の女って感じ」

「そんなことないけどなあ。誉めすぎだよ」

麻友が苦笑する。

「仕事も順調？」

「良くも悪くも安定した職場。その代わり、給料は安いわよ。かなり安い」

「でも、お金に困ってるわけじゃないでしょう？」

「何とかやってるけど」

「今は、お兄さんと二人暮らしなんだよね？」

「うん」

「大変だね」

「そうでもないわよ。かなりいい加減だし」

「ごめんね。何だか、わたしばかりしゃべって。麻友を質問攻めにしてる感じ」

「久し振りだからね」

　麻友が肩をすくめる。

「訊いてもいいんだよ」

「え？」

「わたしのことも」

「……」

「わたしも変わったでしょう？　麻友はいい感じに変わったけど、わたしは、そうじゃない。わたしを見て、びっくりしたでしょう？」

「まあ、少しは」

　まったく驚かなかったと言えば、白々しい嘘になるから、正直にうなずく。学生時代からお洒落《しゃれ》に敏感で派手なタイプだったが、今は、派手さの程度が昔とは違っている。髪は金髪だし、化粧もかなり濃い。豹柄のコートに、タイトな革のショートパンツ。一目見ただけで、お水系の仕事をしているのだと想像できる。水商売でなければ、風俗であろう。

「仕事は？」

「今はキャバクラ。美容師を辞めて、もう二年になるかな。最初は、昼に美容師、夜にスナックでバイトみたいな生活だったけど、だんだん体がきつくなってきたから夜の仕事だけにしたの。キャバクラに移ったのは、スナックより稼げるから」

「そう」

「友哉《ともや》のこと、誰かから聞いた？」

「ううん、知らないけど……。彼氏？」

「一緒に暮らしてるの。ちょうど一年くらいになる」

「結婚するの？」

「結婚？　たぶん、ないと思う。あいつ、売れないホストなんだよ。駄目男だから、とても結婚なんて考えられない。わたしって、昔から駄目男に引っかかるんだよね。知ってるでしょう？」

「そんなこともなかったと思うけど」

「普通に結婚して、子供が二人くらいいればいいなあなんて夢見てたなあ。もちろん、稼ぎの多いイケメンが理想だったけど。今なら、そこまで高望みしないんだけど、全然駄目だね。普通の結婚なんて夢のまた夢」

「何を言ってるのよ、まだまだ若いんだから。わたしたち二四だよ」

「そこが、わたしと麻友の違うところかもしれないね。麻友は、まだ二四なんて言えるけど、わたしは、もう二四だな、年寄りじゃん、何だか人生に疲れたよ、っていう感じ」

「まさか、そんな」

「麻友はいいよなあ。男で苦労したことないでしょう？　きっと、お金で苦労したこともないよね？」

「……」

学生時代、麻友が男に騙されて借金を拵《こしら》えてしまい、その返済のためにヘルスで働いていたことや、危うくソープランドに売られそうになったことを雅美は知らないのだ。

麻友を救うために母の美和子《みわこ》がその男を殺したことも、結果的に、そのせいで美和子が死ぬことになったことも、麻友自身も人殺しになったことも、雅美は何も知らない。雅美だけでなく、誰も知らない。麻友だけの秘密である。

雅美は麻友を苦労知らずのように思っているが、とんでもない話である。麻友の秘密を知ったら、きっと腰を抜かすだろう。

　しかし、秘密を明かすわけにはいかないし、嘘をつくのも嫌なので、麻友は黙っている。

「あのさ……」

　うつむいて、アイスティーをストローで飲みながら、雅美が上目遣いに麻友を見る。

「お金、貸してもらえないかな？」

「え、お金？」

「一〇〇万、無理かな？」

「ちょっと、そんな……」

「一〇〇万が無理なら、五〇万でもいいんだけど」

「雅美……」

「いくらなら貸してもらえるかな？　お願い。正直に言うけど、わたし、ものすごく困ってるんだ」

　切羽詰まったような顔で、雅美が麻友を見つめる。

　きっと貸してくれると期待している表情である。

　が、麻友は、

「ごめん。貸せない」

　きっぱりと言い、ごめんなさい、と頭を下げる。

「五〇万も無理？　それなら、三〇、いや、二〇でも……」

「そうじゃないの」

麻友が首を振る。

「お金の貸し借りをすると友情が壊れるから。雅美と友達でいられなくなってしまう。だから、お金は貸せない」

「……」

雅美がぽかんとした顔で両目を見開く。まさか、こんな対応をされるとは想像もしていなかったのであろう。

麻友はバッグから財布を取り出すと、財布に入っているお札を全部引き出す。一万円札が二枚、五千円札が一枚、千円札が三枚、全部で二万八千円だ。

「今は、これしかない。足りないだろうけど、少しでも役に立てて。これは貸すんじゃないわ。雅美にあげるから」

「麻友……」

「悪いけど、お勘定はお願いね。わたし、持ち合わせがなくなったから」

にこっと笑いかけると、麻友は席を立つ。

雅美は引き留めようともしなかったし、お礼の言葉を発することもなかった。

店を出て歩きながら、

(悪い男につかまってしまったのね)

麻友が溜息をつく。

一〇〇万くらいであれば、今の麻友なら、貸そうと思えば貸せないことはない。

しかし、そんなことをしても、焼け石に水だとわかっている。恐らく、男に巻き上げられるだけなのだ。

麻友自身、同じ経験をしたから、よくわかる。

久し振りに会った麻友に借金を頼むほどだから、あちこちで同じことをしているに違いない。中には同情して金を貸してしまう者もいるだろうが、返す当てがあって借金を頼んでいるわけではないだろうから、結果的には借金を踏み倒すことになる。

そうなれば、結局、麻友が言ったように、友情は壊れてしまうのだ。

それが雅美にもわからないはずはないが、にもかかわらず、友達に借金を頼むのは、友情を犠牲にしても金を手に入れなければならないほど追い込まれているからに違いない。

かつての自分の姿を見ているようで、麻友は胸が締め付けられる。雅美を助けたいという気持ちはあるが、今の自分にできることはない。中途半端に手を差し伸べるくらいなら何もしない方がいいのだ。

金の問題であれば、親に相談するのが一番いいと思う。

もっとも、美容師を辞めてキャバクラで働くようになり、ホストと同棲している娘に金銭援助するかどうかは微妙だ。それに麻友の記憶では、雅美の父親は平凡なサラリーマンだったはずだから、娘のためとはいえ大金を用意できるかどうかはわからない。

そもそも、友達に借金を申し込む以前に、とうに親に泣きつき、それがうまくいかないから、あるいは、とっくに親からは借金を重ねているから、疎遠だった麻友にまで頼みに来たのかもしれない。

常識的に考えれば、そんな申し出をすること自体、死ぬほど恥ずかしいことであるはずだが、雅美は恥ずかしげな素振りも見せなかった。意地悪く考えれば、そういうことに慣れきってしまい、すっかり面《つら》の皮が厚くなっているのかもしれない。

ふと、麻友は、自分には同世代の若者が抱えている悩みがひとつもないことに気が付く。

恋愛でも金銭でも、まったく悩んでいない。

仕事に不満もない。

将来が不安なわけでもない。

結婚など考えたこともないから、自分が子供を産んで育てる姿を想像したこともない。

昔は違ったかもしれないが、少なくとも、この三年は、そうである。

(他の人たちと同じように地味に平凡に暮らしているつもりだったけど、実は、わたしって、他の人たちとは全然違うのかもしれない……)

そうなのか、自分は他人とは違うのか、そういう人間になってしまったのか、それはそうだよね、だって人を殺しても平気なんだもん、それって、やっぱり、普通の人間とは違うよね、普通の人間のつもりでいたけど、実は誰よりも普通じゃないんだよね……と妙に納得してしまう。

携帯が鳴る。

一瞬、雅美からではないかと思うが、液晶画面に表示されているのは店長の番号だ。

「はい、石塚《いしづか》です……」

麻友を指名してくれた客の予約がキャンセルになったという連絡だった。その時間に他の客を入れてもいいかという確認の電話である。

「あ、そうなんですか。すみません。実は体調が悪くなってしまって……。はい、大したことはないと思うんですけど、ちょっと熱っぽいので……。いいですか、申し訳ないです。明日は大丈夫だと思いますので……」

体調が悪いと嘘をついて、このまま早退させてもらうことにした。

店長は、ごく簡単に承知し、麻友を気遣ってくれた。居心地のいい、緩い職場なのである。雅美の話を聞き、いろいろ考えているうちに、今日は仕事をやる気がなくなった。早めにうちに帰って、ゆっくりお風呂にでも入って、まったり過ごしたいと思った。

5

麻友がドアの鍵を開けようとしたとき、家の中から人の声が聞こえた。

(あ、そうか……)

大阪から叔母夫婦が来ているのだ。今朝、誰よりも早く家を出たのは翔太《しょうた》で、森崎庸《もりさきよう》三《ぞう》と静子《しずこ》の夫婦は麻友と一緒に家を出た。東京で開業する予定の飲食店の店舗を探すためだ。東京にいる知り合いも訪ねて、いろいろ意見を聞くつもりだと話していた。帰りは遅くなると思うと言ったが、それにしては早いな、と麻友は怪訝な顔になる。まだ夕方にもなっていないのに帰宅したのだろうか。

ドアを開けると、玄関に男物の革靴が二足とヒールの低い静子の靴が並べられている。男物の革靴の一足は庸三のものだろうから、誰か男の客が来ているのであろう。

廊下に上がり、リビングを覗いて、ただいま、と声をかける。

ソファにふんぞり返って庸三が何やら大笑いしている。その横で静子が控え目に微笑んでいる。

二人の正面には、薄い髪をポマードでオールバックにした痩せた中年男が愛想笑いしている。

「あら、麻友ちゃん」

静子が驚いたように両目を見開く。

「おっ、おお……随分と早かったんやね」

庸三が顔を引き攣らせながら訊く。

「ちょっと体調が悪いから、早引けさせてもらったんです。お客さまですか？」

「え？　ああ、そう、ちょっとした知り合い」

そう言いながら、庸三が慌てた様子でテーブルの上に置かれた名刺を手に取ってポケットに入れる。

（不動産会社……）

一瞬、名刺に書かれた社名が見えた。正確にはわからなかったが、何とか不動産と記されていた。

「具合が悪いんやったら休んだ方がええで。病院に行くか？」

「いいえ、大丈夫です。部屋で少し休みます」

「静子」

庸三が静子を促す。

「あ、はい」

静子が立ち上がり、麻友に近付く。

「一人で大丈夫ですから」

「部屋まで行くわよ。何かほしいものはない？」

優しげに言いながら、さりげなく静子は麻友をリビングから押し出す。お腹は空いてないか、薬は必要ないか……いろいろ訊きながら、階段の下まで麻友についてくる。

「本当にもう平気なので」

「何かあったら遠慮なく言いつけてちょうだいね。呼んでくれれば、すぐに行くから」

「ありがとうございます」

麻友が階段を上がる。上がりきったところで下を見ると、まだ静子が見上げている。まるで麻友が本当に部屋に入るか見張っているかのようだ。

部屋に入り、ベッドに横になる。

天井を見上げながら、

（いい店舗でも見付かったのかな）

それで不動産屋を家に連れて来て、打ち合わせをしているのだろうか、と考える。

（ん？）

麻友が体を起こす。

妙な臭いがする。

何だろう、この臭いは……首を捻ったとき、

（ポマードだ）

と気が付く。

翔太はポマードなど使わないから、家にポマードはない。思い当たるのは、さっきの不動産屋だけだ。

ベッドから立ち上がって、ゆっくり部屋を見回す。

特に何かが変わった様子はない。

朝、部屋を出たときのままだ。

なぜ、不動産屋が麻友の部屋に入ったのか……。

麻友が部屋を出て、翔太の部屋に入る。

普段から雑然としているから、部屋の様子が変わったかどうかはわからない。

麻友が知りたいのは部屋の臭いだ。

（やっぱり、ポマードの臭いがする。この部屋にも入ったんだ……）

なぜ、不動産屋が二階に上がってきて、麻友と翔太の部屋に入ったのか、それが麻友にはわからない。

階段の下を、そっと見る。

もう静子の姿はない。

忍び足で階段を下りる。

リビングから庸三の笑い声が聞こえる。静子も笑っている。不動産屋が何か話しているようだが、話の内容までは聞き取ることができない。

客間を覗いてみる。庸三と静子が使っている部屋だ。やはり、ポマードの臭いがする。

廊下を奥に進み、仏間に入る。以前、祖母の文子《ふみこ》が寝込んでいた部屋である。

（ここにも……）

至る所にポマードの臭いが残っている。

不動産屋が家中を見て歩いたということだ。

ふと思いついて押し入れの襖《ふすま》を開ける。

そこに金庫が置いてある。家や土地の権利書や実印、保険証券などをしまってある。万が一の用心に正面に毛布や布団を置き、襖を開けただけではわからないようにしてある。

（やっぱり……）

明らかに布団や毛布を動かした形跡がある。

まさかと心配になって毛布をどけると、金庫はちゃんとあった。鍵もかかっている。

以前は持ち運びができたが、文子が亡くなった後、何を思ったか、仁志《ひとし》が金庫を床に固定した。それで動かすことができなくなった。それほど大事なものをしまってあるのなら、銀行の貸金庫に移した方が安心ではないかと麻友も翔太も思ったが、それを口にすると仁志がひどく怒り出すので、何も言わなくなった。仁志が亡くなってからも、金庫はそのままにしてある。

庸三と静子は、不動産屋と一緒になって家中を見て回り、押し入れを開けて金庫の在処《ありか》まで探ったわけである。

いったい何のためにそんなことをしたのだろうと首を捻ったとき、

（あ）

思わず声を上げそうになる。

つまり、不動産屋にこの家の査定をさせたということであろう。

何のために、そんなことをするのか？

もちろん、売るためだ。

と言っても、家も土地も翔太と麻友の共同名義になっているし、現金はそれぞれの銀行口座にあるから、庸三と静子が勝手に家や土地を売却したり、銀行預金を横取りすることはできないはずだ。

家そのものは、かなり古びており、大した価値があるとも思えないが、土地は、そうではない。それほど広くはないものの、山手線の駅に一〇分もかからずに歩いて行ける場所にあるのだから、坪単価はかなり高額のはずである。

（狙ってるんだわ。間違いない）

大阪から東京に出てきて、新たな商売を始めるつもりだというが、都内の一等地に店を開くほどの財産があるのなら、わざわざ東京に出てくる必要はない。住み慣れた関西で始めればいいだけのことだ。

それが麻友には不思議だったが、その謎が解けた気がする。

庸三と静子には財産などないのだ。東京にやって来たのは翔太と麻友の財産を狙っているからであろう。

文子も両親も亡くなり、今や翔太と麻友には親しい身内はいない。二人に何かあれば、叔母の静子が財産を相続することになる。

まさか、翔太と麻友の命を狙っているとまでは思わないが、二人を丸め込んで家と土地を売らせ、その売却代金を流用するくらいの悪巧《わるだく》みなら十分にあり得そうだ。盛んに親代わりだなどと口にするのも怪しい。若い二人の後見人になって、財産を管理するとでも言い出すかもしれない。

人のいい翔太は、すっかり庸三に丸め込まれているし、あとは麻友を取り込むだけだ。世間知らずのおとなしい娘くらいにしか見ていないだろうから、麻友を騙すことなど赤子の手を捻るようなものだと甘く見ているのかもしれない。

だからこそ、翔太と麻友の留守中に不動産屋を家に入れたり、家捜《やさが》しして金庫を捜すような勝手な真似をしたのであろう。

（雅美は駄目男につかまって金をむしり取られているみたいだけど、わたしには欲の深い親戚がいるんだわ。わたしとお兄ちゃんのお金を狙っている禿鷹《はげたか》ども……）

二人の悪巧みを説明すれば、翔太も二人を追い出すことに納得するだろう、すぐにでも翔太と話し合わなければならない、と麻友は考える。

6

ぴちゃっ、ぴちゃっ、と水の滴《したた》る音がする。

しかし、実際に滴っているのは水ではない。

血である。

ルリ子は満足そうな表情で目を瞑り、全裸でバスタブに横たわっている。ルリ子の頭上から血のしずくが一滴ずつ落下しているのである。一滴ずつしか落下しないから、朝早くからバスタブに横たわっているにもかかわらず、いまだにルリ子の腰を隠すほども血が溜まっていない。白髪交じりのルリ子の陰毛が血の中で揺らめいている。

ルリ子の頭上には、ふたつのシャワーノズルがぶらさがっており、そのふたつのノズルから交互に血が滴り落ちている。ノズルにはビニールのチューブがついていて、そのチューブは長く延びている。

バスタブの横に車椅子がふたつ並び、そこにテツとモカが坐っている。薬でも飲まされているのか、二人とも意識がないようだ。ビニールのチューブは二人の肩に刺さった針に繋がっている。

つまり、ルリ子が浴びている血の滴りは二人の血なのである。二人の顔色が悪いのは、血を抜き取られて軽い貧血を起こしているからであろう。

地下室は静かである。

モーツァルトの鎮魂曲が流れているが、音量をかなり絞ってあるので、ほんの微《かす》かに聞こえるだけである。

静かだからこそ、血の滴る音が響く。

ルリ子は、その音が好きなのだ。

血が滴り落ちる分だけ若返ることができる気がするからである。

老いた自分が若者から血を奪うことに、何の罪悪感を覚えることもない。自分は特別な存在なのだから、何の取り柄も特徴もない平凡な人間が自分のために命を削るのは当然ではないか、という考えなのである。胸が痛むことも良心の呵責《かしゃく》に苛《さいな》まれることもまったくない。そんなことより、日々、自分の肉体から若さが失われていく方が、ルリ子にとっては、よほど深刻な問題なのだ。

カチャッ、とドアが解錠される音がする。

ドアが重々しく開かれる。

「奥さま」

バスタブの横で根津《ねづ》が声をかける。

「……」

ルリ子がゆっくり目を開ける。

「お休みでしたか？」

「うつらうつらしていただけよ。夢現《ゆめうつつ》という感じかしら。夢を見ていたのか、それとも昔のことを思い出していただけなのか、よくわからない。大勢の人たちに囲まれて、みんなが嬉しそうな顔をして、口々にわたしを賞賛して、拍手しているの」

「それは楽しそうな夢でしたね。もちろん、そういう場面は実際にたくさんあったと思いますが……」

「そうねえ」

「そろそろ出ていただきませんと」

「ええ」

ルリ子が立ち上がる。

均整の取れた体で、乳房にもまだ張りがある。乳首も桃色だ。顔には老いの影が忍び寄っているが、体はまだ若い。日々の摂生と運動のおかげでもあるし、若い頃から何度となく行っている美容整形手術のおかげでもある。

根津は白いバスタオルを大きく広げて、ルリ子の体を包み込む。

「でも、やっぱり、あれは夢だわ。だって、わたし、オスカーを手にしていたんだもの」

「オスカーでございますか」

「そうよ。あれは、アカデミー賞の授賞式の夢だったのね」

「正夢かもしれません」

「え？」

「鯨岡《くじらおか》監督とコンタクトが取れました。スケジュールの調整ができ次第、この屋敷に来て下さいます」

「……」

ルリ子が驚愕《きょうがく》の表情を根津に向ける。

「それは本当なの？　嘘だなんて言ったら許さないわよ」

「本当です」

「鯨岡監督がここに……。すごい、すごいわ」

ルリ子の呼吸が荒くなる。

「どうしよう、わたし、きれいかしら？」

「きれいでございます」

「根津」

ルリ子が根津に体を寄せる。

「ご褒美をあげる。ベッドに連れて行きなさい」

「承知しました」

根津がルリ子の軽い体を抱き上げる。

ちらりと振り返ると、テツとモカは、ぴくりとも動かずに意識を失っている。そろそろ薬が切れる頃だが、恐らく、体力が落ちているせいで、薬の効きが強いのだろうと思う。ルリ子とのセックスは一時間くらいで済むから、それくらいならば、このまま放置しておいても大丈夫だろうと判断する。たとえ意識を取り戻したとしても、この要塞《ようさい》のように堅牢な地下室から抜け出す術《すべ》はないのだ。

7

電柱の陰に立っているのは針谷である。

視線の先には矢作清治が入所している更生保護施設がある。

仕事が終わると、真っ直ぐ、ここに来た。

道々、どういう対応をすべきか思案を重ねたが、いいアイデアは何も思いつかなかった。

今も、まだ何も決めていない。

貴子は怯《おび》えているが、具体的に矢作が何らかの脅迫をしたわけではない。脅迫めいた言動もしていないし、危険な行動を起こしたわけでもない。

すなわち、逮捕するのは無理である。

となれば、矢作を監視するしかないが、針谷一人にできることには限界がある。四六時中、矢作を見張るわけにはいかないからだ。

（よし、行くか）

針谷が更生保護施設の玄関に向かって歩いて行く。

直接、矢作と話をしてみようと決めたのだ。

職員に警察手帳を提示し、矢作を呼び出してもらう。五分ほどして、矢作が現れる。

身長は一七五センチくらいで、かなり痩せている。顔色が悪く、目の下に濃い隈がある。目付きは鋭く、険がある。言うなれば、猛禽《もうきん》類のような顔だ。

「警察の方だそうですが、何かご用ですか？」

「篠原《しのはら》貴子という女性を知っているかな？」

「篠原貴子……新聞記者？　いや、違うな。雑誌記者か。何ていうんだったかな、週刊誌やタブロイド新聞に記事を書く人……」

「ルポライターかな」

「ああ、そうだ。ルポライターだ。覚えていると言った方がいいのかな」

「なぜ？」

「別に親しいわけでもないし、よく知りませんが、名前と顔はわかりますから」

建物内で鐘の音が響く。

「用事は、それだけですか？　食事の時間なんですが」

「ここの食事は、うまいか？」

「ごく普通ですよ。贅沢は言えません。刑務所の食事よりはましという程度でしょうか」

「外で食べないか？」

「ごちそうして下さるんですか？」

「何か食べたいものはあるか？」

「ステーキですね。出所してから牛丼を食べましたが、確かに牛肉だけど、やっぱり、あれじゃ、ちょっとねえ。いい肉が食べたいですよ」

「ごちそうしよう」

「それは嬉しいな」

外出することを職員に伝えてきます、と言い残して矢作が奥に消える。

すぐに戻って来て、

「さあ、行きましょう」

と靴を履く。

二人で外に出る。

駅の方に行けば何かあるだろうと思ったが、ステーキの専門店は見当たらないので、洋風のレストランに入る。

矢作は食い入るようにメニューを眺め、

「これを頼んでもいいですかね？」

と、その店で最も高価な料理を指差す。単品で五千円という和牛ステーキである。スープやサラダ、ライスを付けると六千円以上になる。

「うん、いいよ」

針谷は簡単にうなずく。経費で落とすことはできないから自腹になるが、まったく気にする様子はない。

「あの……」

「ん？」

「ビール、駄目ですかね？」

上目遣いに針谷を見る。どことなく卑屈《ひくつ》な感じである。

駄目だ、と言おうとして、

（アルコールが入った方が口が軽くなるかもしれないな）

と思い直し、

「いいけど、飲みすぎないでくれ」

「わかりました」

矢作は店員を呼んで注文をする。ステーキのセットだけでなく、生ビール、それにビールのつまみになりそうなものまで何品か頼む。

針谷もサンドイッチとコーヒーを頼んだ。大して腹は減っていなかったが、何も頼まないのも不自然だと思ったからだ。

空いているせいか、注文して五分もしないうちに次々と料理が運ばれてくる。

「刑事さん、飲まなくていいんですか？」

「おれはいい」

「じゃあ、遠慮なく」

矢作がビールを飲み始める。

つまみを食べているうちに、ステーキも運ばれてくる。

「いやあ、こんなごちそうを食べるのは何年ぶりかなあ。お礼に、というのも変ですが、何でも訊いて下さい」

「訊きたいのは、篠原さんのことだよ。さっき、よく知らないと言ったよな？」

「ええ、よく知りません」

「それなら、どうして電話をかけた？　出所してすぐに電話しただろう」

「電話ねえ、したかなあ。何年かぶりに外に出たので、あちこちに電話しましたから。まあ、大抵は、すぐに切られてしまいましたが」

何がおかしいのか、矢作が、くくくっ、と笑う。

「篠原さんはすぐには切らなかっただろう？」

「どうだったかなあ……」

「子供の話もしたそうだな」

「よく覚えてません」

「名前を知っているだろう？」

「名前ですか……。篠原貴子さんの息子さんか、高志君だったかな」

「どうやって調べた？」

「え？」

「名前だけじゃない。年齢も知ってただろう。そもそも、どうやって電話番号を調べた？」

「そんな矢継ぎ早に質問しないで下さいよ。せっかくうまいものを食べているのに喉につかえてしまいそうだ」

「ゆっくり食えばいい。しかし、おれの質問には正直に答えてもらう」

「怖いよなあ、警察は。そうやって民間人を脅すんだからさ」

「脅してはいない。質問しているだけだ。篠原さんの住所も知っているのか？」

「知りませんよ」

矢作が首を振る。

「あの人は、何年も前ですが、わたしのことを、あることないこと記事にしたんですよ。ものすごく迷惑しました。だから、それ以来、あの人のことは気になってました。刑務所の中にいても、新聞や週刊誌を読むことはできますから、知らないうちに、いろいろな情報がインプットされたのかもしれませんね」

「嘘をつくな。篠原さんの子供のことが記事に出るはずがない」

「三年前、宗教団体に親子で拉致されたじゃないですか。あのとき、かなり詳しい記事を読みましたよ」

「ああ……」

針谷が溜息をつく。

そうだった。貴子と高志が大宇宙真理の光教団に拉致され、青山の総本部で多くの死者が出た事件はセンセーショナルに報道され、貴子と高志についても事細かに報道された。平時ならばあり得ない事態だった。高志の年齢も報じられたはずだ。

「なぜ、あの人たちにこだわる？　篠原さんの報道が迷惑だったとしても、もう昔の話だし、報道の内容は事実だったわけだろう。だから、あんたは刑務所に入った」

「……」

矢作が手を止めて、うつむく。

しばらくして、ふーっと溜息を洩らすと、

「確かに、わたしは罪を犯しました。だから、罰を受け、罪を償《つぐな》うために刑務所に入った。何も間違ってませんよ。そのことに文句なんかありません。誰だって、悪いことをしたら、その罪を償うのは当然ですからね」

「それなら……」

「刑事さん」

矢作が顔を上げ、針谷の言葉を遮る。

「このステーキはうまいですよ。ものすごくうまい。肉が柔らかくて、口の中で溶けてしまいそうだ。こんなにうまいステーキですが、わたしは子供の頃から脂身が苦手なので脂身を残してしまいました。せっかく、こんな高いものをごちそうになったのに……」

皿の傍らに脂身がよけてある。

その脂身を皿の中央に移動させると、いきなりフォークを何度も突き刺す。フォークと皿がぶつかって音が出るほど強く刺し、尚もナイフでずたずたに切り刻む。

「たとえ脂身だとしても、こんな風にされたら牛だって泣きますよね。肉にされた上、脂身が嫌いだと言われて、刺されたり切られたりして……。牛は何もわからないかもしれませんが、こんな目に遭ったら、自分だったら嫌だなあと思いますね」

矢作がにやりと笑う。

「……」

針谷は黙って矢作を見つめる。こいつ、突然、何を言い出すんだ、という怪訝《けげん》な眼差しである。

「ひとつ質問していいですか？」

「何だ？」

「この世で一番強いのは、どんな人間だと思いますか？」

「は？」

「ヘビー級のボクサーとか、オリンピックで金メダルを取るような柔道家でしょうか？体の大きなプロレスラーだって強そうですね。ヤクザはもっと強いかもしれない。スポーツマンはルールを守って戦いますが、ヤクザにはルールなんかありませんから。勝つためなら、平気で背中から刺すようなことをするでしょう。それなら警察官の方が強いのかな。拳銃を持ってますからね。どう思いますか？」

「……」

「わたしが思うに、本当に強い人間というのは、何も失うものがない人間じゃないでしょうかね。家もない。仕事もない。家族もいない。金もない。そんな人間が一番強いと思うんです。だって、生きていても楽しくないから、この世に何の未練もないじゃないですか。もちろん、まともに戦えば、スポーツマンにもヤクザにも警察官にも勝てないでしょうが、相手が油断しているときに不意打ちすることはできる。素手では駄目だから、包丁だとかハンマーで襲うわけですよ。もちろん、捕まるでしょう。捕まって刑務所に入れられる。相手を殺せば、一生、刑務所暮らしになるかもしれない。誰だって、そんなのは嫌ですよね。ヤクザはルールを守らないかもしれませんが、刑務所に入りたくはないから、相手を殺すのをためらうんじゃないですかね？　でも、何も失うものがない人間、警察に捕まることも刑務所に入ることも怖れない人間、そんな人間なら平然と相手を殺すんじゃないでしょうか。死刑になっても構わないと思っているわけだから、何だってできますよ。拳銃だって怖くないんですからね」

「なぜ、そんな話をする？」

「別に」

矢作が肩をすくめ、ちょっと思いついたから話しただけですよ、と言う。残っていた料理を平らげ、ビールを飲み干すと、

「ああ、お腹いっぱいだ。うまかったなあ。ありがとうございます」

大きく息を吐き、針谷に笑いかける。

会計を済ませて、二人は店を出る。

店の前で、

「篠原さんたちに近付かないでほしいんだけどね」

「なぜ、わたしがあの人たちに近付くんですか？」

「知らないよ。あんたにはあんたの理由があるんじゃないのか？」

「別に行動制限はかけられてないんですけどね。仮釈放だと、いろいろな制限があるんでしょうが、わたしは刑期を勤め上げたので、どこでも好きなところに行けるんですよ」

「変なことを考えているのなら、やめた方がいい」

「変なことって何ですか？　小さい子供をさらって変態行為をするとか、さっきの脂身みたいにずたずたに切り刻むとか、そういうことですか？」

「そんなことを考えているのか？」

「ごちそうさまでした」

丁寧に針谷に頭を下げると、矢作が針谷に背を向けて歩き出す。

その後ろ姿を、針谷が厳しい表情で見送る。

（頭のいい奴だ）

慎重に言葉を選びつつ、決して脅迫にならないように、矢作は針谷との会話を続けた。何を言っても、まるで他人事のようにのらりくらりとかわしたり、たとえ話でごまかすだけである。今の状態では矢作を捕まえることはできない。

だが、間違いなく貴子と高志に危険が迫っている、と針谷は確信する。

（あいつは、やる気だ。きっと二人に危害を加えようとする）

警告など何の抑止力にもならない、と矢作本人に会ってわかった。矢作が口にしたように、矢作には失うものがないのだ。怖いものが何もない。だから、何でもできる。どうすればいいのか、針谷にもわからない。

ひとつの疑問が生じる。

なぜ、それほどまでに貴子を恨むのか、ということである。貴子の記事が矢作を糾弾《きゅうだん》し、矢作が逮捕されるきっかけのひとつになったかもしれないが、何年も前の話である。同じような記事を書いたライターは他にもいるだろうし、裁判で矢作に不利な証言をした者もいるはずだ。貴子だけを恨むのは筋違いである。

それとも、自分に不利益をもたらした者たちすべてに復讐するつもりなのだろうか？ たまたま矢作の復讐リストの最初に貴子の名前が載っているというだけなのだろうか？

いや、そんなことができるはずがない。

何らかの行動を起こせば、矢作は逮捕されるだろう。何人もの人間に復讐するというのは現実的ではない。

出所してすぐに貴子に目を付けたというのは、よほど貴子を恨んでいるということではなかろうか？

何かある、と針谷は直感する。

恐らく、貴子はまだ何かを隠しているのだ。

あれだけ怯えながら、何かを針谷に隠そうとするのは、なぜだろう、と針谷は首を捻る。

よほど言いたくないことなのかもしれないが、それがわからなければ、矢作を止めることもできない。

8

四月九日（火曜日）

ＳＲＯの朝礼が行われている。

新九郎が室長だった頃は、朝礼前に音楽が鳴り響いたものだが、今はそういうこともない。麗子が挨拶し、連絡事項を伝える。取り立てて重要なものはない。続いて、浪岡美鈴が事務的な連絡をする。それが済むと、

「最後にもうひとつ。夏目さんの申し出について、昨日、部長と話しました。捜査の許可をもらいました」

麗子が言う。

夏目が、よっしゃー、と叫ぶ。

「声がでかすぎるだろうが」

尾形が耳を塞《ふさ》いで顔を顰《しか》める。

「何とでも言え。全然気にならん。よし、早速、出かけようじゃないか」

夏目が言う。

「どこに行くんですか？」

久美子が訊く。

「御殿場だよ」

「何かあるんですか？」

針谷が訊く。

「若い女性の遺体が見付かったのだが、おれが注目している特徴に一致しているようなのだよ」

「血を抜かれているということですか？」

「そうだ。しかも、まだ腐敗していない。犯人が遺棄してから、それほど時間が経たないうちに見付かったんだな。今までになかったことだ。すぐに行って、現場と遺体を確認する必要がある」

「いきなり行くわけにはいかないだろう。まずは静岡県警との調整が必要だぜ。いくら広域捜査をする権限があるといっても、土足で他の警察の縄張りに踏み込むと、いろいろ軋《あつ》轢《れき》が生じるからな」

尾形が言う。

「あんたにしては、至極《しごく》、真っ当な意見だな。もちろんさ。おれだって馬鹿じゃない。すでに段取りはつけてある」

夏目が得意げに胸を反らせ、鼻孔を膨《ふく》らませる。

「それは、どういう意味ですか？」

麗子が眉間に皺を寄せる。

「そう怖い顔をしなくてもいいでしょう。どうせ、山根は……いや、山根部長が許可するだろうと思って、すぐに動けるように準備しておいただけですよ」

「おいおい、フライングかよ。許可が出なかったら、どうするつもりだったんだ？」

尾形が呆れる。

「山根部長の性格は、あんたよりよく知ってるんだ。吸血鬼事件なんて、あいつが涎《よだれ》を垂らしそうな事件さ。きっと自分が現場に行きたくて、うずうずしてるぜ」

「それは否定しませんけど、こういうやり方をされると困ります。今後は慎んで下さい」

麗子が注意する。

「了解でございます！」

夏目が背筋を伸ばして敬礼する。

「ああ、面倒臭《くせ》え奴だぜ。何て暑苦しいんだ」

尾形が溜息をつく。

一時間後……。

夏目、尾形、針谷、久美子の四人が乗った車は御殿場に向かって高速道路を走っている。

針谷が運転し、尾形が助手席に坐っている。

夏目がハイテンションではしゃいでいる。

「おい、少しは静かにしたらどうだ」

尾形が舌打ちする。

「研究室にいると引き籠もり状態なんだ。忙しいと、朝から夜まで一歩も外に出られないなんてこともある。不健康そのものさ。やっぱり、人間は太陽の光を浴びて活動するのが正しいな。植物と同じだ。人間だって光合成するんだよ。光を浴びることで、エネルギーが生まれる」

「何だ、こいつ、わけのわからないことばかり言いやがって。頭がおかしくなったな。いや、おかしいのは前からだが、更に磨きがかかった感じがする」

「あんたの嫌味なんか、まったく気にならん。楽しいぜ。第二の人生の始まりだからな。おれもついに捜査官だぜ」

わははは、と夏目が大笑いする。

「……」

尾形が顔を顰めて溜息をつく。嫌味を言う元気もなくなったようだ。

「夏目さんが連続殺人事件と仮定している一連の事件と、今回の事件、血を抜かれているという以外にも共通点があるんですか？」

　針谷が訊く。

「今回の遺体は全裸で見付かっていて、身許がわかるようなものを何も身に着けていなかったらしい。そういう状態だと、時間が経って白骨化して発見されたとき、事件なのか事故なのか判断が難しくなるが、今回に関しては、間違いなく事件だな。白骨化までいかなくても、遺体が腐乱してしまうと肉体的な損傷を見付けるのも難しくなるが、この遺体には人為的に血液を抜いた痕跡も残っているようだから、それほど腐乱していないのだろう。言い方は悪いが、宝の山みたいなもんだな。たぶん、他にもいろいろと役に立つ情報が手に入るはずだ」

「随分詳しいんだな」

　尾形がつぶやく。

「ふふふっ、もう検視報告書を読んだからな」

　夏目が自慢げに言う。

「は？　何で、そんなことができるんだ？」

「おれは科警研の法科学第一部の主任研究員だったんだぞ。しかもラッキーなことに静岡県警の科捜研《かそうけん》の幹部は、おれの仲良しだ」

「よほどの変人だってことだな」

尾形が肩をすくめる。

「しかし、それなら、わざわざ御殿場に出かける必要はないだろう。検視報告書が手に入ったのなら、あとは捜査報告書を送ってもらえばいいだけだ」

「現場を歩くのが刑事の基本だろう。まずは現場だよ、現場」

「ドラマや映画の観すぎだぜ。何が現場だ、馬鹿野郎。刑事の仕事の七割は事務仕事なんだよ。そう教えてやれよ、坊屋」

「わたしを巻き込まないで下さいよ」

久美子が口を尖らせる。

「そうさ。坊屋ちゃんには関係ない。そもそもな、あんたの言う事務仕事っていうのは居眠りすることとスポーツ新聞を読むことなのか？」

「殴ってやりてえなあ」

「お二人は、まるっきり水と油という感じですね」

久美子が笑う。

「意外と似た者同士だから、何かの拍子に仲良しになるかもしれないぞ」

「ハリー、ふざけたことを言うんじゃねえよ」

尾形が横目で針谷を睨む。

「ところで、坊屋ちゃん、例の教団の捜査、どうなってるのよ？　別れた旦那さんから何か聞いてないの？　公安のやり手なんだよな」

　夏目が訊く。

「わたしは何も聞いてません」

「会ってないの？」

「子供に会いに来ますから、たまに会うことはありますけど、仕事の話はしません」

「ふうん、そういうものなのか」

「あの教団、もう無害なんでしょう？　最近はニュースにもなってないみたいですが」

　針谷が言う。

「新興宗教団体を甘く見てはいかんね。死んだ振りをしてるだけで、本当に死んだわけじゃない。性急に勢力拡大を図って躓《つまず》いたわけだが、そこから多くのことを学んだはずさ。その教訓を生かして、虎視眈々《こしたんたん》と次の機会を狙っていると思うね。その点に関しては、あんたが詳しいんじゃないのか、尾形さんよ？」

「ノーコメントだな」

「信教の自由は憲法で保障された権利だからな。警察官の妻子が怪しい新興宗教にはまったとしても、あんたが糾弾されることはない」

「てめえなあ……」

「あの事件で教祖が死んでいれば教団もがたがたになっただろうが、いまだに健在だからな。かなりの悪人だぜ。そんな悪人が何人もの女を抱えてハーレムを作るなんておかしいだろう。おれなんか、まだ一回も結婚してないんだぞ」

夏目の顔が怒りで歪《ゆが》む。

「その点に関しては何の不思議もない。そもそも、今まで女と付き合ったことがあるのか？」

尾形が後ろを振り返る。

「ノーコメントだ」

夏目がぶすっとした顔になる。

「何だか話が脱線しましたね。教団と言えば、木戸は、どうしてるんでしょう。気になりませんか？」

「自分で選んだ道だ。他人がとやかく口出しすることじゃないよ。それこそ個人の自由だろう」

尾形が答える。

「そうかもしれませんが……」

「なあ、もうすぐサービスエリアだろう。少し早いが飯を食おうぜ」

夏目が提案する。

「そうだな。向こうに着いてからだと昼飯を食う暇がないかもしれないな。珍しく気の利いたことを言うじゃないか」

尾形が賛同する。

「刑事になると、食生活のリズムが崩れやすいと聞いた。だから、自分でしっかり律することが必要だろう。いい仕事をするには健康第一だからな」

「それなら、まず贅肉《ぜいにく》を落としたらどうだ？　とても健康そうには見えないぜ」

9

サービスエリアの駐車場に針谷が車を停めると、まだエンジンも切っていないのに、夏目は車から飛び出した。

「何だ、あいつ、トイレに行きたかったのか？」

尾形が首を捻る。

「そうではないみたいですよ」

針谷が顎をしゃくる。

夏目はトイレではなく、様々なご当地グルメを販売している売店の方に向かっている。

「そんなに腹が減ってるのかね？　あの巨漢だから仕方ないのか」

尾形が肩をすくめる。

三人は車を降りると、トイレに行く。用を済ませ、トイレを出て夏目を探すが、売店の近くには見当たらない。

「どこに行ったんだ、あいつ？」

「もう中じゃないですか」

久美子が言う。

三人が建物に入り、フードコートに歩いて行くと、そこに夏目の姿がある。両手に何かを持って、むしゃむしゃ食べている。

「素早いな。もう食ってるのかよ」

尾形が椅子に坐る。

「何ですか、それ、うまそうですね」

針谷が訊く。

夏目の左手には肉まんがあり、右手には焼き鳥が握られている。

「あっちに売ってるよ。いやあ、うまいなあ。すごくうまいぜ」

あっという間に平らげてしまう。

「早いな。もう昼飯は終わりかよ」

「こんなものは、ただのおやつさ。さあ、食うぞ～。何にしようかな。うまそうなものばかりで迷うぜ。しかし、捜査っていいなあ。素晴らしいぜ。まるでプチ旅行じゃないか。何て楽しいんだ」

さて、何を食べようかな、と夏目が、スキップでも始めそうな軽い足取りで、また何かを買いに行く。

「なあ、ハリーよ、頼むからあいつを撃ち殺してくれないか。おれの頭がおかしくならないうちに」

「気持ちはわかりますが、おれに頼むのはやめて下さいよ」

針谷が嫌な顔をする。

「じゃあ、坊屋……」

「わたしも何か買ってきま～す」

久美子が席を立つ。

「おれも」

針谷も続く。

「何だ、あいつら……。あのデブと一緒でも平気なのか?」

尾形が首を捻る。

一時間後……。

四人はサービスエリアを出発する。

「ああ、食った、食った」

後部座席にのけぞり、大きく膨らんだ腹を撫でながら、夏目が大きく息を吐く。

「食いすぎなんだよ」

尾形が舌打ちする。

「腹がいっぱいになったら眠くなってきた。このまま温泉にでも行きたいなあ。御殿場の方には、いい温泉がたくさんあるし」

「仕事中なんだよ」

「冗談に決まってるだろう」

ふんっ、と夏目が鼻を鳴らす。

「もうすぐ御殿場ですが、御殿場のどこに行けばいいんですか？」

針谷が訊く。

「自衛隊の滝《たき》ケ《が》原《はら》駐屯地《ちゅうとんち》とスポーツセンターの中間付近だな。そこで遺体が見付かったんだ。とりあえず、自衛隊の駐屯地かスポーツセンターを目指して行ってくれ」

「現場の住所をナビに入れればいいだろうが」

「目印になりそうなものが周りに何もないらしくて、住所を入れても、ちゃんとナビが連れて行ってくれるかどうかわからないらしい。御殿場署で対応してくれた人間がそう言ってたよ。心配するな。おれは方向音痴じゃないし、周辺の地図も念入りに下調べしてきた。任せておけ」

「頼りねえなあ」

「少し寝るから、高速を下りたら起こしてくれ」

「昼寝かよ。本当に旅行みたいだな」

「時間の有効活用を心懸けているだけだ。じゃあ、おやすみ」

夏目が腕組みして目を瞑る。

三分もしないうちに、いびきが洩れ始める。

「こいつ、マジで寝ちまったのか」

尾形が驚く。

「熟睡モードみたいですよ」

久美子が言う。

「図太い奴だなあ」

「ある意味、うちにぴったりじゃないですか。尾形さんとも気が合いそうですし」

「てめえ、殴るぞ」

尾形が不愉快そうに舌打ちする。

10

高速を下りて、久美子が夏目を起こす。

夏目は寝惚け眼のまま、その道を真っ直ぐに行け、そこを右に曲がれ、しばらく真っ直ぐだ……と、あれこれ針谷に指示を与えた。

「こいつ、まだ夢でも見てるんじゃないのかね」

と、尾形は心配したが、実際には夏目の指示は的確で、道に迷うこともなく目的地に到着した。

「ほら、あそこだ。車が停まってるぞ。きっと御殿場署の捜査員だな。どうだ、おれの言った通りだろう」

夏目が自慢げに言う。

その車の後ろに針谷が車を停めると、私服の刑事が二人降りてくる。

「御殿場署の長崎《ながさき》です」

四〇代半ばくらいの年格好の刑事が名乗る。

「同じく佐々木《ささき》です」

こちらは三〇歳前後に見える。

「あ、どうも、ご苦労さま」

夏目が尾形たちを押《お》し退《の》けて前に出る。

「わたしが電話したＳＲＯの夏目です。彼は同僚の尾形警視正、そっちは針谷警視、で、この人は坊屋巡査部長だ」

警視正、警視という部分を力強く発音する。

「は」

「は」

長崎と佐々木が背筋を伸ばし、姿勢を正して敬礼する。長崎は巡査長、佐々木は巡査部長である。

警視正といえば、警視庁なら課長クラス、県警本部なら部長クラスの階級だし、警視も、小さな警察署なら署長クラスの階級だ。尾形と針谷の階級を知って、二人が緊張したのは当然である。

夏目は、尾形と針谷よりも偉そうにしているから、もっと階級が上かもしれないと二人が考えても不思議はない。

「あいつ、自分は階級がないからおれたちを出しにしてるんだぜ」

尾形が小声で針谷に言う。

科警研の主任研究員だった夏目には階級がない。あくまでも出向という扱いなのである。科警研から警視庁の捜査部門への出向は珍しく、滅多にあることではない。

「じゃあ、早速、現場に案内してもらおうかな」

「こちらです。足許が悪いので、ご注意下さい」

佐々木が先導して、茂みに入っていく。

「現場を荒らすことにはなりませんか？」

針谷が長崎に訊く。

「もう鑑識の捜査は終わっているので大丈夫です」

長崎が答える。

「これといった手がかりは何もなかったんだよね？」

夏目が訊く。

「遺体が発見される前、二日続けてかなりの雨が降ったのです。犯人が何かしらの手がかりを残していたとしても、雨のせいで消えてしまったのではないでしょうか」

茂みに足を踏み入れながら、長崎が答える。

「犯人には、ラッキーだったわけだな」

尾形がつぶやく。

「それは違うだろう。事前に天気予報をチェックして、雨の日に捨てたと思うね。この犯人は偶然に頼るような人間だとは思えない」

夏目が振り返って、尾形に言う。

「前を見てないと危ないですよ」

久美子が注意する。

「ありがとう」

にこっと久美子に笑いかけた瞬間、夏目が足を滑らせて、前のめりに転倒する。受け身も何もできず、両手を広げた状態で、泥に顔を突っ込む。

「大丈夫ですか」

針谷が駆け寄って、夏目を助け起こす。

「ああ、すまんな、ハリー……」

分厚い黒縁眼鏡のレンズまで泥で真っ黒になっているし、顔も泥だらけた。シャツやズボンも泥でひどく汚れている。

「おいおい、何て姿なんだよ」

尾形が呆れる。

「坊屋、車のトランクにタオルが積んであるはずだから、何枚か取ってきてくれ」

針谷が車のキーを久美子に渡す。

「はい」

久美子が小走りに車に戻っていく。

「怪我はありませんか？」

針谷が訊く。

「たぶん、平気だ。どこも痛くないから。いや、違うな。顔は痛い。もろに地面に激突したし」

「体が重すぎて、咄嗟の動きが鈍すぎるんだよ」

尾形が言う。

「こんなときにふざけるのはやめましょう」

針谷が尾形をたしなめる。

そこに久美子が何枚ものタオルを手にして戻ってくる。

「これで少しでも汚れが落ちるといいのですが」

針谷と久美子が二人で夏目の体についた泥をタオルで拭い落としてやる。

その傍らで尾形は突っ立っている。

御殿場署の二人の刑事たちは、何も言えずに、ただ立ち尽くしている。

「もういいよ。すまなかったな。おれのせいで余計な手間をかけさせてしまった」

さあ、行こうか……夏目が佐々木と長崎を促して歩き出す。

道路から一五メートルほど茂みに入ったところで、佐々木と長崎は足を止める。その先は行き止まりだ。コンクリートの壁になっている。

「何の痕跡も残っていませんが、ここに全裸の遺体が横たわっていました」

長崎が地面を指差す。背の低い下草が生い茂っている場所だ。長崎に言われなければ、そこに遺体があったことなど想像もできないであろう。

「雨が降ったにしても、道路からここまで運んだとすれば、ちょっとくらい何かが残っていてもよさそうですけどね」

　針谷が言う。

「そうではないのです。道路から運んだのではなく、この上の道路から投げ捨てたようなのです」

　長崎が上を見る。

　コンクリートの壁の上には別の道路が走っているのである。

「上の道路には何か残ってなかったのですか？」

　久美子が訊く。

「何もありませんでした。ただ側溝から青いビニールシートの繊維が見付かり、その繊維が遺体の頭髪にからまっていたものと一致したそうです」

　長崎が答える。

「遺体をビニールシートにくるんで、トランクに入れた。それをトランクから出して道路を引きずったときに繊維が残ったということかな」

　尾形がつぶやく。

「雨だったのに、よく繊維が側溝に残ってましたね」

　針谷が言う。

「鉄製の上蓋の溝に引っかかっていたと聞きました」

「なるほど」

「目撃情報は今もなしかね？」

夏目が訊く。

「この道路も、上の道路も、歩行者はほとんどいません。近くに人家もありませんから、犬の散歩をさせるような人もいないのです。車通りもあまりありません。人も車も通らないところなので、この周辺には、防犯カメラも設置されていません」

長崎が言う。

「人も車も通らないような場所に、こんな立派な道路を作る必要があるのかね」

尾形が首を捻る。

「近くに自衛隊の駐屯地がありますし、富士の裾野には演習場もあります。演習が行われるときには自衛隊関係の車両が頻繁に行き交います」

それまで黙っていた佐々木が口を開く。

「なるほど、自衛隊のための道路ってわけか」

尾形がうなずく。

「そんな淋しい場所なのに、よく遺体が見付かりましたね？　どういう人が発見したんですか」

久美子が訊く。

「地元の方たちではないのです。このあたりには珍しいキノコが生えるらしく、しかも、雨の後によく見付かるそうなんです」

　長崎が答える。

「じゃあ、キノコ採集に来て、たまたま遺体を見付けたということですか?」

　針谷が訊く。

「そういうことになります。そのキノコが生えるのは、この周辺の限られた一画だけらしく、遺体が捨てられた場所が何百メートルかずれていたら、その人たちに発見されることもなかったと思います」

「ずっと見付からなかった可能性もあるということか」

　針谷がうなずく。

「被害者の身許はわかったんですか?」

　久美子が訊く。

「いいえ、わかりません。身許がわかるようなものを何も身に着けていませんでした。家出人や失踪者の情報もチェックしていますが、今のところ、当てはまりそうな人間はいません。わかっているのは、二〇歳前後の若い女性だろうということだけです」

「指紋は?」

　尾形が訊く。

「犯罪歴はないようで、指紋照合ではヒットしませんでした」

長崎が首を振る。

「歯の治療痕は？」

「治療痕はあるようなのですが、歯がかなり変形していて、役に立つかどうかわからない、と聞きました」

「変形？」

「シンナーやトルエンのようなものを過剰に摂取していたせいではないか、と」

「ああ、そういうことか」

「髪も金髪でした。もちろん、金髪だから普通でないという意味ではありませんが」

「金髪でシンナーか。ヤンキー娘ってところだな」

尾形が言う。

「遺体の状態に関しては、この人たちに訊くより、後で科捜研に訊く方がいいだろう」

夏目が言う。

「せっかく御殿場まで来たけど、これといった手がかりも得られなかったな」

尾形が言う。

「そんなことはないさ。やはり、現場に来た意味はあるよ。報告書を読むだけではわからないことがわかる」

「例えば、どんなことだ？」

「考えてみろよ。地元の人間もほとんど通らないような場所なんだぞ。そんな場所に、犯人がたまたまやって来たと思うか？」

「犯人には土地勘がある、ということですか」

針谷がうなずく。

「そう思うね」

「だけど、あんたの推理では犯人は栃木在住じゃなかったか？」

尾形が訊く。

「そこなんだよ」

夏目がポンと両手を打ち合わせる。

「栃木在住という確信は揺るがない。にもかかわらず、犯人には土地勘がある。いろいろな可能性が考えられるな。かつて御殿場に住んでいたとか、仕事かプライベートでよく来ていたとか、あるいは、これまでにも、このあたりに遺体を捨てたことがあるとか……」

「以前にも身元不明の遺体が見付かったことがありますか？」

針谷が長崎に訊く。

「いいえ、ないと思います」

なあ、そうだよな、と長崎が佐々木に顔を向ける。

「はい、記憶にありません」

佐々木が首を振る。

「だからさ、きっと見付かってないんだよ。さっき言ってたよね。今回の遺体が見付かったのは、たまたまだって。この限られた一画に生えるキノコを探しに来た人たちが見付けたわけだろう？　ということは、この周辺で、つまり、上の道路から遺体を投げ捨てることができて、しかも、キノコが生えないような場所に、誰にも発見されていない遺体があるかもしれないってことだ」

「発想が飛躍しすぎだぜ」

尾形が肩をすくめる。

「犯人は穴を掘って遺体を埋めたわけじゃない。上の道路から放り投げただけだ。つまり、遺体は野ざらしになっているわけだ。時間が経てば、腐乱したり白骨化したりしているだろうが、野ざらしになっているのなら、捜索は大して難しくない。道路沿いに、茂みをざっと調べればいいだけだからな。どうだね、そんな捜索をしたことはあるかい？」

「いいえ、ありません」

「調べる価値があると思わないか？」

「思います。署に戻ったら、課長に話してみます。万が一、署として動くことができなければ、わたしと佐々木の二人だけでも調べることができます。おっしゃるように野ざらしになっているのであれば、道路沿いの茂みを歩くだけですから」

「うん、いいね。ぜひ、やってくれたまえ」

夏目が満足げにうなずく。

11

長崎や佐々木と別れ、針谷たちも車に乗り込む。

「じゃあ、行きますか。次は静岡県警の科捜研ですよね。ええっと、静岡市の葵《あおい》区か……」

針谷がカーナビをセットしようとする。

「ちょっと待て」

尾形が止める。

「何です？」

「高速に乗る前に、どこかで着替えを買った方がいいだろう」

「ああ、そうですね。夏目さん、着替えた方がいいですよね。優しいじゃないですか、尾形さん」

「汚れもひどいが、臭いもひどいからな。ずっと同じ車に乗っているのは、こっちが辛いのさ」

尾形が夏目を振り返る。

「自分では気にならないが、狭い車内だし、みんなに不愉快な思いをさせたくはない。どこかに寄ってくれればありがたい」

夏目が素直にうなずく。

「駅の方に行けば、何かあるだろう。とりあえず、車を出せよ」

尾形が言うと、はい、と返事をして針谷が車を出す。

「ここから駅に行く途中にショッピングモールがあるみたいですよ。そこで買えばいいんじゃないですか」

携帯を操作して、久美子が調べる。

静岡県警の科捜研に着いたのは、二時間ほど後である。御殿場から静岡まで、高速で八〇キロほどの距離だから、大してスピードを出さなくても一時間もかからない。二時間もかかったのは、夏目の着替えを買うのに時間を食ったせいである。

尾形は渋い顔をしていたが、あまり文句も言わなかったのは、悪臭を我慢するより、時間がかかる方がましだと考えたからであろう。

駐車場に車を停め、四人が正面玄関から建物に入る。受付の前に、黒縁の眼鏡をかけた小太りの男が立っている。白衣を着ている。

その男を見た瞬間、尾形は、

(夏目に似てるな)

と思った。

「おおっ、松山《まつやま》ちゃん、お久し振り！」

夏目が嬉しげな様子で駆け寄る。

「夏目ちゃんも元気そうだなあ。また太ったんじゃないか？」

「それはお互いさまだろう」

「ははは、そうだな。この年で痩せ始めたら、たぶん、癌《がん》だからな。太るくらいが健康なのさ」

「その通り、その通り」

大きくうなずきながら、夏目が松山と握手する。

「紹介するよ。おれの同僚」

夏目が振り返り、尾形、針谷、久美子を順繰りに松山に紹介する。

「おれの同期の松山礼次郎《れいじろう》研究員……いや、主任研究員だったな。ここの科捜研の幹部さ」

「話を聞いたときは半信半疑だったけど、本当に警視庁で仕事をしてるんだなあ。捜査官かよ。びっくりだなあ。部下まで引き連れて飛び回るなんて大したもんだなあ」

松山が感心する。いろいろ誤解しているが、夏目はその誤解を否定しようとはしない。

「研究職も好きだが、一度くらい現場で犯罪捜査をするのが夢だったからさ」

「ついに夢が叶ったわけか。すごいなあ。尊敬するよ。やっぱり、あれかね、警察手帳と拳銃を持ち歩いてるわけ？」

「んなはずねえだろう」

がははは、と笑いながら、夏目が松山の背中をどすんと叩く。

「なあ、同窓会も結構なんだけどさ」

尾形が夏目に声をかける。

「ん？」

夏目が肩越しに振り返る。

「仕事をしようぜ」

「ああ、そうだな。仕事だよ、仕事。久し振りに松山ちゃんに会ったら嬉しくなってしまってな」

「今度ゆっくり会おうぜ。他にも何人か呼んでさ」

松山が言う。

「いいねえ。よし、この事件が解決したら、おれの家に集合だ」

「うん、何とか解決してもらいたいよ。あんな若い子がひどい目に遭《あ》わされるなんて……。すぐに解剖室に行くかい？　もう用意してあるけど」

「そうしよう。よろしく頼む」

12

解剖室に入る前に、夏目たちはマスクとビニール手袋を渡される。マスクをつけ、ビニール手袋をはめると、松山が解剖室に案内してくれる。

「じゃあ、遺体を出すから」

松山が指示すると、助手が冷凍保存してある遺体を保管場所からストレッチャーで運んでくる。遺体は全裸で白い布がかけられている。

助手が遺体を解剖台に乗せると、松山が布を取る。

遺体の喉元から臍《へそ》の下にかけて縫合した痕がある。すでに解剖して、臓器を取り出したせいだ。脳も取り出したので、額にも切断痕がある。

「もう解剖して検視報告書も作成してある。読んだだろう？」

松山が夏目に訊く。

「うん、読んだよ」

「改めて解剖したいなんて言わないよな？」

「その必要があるかな？」

「ないと思うね。内臓にも脳にも何も損傷はなかった。腕と足を一箇所ずつ骨折していたけど、犯人に暴力を振るわれたせいではなく、道路から投げ落とされたときに骨折したのだと思うね」

松山が骨折している箇所を指差す。

「擦過傷《さっかしょう》がいくつもあるようだけど、やはり、そのときにできたものかね？」

夏目が訊く。

「そうだろうな」

松山がうなずく。

「犯人は被害者に暴力を振るっていなかったわけか……」

「性的な暴行は、どうでしょうか？」

久美子が遺体に近付きながら訊く。

「レイプはされていないね。その種の痕跡は何も残っていなかった。そもそも、膣《ちつ》や子宮の状態からすると、被害者は何ヶ月もセックスをしていなかったんじゃないかな」

松山が遺体の下腹部に視線を走らせる。

薄目の陰毛が性器を覆っている。

「処女ではなかったわけですね？」

「処女どころか、この被害者は妊娠したことがあるはずだよ」

「子供を産んだことがあると？」

久美子が驚く。

「いや、中絶したんだろう」

「この被害者、まだ若いですよね？」

針谷が訊く。

「身許がわからないから推定になるけど、二〇歳前後だろうね。一〇代かもしれない」

「高校生の可能性もあるんですかね？」

尾形が訊く。

「あるね」

「それで妊娠、中絶の経験ありか。何ヶ月もセックスしていないということは、その何ヶ月間、犯人に監禁されていたからなのかな」

「そうだろうと思うよ。監禁の理由も推定できる」

「教えて下さい」

「血を抜くためだろう」

「血を？」

尾形と針谷が顔を見合わせる。

「犯人から暴力を振るわれたような痕はないが、他に気になる痕がある。ここだよ」

松山が遺体の左右の肩や二の腕を指し示す。

「注射針の痕だな」

夏目が腰を屈めて、顔を近付ける。

「被害者の死因は失血だよ。遺体には、これくらいの体格の女性が生存するのに必要な四割くらいの血液しか残っていなかった」

「貧血状態だったということですか？」

久美子が訊く。

「普通の貧血というレベルではないな。本当にひどい。何ヶ月もかけて血を抜かれ、徐々に貧血状態に陥って、最後には失血死したわけだからね。時間をかけて少しずつ血を抜いていけば、たとえ貧血状態になったとしても、きちんと栄養補給すれば、また新たな血が作り出される。健康な人間が定期的に献血しても何の問題も起こらないのと理屈としては同じだよ。だけど、どういう理由かわからないが、犯人は、一度に血を抜きすぎてしまった。それで被害者はショック状態になって失血死した」

松山が説明する。

「どういう目的で血を抜いたんでしょう？」

久美子が訊く。

「さあねえ……」

「ふと思いついたのですが、この被害者が特殊な血液の持ち主ということはありませんか？」

針谷が訊く。

「それは、おれも考えたよ。だから、その点は念入りに調べた。だけど、残念ながら珍しい血ではない。ごく普通の、ありふれたA型だった」

松山が肩をすくめる。

「そうですか」

「おれが同一犯の仕業だと疑っている事件の被害者たちの血液型もバラバラなんだよ。A型もいればB型もO型もいる。犯人は血液型にはこだわっていないようだ」

夏目が言う。

「いったい何のために血をほしがるのかね？」

尾形が首を捻る。

「今のところ被害者の共通点は、若い女性ということだけですね」

久美子が言う。

「血液型不問、但《ただ》し、若い女性に限るってか。意味がわかんねえな」

また尾形が首を捻る。

「なあ、夏目ちゃんよ。被害者の身許、まだわからないのかい？」

「手がかりなしだ。御殿場署の捜査員も、そう言ってたよ」

「もちろん、犯人も早く捕まえてほしいけど、被害者の身許だけでも早くわかるといいな。いつまでもこんなところに置いておくのはかわいそうだからさ。せめて、きちんと葬って、ちゃんとお墓に入ってほしいから」

「全力でがんばるよ」

「遺棄されてすぐに見付かったから顔も崩れていないし、生前の面影がはっきりわかる。だけど、行方不明者届にはヒットしない。犯罪歴がないから指紋も駄目だ。だけど、歯の治療痕が歪むほど薬物に依存していた。どういう子なのかな。おれには理解できない」

「ヤンキーだけど、警察沙汰を起こすほどのワルではない。しかし、学校や家庭でもトラブルを起こして、親からも見放されていたから、何ヶ月も行方がわからなくなっても、誰も警察に捜索を依頼しようとはしない……そんなところかね」

尾形がつぶやく。

「かわいそうな子ですね」

久美子がしんみりした口調で言う。

13

「平日なのに結構、混んでるんだなあ」

助手席の鯨岡啓介《けいすけ》が欠伸《あくび》をしながら言う。

ゆうべも遅くまで映画会社の重役たちと飲んで、あまり寝ていないのだ。

昨年、カンヌ映画祭で賞を取ってから、日本を代表する映画監督だとマスコミに持ち上げられ、一躍、時代の寵児《ちょうじ》となった。

鯨岡は五九歳だが、ここに至るまでの道程は平坦ではなかった。大学時代から映画作りに熱中し、黒澤明《くろさわあきら》や溝口健二《みぞぐちけんじ》に憧れて映画会社に就職したものの、なかなか助監督から抜け出すことができなかった。ようやく監督として独り立ちしたのは四〇代半ばを過ぎてからである。低予算の、撮影日数の短いポルノばかりを撮らされたが、文句も言わずに仕事をこなした。もうすぐ五〇歳になろうというとき、たまたま同僚の映画監督が撮影の途中で脳梗塞で倒れるというアクシデントがあり、急遽《きゅうきょ》、その仕事を鯨岡が引き継いだ。公開日が決まっているから、とにかく急いで完成させてくれ、予算の範囲内に収めてくれれば、あとは好きにしていいから……プライドの高い監督であれば断るような無茶な話だったが、鯨岡は承知した。映画が好評で、鯨岡が監督した部分の斬新なカットが話題となった。その仕事が終わった後で、ポルノではない一般映画を監督することになったのは、映画会社が鯨岡に借りを返したのである。もっとも、低予算で、撮影日数が短いという点では変わらなかった。

内容が地味で、キャストもほとんど無名の俳優ばかりだったせいで、ほとんど話題にならず、短期間で上映も打ち切られたが、思いがけず、モントリオールの映画祭で大きな賞を取った。

その次の映画もモスクワで賞を取った。

鯨岡は俄然、注目される監督になった。

ただ、賞を取った映画は、芸術性は高く評価されたものの、娯楽性に乏しいせいか、興行的には振るわなかった。にもかかわらず、コンスタントに映画を撮れるようになったのは、鯨岡が昔と変わらず低予算でも文句を言わなかったからだし、鯨岡の映画に出たがる俳優が増えたからでもある。

去年、鯨岡の映画はカンヌで賞を取った。

最高賞ではなかったものの、重みのある賞だったから、映画監督としての鯨岡は箔《はく》が付いた。日本でも大きく報道され、鯨岡と主演俳優は賞賛された。鯨岡を巨匠と呼ぶ者も現れ、現代日本を代表する映画監督としての地位を不動のものとした。

大きな話題になった作品ではあるものの、やはり、興行成績は振るわなかった。同じ時期に公開された人気アニメの成績とは雲泥の差だった。

世間的に見れば、鯨岡は大きな名声を得た世界的な映画監督だが、その名声に見合うだけの収入は得ていない。監督料が安すぎるからである。欧米では、力のある映画監督であれば、監督料の他に興行収入の何パーセントかを受け取る契約を結ぶのが普通だが、そういうシステムは日本には存在しない。

それ故、大監督という立場に見合うだけの生活を維持するためには、本来の仕事の合間に講演をしたり、テレビに出たりという副業に精を出して稼がなければならないのである。

ゆうべの重役たちとの飲み会は、次の映画の打ち合わせが主な話題だったが、いつものように映画の製作予算は少ないし、鯨岡の監督料も今まで通りという話だった。国内外で得ている名声の大きさを考えれば、その申し出は鯨岡を愚弄《ぐろう》するものと言ってよかった。

鯨岡自身、腹が立たないわけではなかったが、

「鯨岡さんの映画は儲《もう》からないからなあ」

と言われると黙るしかなかった。金銭的には不遇であっても、好きな映画を好きなように撮れるだけでも恵まれているのだ、金のために映画を撮るわけじゃないんだから、と自分を慰めた。

必要な金は映画以外で稼げばいい……そう割り切って、所属している芸能事務所には、

「金になる仕事は断らないで、どんどん入れてくれ」

と頼んである。

ゆうべの疲れが残っているから、今日は自宅でのんびり過ごしたかったが、マネジャーの高尾《たかお》公子《きみこ》が自宅マンションに迎えに来たのは副業のためである。

高尾公子は三二歳で、芸能事務所の社員だが、去年、カンヌに同行したときに鯨岡と男女の関係になり、それ以来、深い関係が続いている。

別居中とはいえ、鯨岡には妻がいるから、二人の関係は秘密である。公子と深い仲になってよかったと鯨岡が思うのは、事務所に秘密で仕事を引き受けられるようになったことである。

事務所を通して仕事を引き受けると仲介料を引かれるから、その分、鯨岡の実入りが減ってしまう。例えば、テレビの出演料が二〇万円だったとしても、仲介料や税金を引かれると、鯨岡の手許には三割から四割程度しか渡らない。

テレビ出演や講演などの仕事を事務所に秘密にすることはできないが、結婚式でスピーチしてほしいとか、食事会に参加してほしいというような、鯨岡のファンからの個人的な依頼であれば、事務所に内緒で引き受けることができる。

しかも、謝礼が馬鹿にならない。

短いスピーチをするだけで一〇万円、お金持ちのマダムたちの食事会に二時間ほど付き合うだけで二〇万円……事務所から仲介料を取られることもないし、税金の申告もしないので丸々自分の懐に入る。

公子と付き合っているおかげで、そういうおいしい副業が定期的に入るようになった。

今日も、そういう仕事で那須に出向くのである。

「平日は仕事の車が多いし、休日は観光客の車が多いから、結局、いつも混んでるということなんでしょうね」

ハンドルを指先でコツコツ軽く叩きながら公子が言う。渋滞して、のろのろ運転を強《し》いられているから、苛々しているのであろう。

「新幹線の方がよかったかなあ」

鯨岡がぼやく。

「監督は顔が知られているから、まずいですよ。写真なんか撮られると、今時のファンはすぐに自分のブログにアップしますからね。事務所の誰かが見付けたら……」

「バイトがばれちまうか」

「はい」

「事務所も怖いが税務署も怖いからな」

「こういう仕事でたくさん稼ぐようになると、いつまでも税金を納めないのもまずいかもしれませんね。脱税で告発なんかされたら大きなダメージになりますから」

「ばれるかな？」

「あまり大っぴらでなければ大丈夫だと思いますけどねえ」

「だけど、結婚式でスピーチすれば、ブログに出るだろう。食事会だって、そうだよ」

「そうですけど、謝礼を渡したなんてことは、普通、書かないじゃないですか。一〇万渡してスピーチしてもらったなんて書かれたら大変ですけど」

「そうだね。ところで、今日は、いくらもらえるの？」

「二〇〇万にしてもらいました」

「それは悪くないな。面倒な仕事だと思ったが、二〇〇万なら那須まで行く価値はある」

「最初は断りましたもんね。一〇〇万でも嫌だとおっしゃって」

「有名人に憧れるおばさんたちと飯を食うだけなら、大して肩も凝《こ》らないけど、映画に出たいとか、仕事が絡むと面倒だからさ。その場限りで済まないかもしれないし、映画に悪影響が出るようだと、たとえ一〇〇万でも尻込みするさ」

「向こうも有名人ですよ。鳳翔《ほうしょう》ルリ子ですからね。往年の大女優じゃないですか」

「公子の親の頃の有名人だろう。今では忘れられた女優さ……」

つまらないメロドラマにばかり出ていた大根役者で、億万長者と結婚しなければ、今頃は落ちぶれていただろう、と言う。

「嫌いなんですか？」

鯨岡の辛辣《しんらつ》な口調に驚いて、公子が訊く。

「好きじゃないね。少なくとも、一人の映画ファンとしては」

「映画監督としては、どうなんですか？」

「一緒に仕事をしたいとは思わないな。演技が下手なくせに、我が強くて、気位だけは高そうだ。扱いにくそうだよ」

「監督は無名の俳優を使うのがお好きですからね」

「手垢《てあか》の付いたプロの俳優は、どうしても演技が大袈裟《おおげさ》だからね。こっちは自然な演技がほしいのに、キャリアを積めば積むほど不自然な演技をするようになる。テレビドラマなら、そういう俳優の方が使いやすいだろうけど、映画では使えない。少なくとも世界では通用しない」

「厳しいですねえ」

公子が笑う。

「確かに鳳翔さんの出た映画は、監督の求める芸術性とは真逆の映画ばかりかもしれませんね。何本か観たことがありますけど、どれもパターンが同じなんですよね。男と女がくっついて別れて、最後によりを戻す。その出会いや別れが必ず地方の観光名所なんですよ。映画の本筋には何の関係もないんですけど、ある意味、それが楽しくもあるというか……」

「くだらん」

鯨岡が顔を顰めて舌打ちする。

「たぶん、地方自治体とのタイアップだったんじゃないですか」

「まさに商業主義の権化だな。映画を金儲けの手段としか考えていなかったわけだ」

「古い映画にしては割と面白かったですけどね。そんなに駄目なんでしょうか？」

「全部が駄目だとは言わないよ」

「いい映画もあるんですか？」

「あるよ。例えば、『永遠の湖』とか『風霜《ふうそう》地帯』とかね」

「へえ、そうなんですか。観たことないです」

「そうだろうね。だって、全然、ヒットしなかったから。おれの映画も儲からないと言われるけど、その二本はもっと儲からなかっただろうな」

「それは不思議ですね。鳳翔さん、ドル箱スターだったはずなのに」

「お決まりのパターンの恋愛ものでもないし、観光地も出てこないから、ヒットしなかったんだろうが、逆に言えば、いつものパターンと違っていたせいで、いい映画になったとも言えるな」

「そんなにいい映画なんですか？」

「鳳翔ルリ子は大根役者だけど、大根役者だからこそ、かえって、その映画の中では引き立っている。無駄な演技がないんだよ。ただ、そこにいるだけという感じでね」

「ひどい」

　公子が噴き出す。

「プロの俳優なのに、何もしていないから誉められるなんて」

「それが難しいんだよ。意識的にそういう演技ができれば名優だけど、何もできないから何もしていない。大根役者たる所以《ゆえん》だな。大根役者から名優みたいな演技を引き出すなんて、監督としての力量が半端じゃないよ。それに斬新なカットとキレのある演出……。正直に言うけど、おれは、その映画からものすごく影響を受けてるんだ。恐ろしい監督だと思った。マキノ慎之介《しんのすけ》というんだけどね。わずか一年の間に立て続けにその二本を監督したけど、確か、まだ四〇にもなってなかったはずだ。三〇代であんな傑作を撮ることができるなんて驚きだよ」

「へえ、すごいですね。だけど、知らない監督さんだなあ」

「幻の名監督さ。まるでヒットしなかったし、おれみたいに映画祭で賞をもらったりもしなかったから、その二本しか撮ってないはずだよ。鳳翔ルリ子が引退してからは名前も聞かなくなった。こうして目を瞑るとね……」

鯨岡が目を瞑る。

「あの二本の映画の場面が甦《よみがえ》ってくる。数え切れないくらい観たからね。様式美の極致というのか、画面のすべてが計算され尽くしている。小道具ひとつにしても、きちんとバランスが取れていて、でたらめな配置が何もない。人工的なんだけど、すごく自然に見える。そのアンバランスが素晴らしいんだ。ダ・ヴィンチのモナ・リザみたいに、どこから眺めても一点の歪みもない。あんな映画は一生に一度しか撮れないだろうな。神経がすり減って、気が狂ってしまうよ。それを二本も撮ったんだから、まさに天才の仕事と言うしかない」

「うん、そうだね。あの二本の映画には天才と狂気が同居しているよ」

「天才と何とかは紙一重と言いますよ」

「女優としての鳳翔ルリ子の名前が日本の映画史に残るとしたら、あの二本の映画に出演したおかげだよ。それ以外のメロドラマはどれもクズだからな」

「そのクズのおかげで大女優として君臨したんですよ。興行的には大成功だったから」

「映画がヒットするかどうかは、芸術性とは無縁の話だからなあ」

「監督も見習ったらどうですか？　どこかの地方自治体とタイアップして観光地で撮影すれば、地元の人たちもボランティアとして撮影に協力してくれるでしょうし、スポンサーもつきやすいかもしれませんよ」

「よせよ。冗談じゃない」

「地方自治体とのタイアップは冗談としても、次の映画に鳳翔ルリ子を起用するのは、どうですか？　往年の大女優ですし、出演することになれば、きっと世間の注目を集めますよ。もちろん、監督の新作は黙っていても注目されるでしょうけど、正直、スポンサーを集めるのには苦労していますから」

「それを言われると耳が痛いな」

鯨岡が溜息をつく。

「お金がすべてではないと思いますけど、お金がないと映画を撮れませんからね」

「ううむ、そうだなあ。鳳翔ルリ子は資金集めの役に立つかな？」

「役に立ちますよ。さっき、わたしの親の世代の大女優だったとおっしゃったじゃないですか？　お金を持っているのは、そういう世代の人たちなんですから」

「まだ配役の決まってない役がひとつあるけどね。ヒロインのおばあちゃん役なんだが」

「あら、ぴったりじゃないですか」

「向こうが乗ってきそうだったら、話してみるかな。どうせ大した役でもないし」

「そうして下さいよ。そもそも、鳳翔ルリ子自身が大富豪なんですからね。今日だって、監督との会食に二〇〇万も出してくれたじゃないですか。映画の資金援助だってしてくれるかもしれませんよ。一億とか二億とか……」

「おいおい、マジかよ」

「マジですよ」

「しかし、向こうがその気になったら、事務所に話を通さなければならんな。今日のこと、ばれないだろうか？」

「ばれませんよ。今日の会食については事務所を通してないから、わたしたち二人しか知らないし、鳳翔さんが映画に出ることになったら、改めて事務所を通せばいいだけです。ノープロブレムです」

「そうか……」

鯨岡が何事か思案を始める。

渋滞が解消され、車が流れ出したので、公子も運転に集中する。

14

「ああ、慌ただしい一日だったなあ」

助手席で大きく伸びをしながら、尾形が言う。

「だけど、収穫は多かったじゃないですか。正直、夏目さんを見直しましたよ」

運転しながら針谷が言う。

「こいつねえ……」

尾形が肩越しにちらりと後ろを見る。

後部座席で、夏目が大いびきをかいている。口を大きく開け、完全に熟睡モードである。

「異動してくるなり、いきなり、おかしなことばかり言って、かき回《まわ》しやがってなあ」

「おれも最初は驚きましたけど、実際に捜査を始めると、そう的外れでもないという気がしてきましたよ」

「びっくりしますよね、吸血鬼事件だなんて」

久美子が言う。

「これが連続殺人かどうか、まだわからないけど、少なくとも、あの女の子を殺した犯人は今も野放しになってるわけだから、その犯人を捕まえないとな。今のところ、夏目さんのひらめきは、かなり的確だから、きっと犯人に辿り着けるんじゃないかな」

　針谷が言う。

「そうだといいが……。このだらしない寝姿だけを見ていると、とてもそんな腕利きには見えないが」

　尾形が溜息をつく。

「室長が替わってからのこの三年、実際、これといった事件も解決してないし、このあたりで少しは活躍しないと、また廃止しろなんて言い出されそうですからね」

「山根部長がいる限り、安泰だろう」

「そんなにのんきに構えていていいんですかね。最近、室長が元気がないことに気が付いてますか？」

「そうか？」

「そうですよ、なあ、坊屋？」

「確かに」

　久美子がうなずく。

「山根部長がSROを指揮しているときは、華々しく活躍してましたからね。あの頃の実績を物差しにされると、芝原室長には大変なプレッシャーだと思いますよ」

「また近藤房子が活躍してくれればなあ。山根部長もあの女だけは逮捕することができなかったし」

「この三年、音沙汰なしですからね。どこに隠れているのか……」

「芝原さんが近藤房子を逮捕すれば、大手柄なのになあ」

「まずは吸血鬼事件の解決ですよ」

「こんなだらしのないデブに頼らざるを得ないのかねえ」

ちらりと振り返って、また尾形が溜息をつく。

依然として夏目は熟睡している。

15

「すごい家だな。いや、これだけの豪邸だと、家ではなく屋敷と呼ぶべきか」

鯨岡が首を振りながらつぶやく。

「ハリウッド映画に出てきそうな大豪邸ですね。まるでリゾートホテルじゃないですか」

公子がうなずく。

門前で車を停め、インターホンを押して名乗ると、門扉が自動で開く。そこから屋敷まで、くねくねと曲がった緩やかなスロープを一〇〇メートルほど上る。スロープの左右は手入れの行き届いた庭園になっている。

車寄せに入ると、正面玄関の前にタキシード姿の初老の男が立っている。根津である。

公子が車を停め、鯨岡が助手席のウィンドーを下ろすと、根津が近付き、

「執事の根津でございます。ようこそお越し下さいました」

と深々と一礼する。

「車、どこに停めればいいですかね？」

「後で駐車場に移動しますので、キーを差したまま降りていただけますか」

「エンジンは切った方がいいですかね？」

「そうして下さいませ」

公子がエンジンを切り、二人が車から降りる。

「どうぞ、こちらへ」

重々しい木製の玄関ドアを開いて、根津が二人を屋敷に招じ入れる。

「うわ～っ、すごいですねえ」

思わず公子の口から感嘆の声が洩れる。

とても個人の住宅とは思えないのであろう。

天井には大きなシャンデリアが下がり、床には赤い絨毯《じゅうたん》が敷き詰められている。正面には幅の広い大理石の階段があり、途中で左右に分かれて二階に続いている。踊り場の壁には大きな抽象画がかけられているが、それは美術館に展示されていてもおかしくないほ

ど高価な名画である。

さりげなく置かれている家具や調度品のひとつひとつも手入れの行き届いた高級品で、個人の住宅というより、高級ホテルのロビーのような雰囲気である。

「間もなく主人が参ります」

「はあ、そうですか」

豪華さに圧倒され、鯨岡も周囲をきょろきょろ見回している。

「主《あるじ》でございます」

二階から鳳翔ルリ子がゆっくり下りてくる。

いくつもの宝石をあしらった冠を頭に載せ、シルバーのスパンコールのドレスを着ている。体の線がはっきり浮き上がっている。

「……」

鯨岡と公子が口をぽかんと開け、目を丸くしている。豪華《ごうか》絢爛《けんらん》な宝塚歌劇団の舞台を見ているような錯覚を覚えているのだ。主役が階段を下りてくるような光景なのである。そうでなければ紅白歌合戦だ。派手な衣装で歌う演歌歌手を、ふと鯨岡は思い出す。

鯨岡と公子がちらりと視線を交わす。二人とも必死に笑いを嚙《か》み殺している。

建物も豪華だし、衣装も豪華である。

舞台設定としては申し分ない。

ところが、そこに現れた女主人は醜悪な年寄りなのである。年齢を隠すためだろうが、かなりの厚化粧をしていて、それがまた醜悪さを際立たせている。精一杯のお洒落が、かえって強く老いを感じさせ、ルリ子を道化めいた存在にしている。

「鯨岡監督、ようこそいらっしゃいました。鳳翔ルリ子でございます」

鯨岡の前に立ち、ルリ子がにこやかに挨拶する。

「あ……初めまして、鯨岡と申します。本日はお招きいただき、どうもありがとうございます。こちらは、マネジャーの高尾です」

「高尾です」

「まあ、嫌だわ。初めましてだなんて。何度もお目にかかったことがありますわよ。鯨岡監督が助監督だった頃ですから、もう古い話になってしまいますけど」

ルリ子は公子には顔も向けず、一途《いちず》に鯨岡を見つめている。

「覚えていて下さったとは感激です。何人もいる助監督の一人に過ぎませんでしたから」

「ご一緒したのは三本くらいだったかしら？」

「はい、そうです」

「そのうちの一本で賞をいただいたのを覚えているわ」

「ええっと、ファンが選ぶ映画大賞でしたか……」

「そうよ。わたし、映画の賞なんか何ももらったことがなかったから、あれは嬉しかったわ。批評家とか映画会社の関係者ではなく、ファンに選ばれたことに感激したわ。今でも、そのときにいただいたトロフィーを大切にしていますのよ」

「なるほど」

鯨岡がうなずく。

その賞は、今でも続いている。

映画ファンの人気投票で選ぶという体裁を取っているが、実際には、映画会社の意向で誰が受賞するか決まっている。

映画会社を儲けさせてはくれるものの、権威のある映画賞などとは無縁のドル箱スターに箔を付けさせるために作られたお手盛りの賞なのである。去年は、まるで演技のできない男性アイドル歌手が受賞した。シリーズ物の映画に主演を続けているが、どれも内容のない、支離滅裂な駄作ばかりである。それでも映画はヒットしているし、映画会社は、そのシリーズ物で大儲けしている。そのご褒美として受賞させてもらったわけである。

当時、ルリ子も同じような経緯で受賞したことを鯨岡は知っているし、その映画もひどい駄作だった。

助監督として参加したのは事実だが、カンヌで受賞したときに主催者から求められた経歴からは、その映画に参加した事実は除外されている。自分にとって何のプラスにもならなかった経験で、できれば忘れてしまいたい嫌な記憶だからである。

「食事の用意をしてありますのよ」

どうぞ、こちらですわ、とルリ子はさりげなく鯨岡の腕に自分の腕を絡める。二人の後ろから公子がついていく。

「静かなんですね。まるで他に誰もいないかのようだ」

広い屋敷なのに、物音ひとつせず、しんと静まり返っており、まったく人の気配がない。

「あら、本当に誰もおりませんのよ。今日は執事の根津とわたしだけしかおりませんの」

「そうなんですか」

「もちろん、普段は使用人が何人もおりますけれど、鯨岡監督がいらっしゃるなんて知ったら大騒ぎになってしまいますもの。今は何でもネットに流れてしまう時代ですから、鯨岡監督にご迷惑をかけてはいけないと思いまして、昼までにみんな帰しました」

「ご配慮に感謝します」

それは本心からの言葉である。ルリ子との会食は秘密の副業だから、ネットで暴露されては困る。

「お酒や料理は事前に用意しましたのよ。うちのコックは、なかなか腕がいいんですの。最高の食材を使うように伝えましたので、きっと監督のお口にも合うと思います」

「それは楽しみです」

食堂も広々としている。

中央に一枚板のどっしりとしたテーブルがある。一〇人以上は楽に坐ることができそうだ。そこに今は三人分の食器が並べられている。ルリ子と鯨岡が向かい合うように坐り、公子は鯨岡の横だ。

根津が三人のグラスにシャンパンを注いで回る。

「カンヌでもおいしいシャンパンをお召し上がりになったんじゃございません？」

ルリ子が訊く。

「とんでもない。あの受賞は青天の霹靂《へきれき》みたいなものでしたから、映画会社も大して期待してなくて、わたしは自費でカンヌに行ったんですよ。ホテルも安いところに泊まったし、食事も質素でした。シャンパンなんて、とてもとても……」

「そうでしたの。これは、サロンのブラン・ド・ブラン・ブリュットですの、お口に合うといいのですけど」

「うわあ、すごい」

思わず公子が声を出す。

「あら、ご存じ？」

「高尾はワイン好きなんですよ。なあ？」

「ワインは好きですけど、こんな高級シャンパンを飲むのは初めてです。サロンのシャンパンは生産数が少ないので『幻のシャンパン』と呼ばれているんですよね？」

「じゃあ、高いんだろうな」

「わたしの月給でも買えないと思います」

「お金の話はよしましょう。わたしは鯨岡監督に喜んでもらえればいいんですから」

うふふふっ、と笑いながら、ルリ子がグラスを手に取る。鯨岡と公子もグラスを持つ。

「鯨岡監督との再会を祝して。そして、カンヌでの栄冠を祝して」

乾杯、とルリ子がグラスを持ち上げる。

「乾杯」

「乾杯」

ああ、おいしいなあ、サロンのシャンパンって、こんな味わいなんだ、と公子が興奮気味に語る。

根津が前菜を運んでくる。他に使用人はいないから、何もかも根津が一人でやらなければならない。

三人はシャンパンを飲みながら、前菜を食べ、スープを飲む。酒も料理もおいしいせいか、話が弾む。話題は、もっぱらカンヌで賞を取った鯨岡の作品についてである。

魚料理が出てくると、シャンパンに代わって、白ワインが出される。

根津が手にしたボトルを見て、公子が息を呑む。

「もしかして、モンラッシェですか、しかも、ドメーヌ・ルフレーヴ……」

「本当によくご存じですのね。ワインに詳しい方に味わっていただけて嬉しいですわ」

ルリ子が微笑む。

「どういうワインなの？」

鯨岡が訊く。

「白ワインの最高峰ですよ」

「高いの？」

「もちろんです。月給どころか、ボーナスでも、わたしには買えません。だけど、値段云々《うんぬん》ではなく、そもそも生産数がものすごく少ないので、いくらお金を出しても、そう簡単には買えないはずです」

「へえ」

そんなすごい白ワインなのか、と感心しながら、鯨岡がグラスを持ち上げ、ワインをじっと見つめる。

実は、鯨岡は根っからの日本酒党で、ワインはあまり好きではない。さっきのシャンパンも、別にまずくはないが、大してうまくもないな、という程度の感想しか持たなかった。

公子がボーナスでも買えないというのだから、五〇万以上はするのであろうし、ひょっとすると、一〇〇万くらいするのかもしれない……そう考えると、いくらか興味が湧いて

くるものの、

（どうせなら、それくらい貴重な日本酒を飲ませてもらえれば大喜びするんだがなあ……）

と残念に思う。

このワインと同じように、生産数が少なすぎるために一般に流通せず、マニアックな愛好家の間で高値で取引される稀少な日本酒が存在するのである。

とは言え、日本食のコースならば、日本酒が出たかもしれないが、フランス料理のコースなのだからワインが出るのは当たり前だし、こんな高価なワインを飲み、うまいものを食って、その上、高額の謝礼までもらえるのだから、これで文句を言ったら罰が当たる、と鯨岡は自分に言い聞かせる。

三人が魚料理を食べ始めると、

「実は鯨岡監督が興味を持ちそうな企画がございますのよ」

さりげなくルリ子が話題を変える。

これこそ、ルリ子にとっては今日の会食のメインテーマである。映画の企画を鯨岡に聞いてもらいたいがために、この会食をセッティングしたのだ。

「ほう、どんな企画ですか？」

別に興味はないが、礼儀として、そう鯨岡が訊く。

「ええ……」

ルリ子は大きく深呼吸してから、その企画の説明を始める。昨日から何度となく、どう説明すれば効果的か思案を重ね、頭の中でシミュレーションを繰り返したのである。そのおかげで説明は、スムーズに進む。

こんな話である。

過去に辛い経験をした三〇代の美しい女性が、妻子ある男性と運命的な出会いをする。

二人は熱烈な恋に落ちる。

その男性は家庭を捨てて、女性と結婚しようとするが、妻と話し合いをしているときに、子供が重い病気にかかっていることがわかる。

子供にとって、父親の存在が最も必要とされるときに、子供を見捨てて自分だけが幸せになることができるのか、と男性は苦悩する。

男性の様子がおかしいことに気が付いた女性は、何かあったのかと訊く。

男性は女性に悩みを打ち明ける。

女性は自ら身を退《ひ》く決心をする。

愛し合いながら、二人は別れることになる。

男性の子供は病から回復するものの、男性の妻が浮気に気が付き、男性を責める。夫婦の仲は冷え切ってしまう。

女性の方も親や兄弟に不幸が続き、苦労ばかりする。

二人とも幸せではないが、お互いの状況がわからないので、きっと幸せになっているだろうと想像する。

別れてから一〇年後、偶然二人は再会する。

まだ愛し合っていることがわかる。

この一〇年、二人とも不幸だったこともわかる。

今度こそ二人は一緒になることを決意する。

それぞれが抱えている問題を何とか片付け、二人は愛を誓い合って結婚する。

「ざっとこんな感じなのですが……」

ルリ子がワイングラスを手にする。喉が渇いたのであろう。頬が火照《ほて》り、目が潤んでいるのは、自分が語った物語に深く感動したせいである。この物語は、長い時間をかけて、他ならぬルリ子自身が生み出したのである。いつか自分が銀幕に復帰するときにふさわしい物語を用意しなければと決意し、何年もかけて練り上げたのである。われながら完璧に仕上がった素晴らしい物語だと自負している。

「……」

鯨岡も公子も黙りこくっている。

あまりにも陳腐《ちんぷ》で時代遅れのストーリーなので、もしかすると、何かの冗談なのではないかと思うが、ルリ子の真剣な表情を見ると、とても冗談という感じではない。

「素敵な話ですね、監督」

公子が口を開く。

「あっ、ああ……そうだね、真実の愛というのは永遠不滅のテーマだからね。ただ、使い古されているというか……」

「キャスティング次第だと思いますよ。古くて新しいものって、たくさんありますから」

「そうだけどなあ……」

気乗りしない様子で鯨岡がうなずく。

「例えばですけど……」

公子が旬の中堅女優の名前を列挙する。彼女たちであれば、その企画にふさわしいのではないか、というわけである。

公子自身、馬鹿馬鹿しい企画だと承知はしているが、これだけの高級ワインをごちそうになったからには、少しはルリ子の提案に真摯《しんし》に対応しなければならないという、一種の義務感から口にしているだけである。

もちろん、この企画が実現する可能性がゼロだということは百も承知だ。

仕方なく鯨岡も公子に付き合い、あの女優はああだこうだ、この女優はああだこうだと話し始める。

と、突然、ルリ子が咳払いをする。

鯨岡と公子がルリ子に顔を向けると、

「一応申し上げておきますけど、主役のヒロインに最もふさわしいのは、わたしではないかと思っておりますのよ」

生真面目な顔でルリ子が言う。

「え、しかし、ヒロインは三〇代の女性なのでは……」

思わず鯨岡が口にする。

テーブルの下で公子が鯨岡の足を蹴《け》る。

「ものすごく素敵なお話だと思いますが、ご存じの通り、映画を製作するには気の遠くなるような時間と労力が必要です。この企画については継続して打ち合わせをするということで、まずは、すでに話が進んでいる映画についてご相談させていただけませんか？」

「鯨岡監督の新作？」

「そうです。カンヌで賞を取ったことで、企画段階ですでに海外のバイヤーからも買い付けの申し込みが殺到しており、ヨーロッパやアメリカでの公開も決まっています」

「まあ、すごいわ。カンヌの次は、いよいよ、アカデミー賞を狙えますわね」

「そういう意気込みで取り組んでいる企画なのです。すでに脚本も完成し、キャスティングも八割方決まっています。ただ、幸いなことに、鳳翔さんに向いている役がまだ空いているのです。そうですよね、監督？」

「うん、そうだね」

鯨岡がうなずく。

「まあ、どんな役ですの？」

ルリ子が身を乗り出す。期待に満ちた眼差しで鯨岡を見つめる。あたかも初めて恋を知った少女のような燃えるような眼差しである。

「ええっとですね……」

鯨岡がその役について説明を始める。あまり熱心ではない。公子が話を振ってきたから仕方なく話しているという感じである。

那須にやって来る途中、車の中で、公子が新作に鳳翔ルリ子を使えば、いい宣伝になるし、スポンサーも集めやすいのではないかと提案し、鯨岡もその気になったものの、実際にルリ子に会ってみて、その気持ちは急激に萎《しぼ》んでしまった。その役柄に関する鯨岡のイメージとルリ子があまりにもかけ離れていたからである。

もちろん、現実のルリ子と映画の中の役柄は別物だから、演技力のある女優であれば、鯨岡のイメージ通りに演じてくれるかもしれない。

しかし、ルリ子に対する鯨岡の評価は、あくまでも大根役者というものである。現役時代に大根役者だったのに、何十年ものブランクの後に、突如として名優に生まれ変わっているはずがない。

「ヒロインが慕っている存在で、ヒロインが挫折したときに優しく励ますという役どころなのですが……」

「……」

最初は興味津々《しんしん》という様子で聞いていたルリ子だが、次第に表情が虚ろになり、熱意が露骨に消え失せていく。てっきり自分がヒロインに抜擢されるのではないかと胸を高鳴らせていたのに、ヒロインどころか、ヒロインの祖母役だというのである。つい今し方、自分が三〇代のヒロインを演じるという企画を説明したばかりなのに、六〇代のばあさん役をやれとはどういうことなのか……。

その役がルリ子の実年齢に近いということは何の慰めにもならない。そもそも、ルリ子は自分を六四歳だと思ったことは一度もない。今でも若く美しいと思っているし、若さと美貌を保つために、涙ぐましい努力を続けているのだ。

その自分に祖母役を提示するとは侮辱ではないかというのがルリ子の沈黙の原因である。

厚化粧のせいでわかりにくいが、ルリ子の顔から血の気が引き、膝の上に置いた両手がひくひくと小さく震えている。激しい怒りのせいである。

「こんな端役《はやく》で申し訳ないのですが、もし少しでも興味がおありでしたら……」

「失礼しますわ」

ルリ子が立ち上がる。

「ちょっと席を外しますが、お酒と料理を楽しんでいて下さいませ」

ルリ子が食堂から出て行くと、根津が肉料理の用意を始める。メイン料理である。肉料理に合わせて最高級の赤ワインが出される。

「ああ、やっぱり……。シャンパンがサロンブラン、白ワインがモンラッシェ……。となれば、次は、きっとこう来るだろうなと思っていたけど、まさか、それが本当になるなんて……。夢みたい。どうか夢なら覚めないで下さい」

公子が深い溜息をつく。

「これもすごいワインなの？」

鯨岡が訊く。

「監督だって聞いたことがあるはずですよ。これは、ロマネ・コンティです」

「ああ、聞いたことがあるよ。テレビで観たぞ。高いワインと安いワインを飲み比べて、どっちが高級品か当てるという番組があるじゃないか。正月にやってる番組。高い方が一〇〇万円、安い方が五千円くらいでさ」

「何もご存じないんですね。一〇〇万円のロマネ・コンティなんか安物ですよ」

「え、そうなの？」

「元々の生産数が少ない上に、その年の出来不出来によっても価値が変わるんです。出来がよくて、数が少ない年度のロマネ・コンティは五千万くらいするはずですよ」

「一本で？」

「もちろんです」

「五千万……」

「さすがにこれは五千万もしないと思いますけど、八五年の生産だから、うろ覚えですけど、五百万くらいするんじゃないかしら」

「このワインが五百万？」

鯨岡が口をぽかんと開ける。

「どうぞ」

根津が鯨岡と公子にロマネ・コンティを注ぐ。

「そんな高級ワインを勝手に先に飲むわけにはいかないな。鳳翔さんが戻るのを待とう」

鯨岡がグラスをテーブルに置く。

「そうですよね」

公子もグラスを置く。

しかし、視線はグラスに注がれたままだ。ロマネ・コンティから目を離すことができないらしい。

「主人は気にしないと思います。どのワインも、鯨岡さまに喜んでいただくために用意したものですから」

根津が二人にワインを勧める。

「その気持ちは嬉しいのですけどねえ……」

鯨岡が根津に顔を向ける。

玄関先で出迎えてもらってから、給仕をしてもらっている今に至るまで、鯨岡は間近で根津を見ていなかった。

というか、執事になど何の興味もないから、ろくに顔も見ていなかったと言うべきであろう。初めて、根津の顔を正面からまじまじと見た。

「失礼ですが、お名前を伺《うかが》ってもよろしいですか？」

言葉遣いが急に丁寧になる。

「執事の根津と申します」

「下のお名前は？」

「慎之介と申します」

「ああっ、やっぱりだ！」

思わず鯨岡が拳《こぶし》でテーブルを叩く。

ワイングラスが揺れる。

公子が悲鳴を上げながら、ワイングラスが倒れないように押さえる。

「どうしたんですか、監督、そんなに興奮して?」

「あなた、マキノさんでしょう? マキノ慎之介監督。『永遠の湖』と『風霜地帯』を監督なさいましたよね? いやあ、感激です。まさか、ここでお目にかかることができるなんて……。わたしはマキノ監督の大ファンなんですよ。自分で言うのも何ですが、あの二本の映画からものすごく大きな影響を受けているんです。わたしにとっては、バイブルと言ってもいいくらいの名画です」

興奮を抑えきれない様子で、鯨岡がまくし立てる。

「遠い昔の話でございます。今のわたしは、ただの執事に過ぎません」

鯨岡と対照的に根津は冷めた表情で、いつもと同じように淡々と仕事をしているという感じだ。

「そんなことをおっしゃらず、お話を聞かせて下さいませんか。質問したいことが山のようにあるんですよ」

「もう忘れました」

根津が首を振る。

「そんなはずはないでしょう……」

鯨岡が矢継ぎ早に質問を繰り出す。

二本の映画の様式美にはシュールレアリスム、特にダリの影響があるように思えるがどうか、斬新なショットがいくつもあるが、そこに自分はヒッチコックやトリュフォーへのオマージュを感じるが間違っているだろうか、それに『永遠の湖』には小津安二郎《おづやすじろう》のパロディ、『風霜地帯』には黒澤明への揶揄《やゆ》ではないかと思われるシーンがいくつかあるが、自分の考えすぎだろうか……。

「……」

根津は無表情に話を聞いている。

まったくの無反応である。

「マキノ監督、どうなんですか？」

「本当に忘れてしまいました。何も覚えておりません」

根津が首を振る。

「どうして、あの二本だけで監督を辞めてしまわれたんですか？」

「……」

根津が黙って首を振る。

「そもそも、どうして、ここにいらっしゃるんですか？　映画監督を辞めて、鳳翔さんの執事になったわけですか」

「お話しすることは何もありません」

「鳳翔さんは数多くの映画に出演なさっていますが、わたしは、あの二本の映画こそ鳳翔さんの最高傑作だと思うんです。マキノ監督の演出と鳳翔さんの演技が完璧に融合している。どうすれば、俳優から、あんな名演技を引き出すことができるのか、そのコツをご教授願えませんか？」

「……」

鯨岡が熱心に様々な質問を投げかけるが、根津は答えようとしない。

「なぜ、話して下さらないんですか……」

質問疲れで、鯨岡がふーっと大きく息を吐いたところにルリ子が戻ってくる。

「あ、鳳翔さん。ちょうどよかった。根津さんがマキノ慎之介監督だとわかって、いろいろ質問していたところですが、口が重くて、何も教えて下さらないんですよ。鳳翔さんから根津さんに頼んでいただけませんか？」

「……」

鯨岡がルリ子に顔を向ける。

ルリ子は両手を後ろに回して、鯨岡に近付く。険しい表情をしているが、鯨岡は気が付かない。

と、いきなり、ルリ子が鯨岡の頭を殴りつける。

素手ではない。

背後に隠し持っていたトロフィーで殴ったのだ。

昔、ファンが選ぶ映画賞を受賞したときにもらったトロフィーである。

「え」

鯨岡は何が起こったのかわからない様子で、左手で頭を触る。手にべっとりと血がつく。

「な、なぜ……？」

ルリ子が今度は鯨岡の顔にトロフィーを叩きつける。その衝撃でトロフィーの先が折れる。公子が悲鳴を上げる。

根津が素早く近寄り、手にしていたロマネ・コンティの瓶で公子を殴る。公子が椅子から転がり落ちて、床にひっくり返る。顔にワインがこぼれる。床に赤い染みが広がるが、それはワインなのか公子の血なのかわからない。

顔面を血だらけにした鯨岡が床に膝をつき、何か言おうとしながら、ルリ子に右腕を伸ばそうとする。

鯨岡の後頭部を、根津がロマネ・コンティの瓶で殴る。鯨岡は前のめりに倒れて動かなくなってしまう。

「自分を何様だと思ってるんだ、この青二才が」

鯨岡を憎々しげに見下ろしながら、ルリ子が吐き捨てるように言う。目が吊り上がり、鬼のような形相になっている。

「この二人、どうしますか？」

「地下室に運びなさい。まだ生きているのなら、こいつらからも血を抜いてやる」

「承知しました」

根津が恭《うやうや》しく頭を下げる。

「わたしは、お風呂に入る。熱いお湯に浸《つ》かって、こいつの暴言を忘れるの」

後のことは任せたわよ、と言い残して、ルリ子が食堂から出て行く。

「……」

根津は、どういう段取りで作業を進めようかと思案する。

鯨岡の来訪を秘密にするため、使用人たちは昼に帰した。明日の朝まで誰も来ないから、時間はたっぷりある。食堂をきれいに掃除して、鯨岡と公子が乗って来た車をガレージに隠してしまえば、とりあえず、二人が屋敷に来たことが使用人たちに知られることはない。

鯨岡と公子が帰宅しないせいで騒ぎになり、ここに警察がやって来るかもしれないが、それは何日か先のことであろう。これほどの有名人が行方不明になれば、いずれマスコミが大騒ぎするだろうが、そんなことを今から心配しても仕方がない。

「まず、この二人だな」

根津が床に倒れている二人を見下ろす。

「ん？」

公子が微かに動いている。意識を取り戻しつつあるようだ。

根津が公子の側頭部をがんと蹴り飛ばす。

公子は、また動かなくなる。

この二人を地下室に運んで全裸にする。持ち物を没収して隠し、二人を檻に閉じ込めてしまう。作業の途中で目を覚ますと面倒だから、睡眠薬をお湯に溶かして飲ませよう。痛み止めの代わりにもなるだろう。すでに地下室には二人の若者がいて、ふたつの檻に一人ずつ入れている。四人になれば、檻に二人ずつ入れることになる。それでは手狭になってしまうが、まあ、何とかなるだろう。二人を地下室に運んだら車を隠そう。最後に食堂の掃除だ。これが一番大変そうだな……根津が頭の中で段取りを組む。

16

「ううっ……ああっ……」

呻き声を発して、テツが薄く目を開ける。

体を動かそうとして何かにぶつかる。

モカである。

鉄格子に寄りかかって、頭を垂れ、目を瞑っている。まだ意識を失っているのだ。

二人が入れられている檻は、わずか一平米の広さしかないので、横になることすらできない。膝を折り曲げて身を屈めているしかないのである。だから、たとえ意識を失っても倒れたりしない。もう一人の体が邪魔で倒れることすらできないのだ。

（そうだ。あいつが来て……）

何時間か前に根津が来て、モカをテツの檻に移した。それまでは一人ずつ別々の檻に入っていたから、狭いとはいえ、手足を縮めれば横になることもできたのだ。

そのときも、モカは意識がなかった。

テツもかなり弱っているが、モカの衰弱はそれ以上にひどい。血を抜かれているせいだろうが、顔が蠟《ろう》のように真っ白なのである。血の色がまったくない。顔だけではない。全身がそんな感じなのだ。二人とも全裸で檻に入れられているから、全身に血の気がないこともわかる。

テツとモカの違いは、テツだけに足枷がつけられていることだ。男だから、反抗されたときの用心につけているのであろう。

しかし、足枷などつけなくても、テツには反抗する力など残っていない。まともな食事も与えられず、一日に一度、パンと水をもらうだけだから力が出るはずがない。それに檻から出されるときは、足枷だけでなく手枷もつけられるので、相手の言いなりになるしかないのだ。

「……」

テツが隣の檻に顔を向ける。

そこには全裸の男女が二人入っている。その二人が運ばれてきたせいで、テツとモカはひとつの檻に閉じ込められることになったのだ。二人とも意識がない。と言うか、生きているのか死んでいるのかもわからない。死体を檻に入れるとも思えないから、たぶん生きているのだろうと思うだけだ。

ガチャッ、とドアが解錠される音が地下室に響く。

根津である。

いつものように無表情だが、心なしか顔に疲労の色が滲《にじ》んでいる。

鯨岡と公子の乗ってきた車を隠すのはどうということはなかったが、食堂の掃除が思ったよりも大変だったのである。二時間くらいで終わると思っていたが、三時間以上かかった。四《よ》つん這《ば》いになって丁寧に血とワインの痕跡を消したので、腰と膝が痛くなった。

ようやく掃除が終わったので、鯨岡と公子の様子を確かめに来た。

二人が入っている檻のそばに行き、しゃがみ込んで、じっと二人を見つめる。

鯨岡の口からは微かに寝息が洩れているから、意識を失っているだけだとわかる。

しかし、公子の方は、うつむいているせいもあり、呼吸しているのかどうかわからない。胸の動きもわからない。鉄格子の間から腕を差し入れ、公子の手をつかむ。手首に触れて脈を取る。生きていた。

二人は全裸である。

鯨岡の顔から胸にかけて、べっとり血がこびりついている。出血は止まっているようだ。公子の体も血まみれである。

もっとも、血だけでなく、ワインも混じっているはずだから、実際には、それほど出血していないのかもしれない。

根津は立ち上がり、ドアに向かおうとする。

そのとき、

「待ってくれ」

テツの弱々しい声が聞こえる。

根津が振り返る。

「頼む、助けてくれ。いや、助けて下さい。誰にも言いません。秘密にします。だから……だから、助けて下さい」

「……」

根津がテツを見つめる。

「お願いです。何でもするから……」

死にたくない、とテツが泣き出す。

「心配するな。それほど苦しむことはないはずだ。何も感じないで、眠るように死ぬことができるはずだよ」

「お願いですから……」

「静かに。他の者たちは寝ているから」

根津は、テツを哀れだともかわいそうだとも思わない。テツだけではない。モカも鯨岡も公子も、根津にとっては、どうでもいい。どうなろうと知ったことではないし、必要に迫られれば、平気で殺すことができる。良心の呵責《かしゃく》に悩むこともない。

根津にとって大事なのはルリ子だけである。

ルリ子を喜ばせるためなら、ルリ子が幸せになるためなら、誰が苦しもうと、誰が犠牲になろうと根津には、どうでもいい。

17

尾形が改札から出てくる。駅を出て、真っ直ぐ家路を辿らず、商店街に足を向けたのは、惣菜を買って帰ろうと思ったからである。

家事は敏江に任せきりである。

食事も敏江が作ってくれたものを食べるだけで、尾形が自分で何かを作ることはない。その代わり、出されたものは黙って食べるし、食事の内容に文句を言うこともない。

ずっと、そうしてきた。

しかし、この一年ほど、それは敏江が教団活動にますますのめり込むようになったのと時期が重なるのだが、敏江の料理は手抜きが多くなった。

敏江本人がどう考えているのかはわからないが、少なくとも尾形には手抜きだとしか思えない。

品数も減ったし、やたらにレトルト食品が増えた。レンジで温めたものを皿に盛り付けただけではないか、と呆れることも多い。一度にたくさん作っておいて、それを何日か続けて出すことも珍しくない。味噌汁は週の初めに作ったものを、減った分だけ作り足すというやり方をするから、週の半ばには豆腐のカスや溶けたわかめで、味噌汁がどろりとしている。三人家族なのに、一度に五合も六合も飯を炊くから、当然、一日や二日ではなくならない。炊いてから三日くらい経った飯は、かぴかぴに固くなり、いくらか色が変わっている。

だからといって、尾形が敏江を叱ることはない。

教団活動に熱心に取り組むようになってからの敏江は以前とは別人である。尾形の言葉で反省するような従順さはない。声高に反発してくる。

それがわかっているし、尾形が何を言ったところで何も変わらないという諦めも感じるから、最近では、帰りに、酒のつまみになりそうな惣菜をふたつくらい買って帰るのが習慣になっている。

駅前には惣菜店もあるし、肉屋や魚屋にも惣菜が置いてある。種類も豊富だし、値段の割にはなかなかうまいので、今夜は何を買って帰ろうかと駅前をぶらつくのが、ちょっとした楽しみになっている。

（ん？）

惣菜屋の店先を覗こうとしたとき、前方に見覚えのある顔を見付けた。

漆原《うるしばら》百合子である。手を繋いでいるのは孫娘の翔子、ショコタンだ。

今までは早朝、夢之介を散歩させているときに公園で会ったことがあるだけで、公園以外の場所で見かけるのは初めてだ。

商店街には飲食店も多い。

どうやら、百合子と翔子は、そういう飲食店のガラスケースを眺めているようだ。

知らん顔をしてやり過ごしてもよかったのだが、それも感じが悪いし、

（夢之介が世話になったしなあ）

という感謝の気持ちもあるので、簡単な挨拶だけでもしようという気になり、二人の方に近付いていく。

「こんばんは」

尾形が声をかけると、百合子がハッとしたように振り返る。警戒するような眼差しを向けたのは、最初、相手が誰なのかわからなかったからであろう。

しかし、すぐに尾形だと気が付き、

「あら、まあ、尾形さん、こんばんは。お仕事の帰りですか？」

「ええ」

「お疲れさまです」

丁寧に頭を下げる。

「夢之介、元気にしてますか？」

「はい。おかげさまで、とても元気です。よく食べるし、よく遊びます」

「また公園に連れて来て下さいよ。夢之介に会いたいもの、ねえ？」

百合子が翔子に顔を向けるが、翔子は無表情に黙っている。

公園で会うと、いつもうるさいくらいに元気なのに、今日はどうしたのだろう、と尾形が怪訝な顔になる。

と、突然、

「お腹空いた……」

翔子がしくしく泣き出す。

尾形が驚いて百合子を見るが、百合子は気まずそうにそっぽを向いている。

何だか妙な感じだし、さっさとこの場を立ち去るのが無難だとわかってはいるものの、
実際に尾形の口から出てきたのは、

「よかったら一緒に食事しませんか？」

という言葉だった。

「え？」

百合子がびくっとする。

「妻が留守なので、今夜は外食しなければならないのですが、一人で食べるのも味気ないから、どうしようかと考えていたところなんですよ。一緒に食事してもらえるのなら、わたしとしてもありがたいのですが」

「で、でも、ご迷惑なのでは……」

「食べる！　わたし、おじちゃんと一緒にごはんを食べるよ」

翔子が明るく言う。

それで決まりである。

百合子も遠慮はしているものの、本心では尾形の誘いを喜んでいるのは明らかである。近くにある中華料理店に入る。どこにでもありそうな、ありふれた店だ。それほど混んではおらず、入口近くのテーブル席に着く。

「何にします？」

「え～っと、どうしようかしら」

百合子は遠慮気味である。

「ショコタンは何が食べたい？」

「わかんない」

「よし、それなら、いろいろ頼んで、みんなで食べよう。好きなものを好きなだけ食べればいい」

「うん、そうする」

翔子が嬉しそうにうなずく。

店員を呼び、メニューを見ながら、尾形が注文する。チャーハン、餃子、春巻き、小《ショウ》籠包《ロンポウ》、麻婆《マーボー》豆腐、エビチリ、油淋鶏《ユーリンチー》、酢豚……。三人で食べるには多いかなという気もしたが、足りないよりは余るくらいでいいだろうと考えた。生ビールとジュースも頼んだ。

すぐに料理が運ばれてくる。

百合子と翔子はがつがつ食べ始める。

尾形が生ビールを半分くらい飲んだときには、すでに料理がかなり減っている。

尾形は、青椒肉絲《チンジャオロウスー》、シューマイ、八宝菜、棒々鶏《バンバンジー》を追加注文した。尾形自身は、あまり食べていないからだ。

しかし、百合子と翔子の食欲はまったく衰えず、追加注文した料理もむしゃむしゃ食べる。結局、尾形はビールばかり飲んで、あまり料理を食べることができなかったが、二人があまりにもよく食べるので、尾形まで満腹感を覚えたほどだ。

多くの料理を頼んだものの、百合子と翔子がすごいスピードで食べるので、一時間ほどで、頼んだ料理を食べ尽くしてしまった。

「お腹いっぱい。おいしかったね」

「うん、すごくおいしかった」

ありがとうございます、と百合子と翔子が尾形にお礼を言う。

三人が店を出る。

「また公園で会いましょう」

尾形が言うと、

「はい。お待ちしています。ごちそうさまでした」

「本当にごちそうさまでした」

百合子と翔子は、食事する前に会ったときとは別人のように明るい表情で去って行く。

尾形は二人とは反対方向に歩きながら、

（どういうことなんだ？）

と首を捻る。

あの二人の食欲は尋常ではなかった。まるで何日も食べていないかのようだった、と尾形は考える。

ふと、

（虐待なのか？）

という疑問が生じる。

かつては虐待といえば肉体的な暴力を意味していたが、昨今、様々な行為が虐待と認定される。精神的な苦痛を与えることも虐待だし、言葉によって自尊心を奪うことも虐待である。十分な食事を与えず、飢餓状態に追い込むことも立派な虐待だ。

百合子と翔子が何らかの虐待を受けていると考えれば、早朝から公園をうろうろしていることも納得できる。家庭に居場所を与えず、疎外感を植え付けることも一種の虐待だからである。

（相談されれば何か対応策も考えられるんだろうが）

今の段階で自分にできることは何もなさそうだな、と尾形は溜息をつく。

18

ただいま、と声をかけて玄関のドアを開ける。

飛び出してきたのは夢之介だ。尾形を見上げて、今にもちぎれてしまうのではないかと心配になるほど激しく尻尾を振る。

「おれが帰ってきて喜んでくれるのは、おまえだけだな」

夢之介の頭を撫でてやる。

リビングに入ると、ぷーんとお香の匂いがする。

仏間からは微かに念仏の声が聞こえる。

（また、やってやがる）

敏江と誠は二人で仏間に籠もって修行に励んでいるのであろう。

台所を覗くと、テーブルの上に食事の用意がしてある。冷凍食品を解凍して皿に盛り付けただけの手抜き料理だ。いつもと同じである。

外食してきて正解だったな、と舌打ちする。

仏間から敏江が出てくる。

「あら、帰ってたの。お帰りなさい」

「ああ」

「お風呂も沸いてますよ。食事が先？」

「どうするかな……。夢之介、散歩させたか？」

「いいえ、誠は帰りが遅かったから。ごはんは食べさせましたよ」

「それじゃ、先に散歩に行ってくるかな」

「気をつけていってらっしゃい」

敏江が仏間に戻る。

「まったく何が楽しいのかねえ」

首を振りながら、寝室に行く。

着替えを済ませると、リードを手にして、

「おい、散歩に行くか？」

夢之介に声をかける。

ワンワンと吠えて、後ろ足でジャンプする。散歩という言葉に反応しているのだ。よほど散歩が好きらしい。

19

朝の散歩では公園まで行くが、夜はあまり遠くまで行かず、近所をぶらぶらして終わることが多い。

「尾形さん」

背後から声をかけられる。

振り返ると安立義之《あだちよしゆき》だ。公安部の警部で、坊屋久美子の元夫である。

「ちょっといいですか？」

「嫌だね。お断りだ」

「そうおっしゃらずに」

安立は尾形と夢之介の後ろをついてくる。

「かわいい犬ですね。尾形さんが動物好きとは知りませんでした。以前は飼っていなかったはずですが、最近、飼い始めたのですか？」

「どうせ犬になんか興味もないんだろう。何の用だよ？」

「教団の情報がほしいんです」

「おれは信者じゃないぜ」

「奥さんと息子さんは、そうではない。着実に教団での重みを増していますよね？」

「あいつらと教団の話はしない。こっちも訊かないし、向こうからも話さないよ」

「木戸沙織のことをご存じですか？」

「木戸がどうかしたのか？」

「教主の子を身籠もったようです」

「ふうん、そうかよ。だけど、おれには何の関係もないね」

「尾形さん、お願いします。協力して下さい」

「職務上の依頼なら、公安の部長から、うちの部長に話を通すのが筋ってもんだぜ」

「そうかもしれませんが……」

「あんた、部長の許可を得ずに独断で動いてるのか？」

「……」

「何で、坊屋はあんたと結婚したのかね？　それが謎だよ」

尾形が夢之介と共に歩き出す。

安立は追って来ない。

尾形が自宅に戻る。

敏江と誠はまだ仏間に籠もっている。

「熱心なことだ」

そうつぶやいて、尾形が風呂場に向かう。

追い焚きのスイッチを入れて、洗い場に入る。

髪と体を洗って湯船に浸かる。

まだ温《ぬる》いが、尾形は気にしない。

（木戸が母親になるってか）

尾形の脳裏に浮かんだのは三年前に亡くなった川久保純一《かわくぼじゅんいち》のことである。純一が沙織に想いを寄せていたことはＳＲＯのメンバーはみんな気が付いていたし、二人が付き合っているのではないか、と尾形は勘繰《かんぐ》っていた。

だが、沙織は美福門太陽の元に走り、純一の恋は終わった。

純一の死は自殺ではなく、他殺である。

まだ犯人は捕まっていない。

しかし、尾形には純一自身が死を招き寄せたような気がしてならないのである。

「くそっ、あの教主、くたばっちまえばよかったのに」

尾形がじゃぶじゃぶと手荒に顔を洗う。

涙が滲んできたらしい。

20

警視庁を出て、針谷は貴子に電話をかける。

「針谷だけど、できるだけ早くに会えないかな？」

「矢作のこと？」

「そうだ」

「これからでも大丈夫よ。でも、高志を置いて外出したくないから、できれば、マンションに来てくれない？」

「わかった。そっちに行く」

電話を切ると、針谷が駅に向かって歩き出す。

霞《かすみ》ケ《が》関《せき》駅から月島駅まで、丸ノ内線と有楽町線を乗り継げば、二〇分もかからない。

貴子のマンションは駅の近くだから、あと三〇分くらいで、貴子に会うことができる。

月島駅に着いて、貴子のマンションに向かう。それほど遅い時間ではないが、あまり人通りはない。

（ん？）

マンションの近くで、見覚えのある顔に気が付く。矢作である。

針谷は足を速めて矢作のそばに行くと、

「矢作さん」

と声をかける。

「ああ、刑事さんでしたか」

驚いた様子もない。

「ここで何をなさってるんですか？」

「それは職務質問ですか？」

矢作がにやりと笑う。

「ただの個人的な質問です。答えたくありませんか？」

「いや、別に。散歩してるだけですから」

「随分遠くまで散歩にいらっしゃるんですね。しかも、こんな時間に」

「それは好き好きでしょう」

「このマンションに誰かお知り合いでも住んでいるのですか？」

「職務質問でないのなら、お答えする義務はないと思いますがね」

「念のために伺いますが、危険物は所持していないでしょうね？」

「何ですか、危険物って？」

「他人に危害を加えることができるものという意味ですよ」

「刃物なんかは持ってません。警察官じゃないから拳銃も持っていません。だけど、危害を加えることができるというだけなら、そのあたりに落ちている石ころだって危険物になりますよね。花壇の柵《さく》だって鉄の棒だから、引っこ抜けば危険物ですかね」

「おい、ふざけるなよ」

針谷がカッとする。

「ふざけてませんよ。もう行っていいですか？」

「……」

「失礼します」

軽く会釈して、矢作が立ち去る。

一瞬、駅前の交番に連れて行って、身体検査をしてやろうかと考える。

しかし、すぐにその考えを捨てる。

危険物など所持しているはずがない。

頭のいい奴なのだ。

自分で口にしたように、刃物など持っていなくても、石でも柵でも、手近にあるものを十分武器として活用できるのだから、わざわざ包丁などを持参しているはずもない。

散歩しているというのは白々しい嘘で、このマンションに貴子と高志が住んでいると承知の上でうろうろしていたのに違いない。

　南砂の更生保護施設から月島まで電車なら一五分ほどで、歩いてくるには遠すぎる。偶然、散歩でここまで来たというのは不自然すぎる説明だが、それ自体、法に触れるわけではない。

　つまり、矢作の行動を止める術はないということである。

　針谷がマンションのエントランスに近付いていくと、ガラス扉の向こうに貴子の姿が見える。そこで待っていたらしい。

「やあ、電話するところだった」

「部屋に来てもらってもいいんだけど、高志がいると話しにくいかもしれないと思って。あなたに久し振りに会ったら、高志が興奮して、落ち着いて話なんかできなくなってしまいそうだし」

「ああ、そうだね」

「気を悪くしないでね」

「全然。何も気にしてないよ」

　エントランスの奥にラウンジがあり、そこにテーブルやソファが並んでいる。今は誰もいない。

窓際のソファに向かい合って坐る。

「黙っている方がいいかもしれないけど、何も知らないと対策を講じることもできないから話しておくのだが……」

そう前置きして、マンションの前で矢作に会ったことを貴子に伝える。

「え」

貴子の顔色が変わる。

膝の上で、ぎゅっと拳を強く握る。その拳が小さく震えている。

自分を落ち着かせるために何度か大きく深呼吸してから、

「矢作を逮捕して」

「……」

針谷が驚いたように貴子を見る。そんなことが無理なのは承知しているはずだ。にもかかわらず、それを口にするところに、今の貴子の動揺が表れていると針谷には思われる。

「何か企んでいるかもしれないが、今すぐ何かをしようという感じはしなかった。君にプレッシャーをかけるのが狙いなのだと思う。こそこそせず、堂々とマンションの前を歩いていたのは、自分はここにいるぞと君に知らせることで、君を不安にさせようとしているんだろう」

「だけど、何もしないという保証はないわ。何かされてからでは遅いのよ。今夜は、たまたま、あなたが見付けたけど、矢作は昨日の夜もいたかもしれない。一昨日の夜もいたかもしれない。明日の夜もいるかもしれない。夜だけでなく、昼も現れるかもしれない。心配で高志を外に出すこともできないし、わたしだって外に出るのが怖い。どうすればいいの？」

両手で顔を覆《おお》って、深い溜息をつく。

「……」

何とか慰めてやりたいと思うが、気休めを口にしても何の助けにもならないとわかっているから針谷は黙っている。

実際、針谷にできることは何もないのだ。

矢作が法に触れる行為をしない限り、針谷は手出しできない。犯罪を犯す可能性があるという理由で予防的な措置を講ずることは許されないのである。

ふと、

（なぜ、矢作はこんなに執拗《しつよう》に貴子につきまとうのか？）

という疑問が、また浮かんでくる。

恨みがあるにしても、度が過ぎているような気がする。

「ひとつ訊いてもいいかな？」

「ええ、何でも訊いて」

貴子が顔を上げる。

目に涙が滲み、ひどく疲れたような顔をしている。

「矢作は、どうして、こんなにしつこく君につきまとうのかな？」

「え」

「あいつが逆恨みしている人間は他にもいるだろうに、まるで君一人に狙いを定めているみたいだ。君だけが特に強い恨みを買うような事情があるのかな？」

「……」

瞬きもせず、貴子がじっと針谷を見つめるが、すぐに目を逸らし、わたしにはわからない、と小さな声で言う。

針谷は、

（嘘をついている）

そう直感する。

なぜ、嘘をつかなければならないのか、その理由がわからない。

21

木戸沙織がドアノブに手を伸ばし、怪訝な顔で手を止める。ドアがほんの少し開いている。改めて手を伸ばそうとしたとき、部屋の中から人の声が聞こえた。沙織はまた手を止める。

（ニルヴァーナ洋子《ようこ》さま、タージマハール美佐江《みさえ》さま……）

どうやら、その二人が美福門太陽と何か話しているようだ。

そのまま部屋に入ってもよかったが、その場に佇《たたず》み、悪いこととは知りつつ、三人の会話に耳を澄ませる。部屋に入ることをためらわせたのは、教主の第一夫人・ニルヴァーナ洋子の激しい口調である。

理知的で賢明、温厚、常に笑顔を絶やすことなく、献身的に教団に尽くす姿は信者たちの鑑《かがみ》と言われている。そのニルヴァーナ洋子が激しい口調で語る姿など沙織は見たことがない。しかも、相手は教主なのだ。いったい何が起こったのかと沙織が驚いたのも無理はない。

「わたしたちがお願いしたいのは、サラディン太郎《たろう》さまが次の教主になると約束して下さることです」

タージマハール美佐江である。教主の第二夫人で、サラディン太郎の母でもある。実の息子であっても、サラディン太郎は美福門太陽の後継者という地位にあるから、呼び捨てになどせず、必ず「さま」をつける。

「教主の座は世襲《せしゅう》ではない。その地位に最もふさわしい者、教主たるにふさわしい能力を持つ者が教主になるのだ。そうでなければ、教団は衰退し、いずれこの世から消えてしまうだろう」

美福門太陽が諭《さと》すように言う。

「サラディン太郎さまが次の教主になることは何年も前に決まったことで、信者たちもそう思っています。それを改めて確認していただきたいだけなのです」

ニルヴァーナ洋子は一歩も退かない構えのようだ。

「わたしには息子が一人、娘が二人いる。教主が男であろうと女であろうと構わないとわたしは思っている。教主にふさわしい者が教主になるのだ。三人の中で、サラディン太郎の能力が最も優れているから、今は後継者の地位にある。しかし、先のことはわからない」

「エリダヌス沙織が産む子供次第ということでしょうか？」

タージマハール美佐江が訊く。その声には不安が滲んでいる。

「今のあなたたちは俗世間の毒に冒《おか》されているようだ。何よりも大切なのは教団ではないのか？　そのことをよく考えなさい」

「教主さま」

「出て行きなさい。わたしを怒らせたくないのなら、それ以上、何も言わず、口をつぐんでこの部屋から黙って静かに出て行くことだ」

「……」

ニルヴァーナ洋子とタージマハール美佐江は口を閉ざして一礼し、部屋から出て行く。

沙織は慌てて物陰に隠れる。

二人は沙織がいることに気付かず、廊下の向こうに歩いて行く。二人の姿が見えなくなると、

「入りなさい。こそこそする必要はない」

美福門太陽の声がする。沙織がいることに気が付いていたらしい。

「失礼します」

沙織が部屋に入る。

美福門太陽が床にあぐらをかいている。

「ここに来なさい」

自分の隣を指し示す。

沙織がそこに坐ると、

「聞いていたね？」

「はい。はしたない真似をして申し訳ありません。すぐに立ち去ればよかったのですが……」

「構わない。彼女たちの考えを知っておくのは悪いことではない。あなたのお腹から生まれてくる子が自分たちの立場を脅《おびや》かすのではないかと怖れているのだ。あなたに対する嫉

妬も感じているのだろう。そういう意味のない恐怖や嫉妬という下劣な感情を排するために修行しているはずなのに、長く修行している彼女たちですら、その呪縛《じゅばく》から逃れることができない。哀れなことだ」

「何を怖れ、何に嫉妬するのですか？　この子にはすごい力があるとおっしゃいましたが、そのせいですか？」

「そうだ。その子にはすごい力がある」

美福門太陽が沙織の腹に手を当てる。

「教主さまの言葉を疑うわけではありませんが、まだ生まれてもいないわけですし、どれくらいの力があるのか本当のことはわからないはずです。それに無事に生まれて一〇年経っても、まだほんの小さな子供に過ぎません。一人前になるのは二〇年くらい先ではないでしょうか。どうしてそんな先のことを心配して、サラディン太郎さまの地位を脅かすとお考えになるのか、わたしにはわかりません」

「あの人たちは、まだ修行は足りないが、それでも人並み以上の霊感は備わっているのだよ。修行によって得られたのではなく、生まれつき備わっている力だよ。彼女たちもサラディン太郎が凡庸で、何のカリスマ性もなく、強い霊感も持っていないことに気が付いている。だからこそ、サラディン太郎の立場を心配している。この三年、教団は厳しい運営を強いられているが、徐々に信者も増え始めている。いずれ以前の勢いを取り戻すだろう。

彼女たちは、教団運営の旨味を知っている。多くの信者を抱える教団というのは、俗っぽい見方をすれば、税金のかからない莫大な金を生み出す機械のようなものなのだよ。三年前まで、あの二人は二人三脚でその恩恵を受け、贅沢三昧《ざんまい》を楽しんでいた」

「え、お二人がですか？」

「もちろん、国内では難しい。信者の目があるからね。だから、彼女たちは年に何度か海外に出かけていた。一度の旅行でどれだけのお金を使っていたか、あなたが知ったら腰を抜かすかもしれない」

「全然知りませんでした」

「そうだろうね。あなたが教団に加わってからの三年、信者も減って、教団は苦しい状況だったから……。わたしが思うに、あと三年もすれば、教団はかつての勢いを取り戻すことができる。それは、以前のような贅沢な暮らしを享受《きょうじゅ》できることを意味する。但し、あの二人が以前のように実権を握っていれば、という話だ。あなたの子が後継者となり、あなたが後継者の母として実権を握れば……これ以上は言わなくてもわかるね？」

「信じられません。まさか、あのお二人がそのような……」

「人間とは、そういうものだよ。そう簡単に解脱《げだつ》などできるものではない。だからこそ、宗教の存在意義がある」

「あのお二人の足許にも及ばないわたしなど、まだまだですね。解脱どころか、思うように修行も進んでおりませんから」

「焦ることはない。一歩ずつ進めばいい。後戻りすることもあるだろうが、諦《あきら》めずにまた進めばいい」

「はい」

「もうひとつ教えよう。あの人たちには、生まれてくるのが男だということもわかっている。最近、察知したのだろうね。女であれば、あそこまで騒ぎ立てるはずがない」

「男の子が……」

「わたしは、だいぶ前からわかっていたが秘密にしていたのだ。それだけではない。あの人たちがわからないこともわかっている」

「この子にはすごい力があって、いずれ教主になるということですか？」

「そうだよ。すごい力がある。しかも、日毎に力が強くなっている。恐らく、この子が教主になれば、わが教団は大変な力を持つことになるだろう。なぜなら、この子は、わたしよりも優れた能力を備えて生まれてくるからだ」

「……」

沙織は息を呑み、言葉を発することができない。

22

麻友と翔太は、自宅の最寄り駅のすぐ前にある居酒屋にいる。どこにでもある大衆的なチェーン店だ。

生ビールと料理を何品か注文する。すぐに生ビールが来る。乾杯する。翔太がうまそうにビールをぐいぐい飲む。

「ああ、仕事が終わった後のビールは最高だな。特に最初の一杯がたまんないぜ」

「嫌だなあ、すごくおじさん臭い」

麻友が顔を顰《しか》める。

「もう二五だぞ。立派なおっさんだよ。若さなんかないよ」

「わあ、いじけてる。それも気持ち悪い。でも、そんな愚痴をこぼせるだけでも、ましかもしれないね。ちょっと前まで、今にも死にそうな顔をして、愚痴もこぼさなかったんだから」

「過労死寸前だったな。そうでなければ自殺か」

「やめてよ、もう」

「冗談だよ……って笑い飛ばせないところが自分でも怖い」

「朝早くから仕事に行って、帰りも遅かったよね。だから、こんな風に一緒に外食することもなかった。たまの休みは疲れ切って一日中寝てたし。仕事帰りに居酒屋でお酒を飲むっていう当たり前のことができなかったんだよね」

「超がつくほどのブラック企業だからなあ」

「それが変わったわけ？」

「会社そのものは何も変わってないよ。おれへの対応が変わった。大島さんが……うちの料理長なんだけど、とにかく、やたらに気を遣ってくれてさ。柏木店長も大島さんには頭が上がらないから、大島さんが親切にしてくれれば、おれも楽ができるってわけでさ」

翔太が生ビールをお代わりする。

「つまり、叔父さんのおかげということ？」

「それ以外に何もないだろう」

「ただの知り合いにしては、すごい影響力だね」

「よくわからないけど、ただの知り合いって感じじゃないな」

「そんなに親しいわけ？」

「親しいというか……大島さん、叔父さんを怖がってるみたいなんだよな。まるで叔父さんをヤクザの親分みたいに。おかしいよな。そのおかげで、おれは大助かりだけど」

翔太が笑う。

「叔父さんたちのことなんだけど……」

これが今日の本題である。そのために翔太を食事に誘ったのだ。

「あの人たち、うちの財産を狙ってると思うの」

「え」

翔太が箸を止め、驚いたように麻友を見る。

「昨日、うちに知らないおっさんがいた。不動産屋だったよ。うちの中を歩き回って査定してたんだと思う」

「それなら知ってるよ」

「知ってた？」

今度は麻友が驚く。

「財産を狙ってるとか、そういうことじゃなくて、おれたち二人を心配してくれてるんだよ……」

今の家はかなり老朽化していて、建物には資産価値がほとんどないが、立地は悪くないので、土地にはかなりの価値がある。いい条件ですぐに売ることができるというのである。

翔太も麻友も今は二人で暮らしているが、いつかは結婚するだろうから、ずっと一緒に暮らすわけにもいかない。この機会に別々にマンションを買うとか、あるいは売却資金を貯金しておいて賃貸マンションに引っ越すとか、将来のことを考えた方がいいのではないか、と森崎夫婦に勧められたという。

「わたしと暮らすのが嫌なの？」

「そうじゃないよ。あくまでも将来を見据えた計画ということさ。それ以外にも計画があるんだよ。例えばさ、今より大きな家を買って、一階を叔父さんたちの店にする。二階と三階を住居にして、叔父さんたちが二階、おれとおまえが三階に住むというやり方さ。もちろん、叔父さんたちには家賃を払ってもらうつもりだ。家と土地を売った資金で賄《まかな》うためには、今より駅から離れた場所で我慢することになるかもしれないけど、新築ではなく、中古の物件を探せば、あまり持ち出しもないだろうし、いくらかお金が残るかもしれない。どうしても足りなければ、貯金してある母さんたちの保険金を使えばいいし……」

　翔太がすらすらと説明する。

「……」

　麻友は、むっつりした顔で話を聞いている。まるで目の前にいるのは翔太ではなく、庸三であるかのような錯覚を覚えるほどだ。完全に丸め込まれている。

　翔太が話し終えると、

「それで、叔父さんたちは、いくら出してくれるの？」

「いくらって……どういう意味？」

「お兄ちゃんの話を聞いていると、わたしたちの家や土地を売るとか、足りなければお母さんたちの保険金を使うとか、何だか、お金を出すのは、わたしたちだけみたいに聞こえるよ。叔父さんたちは、いくら出してくれるわけ？　自分たちの店を構えた上に、住む場所までもらうつもりでいるんだよね」

「どうかな、その点は、はっきり聞いてないけど」

翔太が口籠もる。

「叔父さんたち、東京で店を始めるつもりで大阪から来たわけだよね？　どれくらい自己資金があるの？」

「そんなこと知らないよ」

「聞いてないわけ？」

「そんなことまで聞けるかよ」

「ないんじゃないの、お金」

「え」

「無一文で東京に来て、何もかも、わたしたちを当てにしてるってことなんじゃない？」

「まさか、そんなはずないよ」

「どうしてわかるの？」

「わからないけど、常識的にあり得ないだろう」

「お兄ちゃんは家を売ることに賛成したわけね？」

「まあ、そうだね。悪い話ではないと思う」

翔太がうなずく。

「いったい、いつ、そんな話をしたの？　あの人たちが来たのは日曜日で、今日は火曜日だよ」

「店に来るからさ。今日も、ずっといたよ」

「……」

麻友がぎゅっと唇を噛む。

昨日や今日の思いつきでできることではない。

森崎夫婦のやり方は、あまりにも手際がよすぎるからだ。

恐らく、大阪を出るときには綿密な計画を練っていたのであろうし、ひょっとすると、大阪にいるとき、すでに東京の不動産屋と連絡を取り合っていたのかもしれない。翔太の勤務先の料理長が自分の後輩だということも事前に下調べして知っていたに違いない。偶然など何もないのだ。

まずは翔太を取り込み、麻友は後回しにする。外堀を埋めて、麻友の抵抗を封じ込めるという作戦なのであろう。

（そんなこと絶対に許さない）

家を売ることなどできないのだ。

なぜなら、庭に近藤房子の死体を埋めてある。

房子と二人で殺した男の頭蓋骨も埋めてある。

家を取り壊して更地にされたら、それらが掘り返されてしまう。

それ故、叔母夫婦の悪巧みを何としてでも阻止しなければならないのである。

昔の麻友であれば、たとえ腹が立ったとしても、どうすればいいのかわからず、何もできずに、結局は相手の言いなりになったかもしれない。

しかし、今の麻友は違う。

昔の麻友ではないのだ。

自分に不利益をもたらす者たちをどうすればいいか心得ているし、そういう者たちを排除する方法も知っている。

（あいつら、殺すしかないな）

庸三と静子に対して、麻友が明確な殺意を抱いたのは、この瞬間である。

もちろん、衝動的に殺すような馬鹿な真似はしない。

叔母夫婦が、翔太と麻友の財産を乗っ取るために計画を練り上げたように、麻友も叔母夫婦の殺害計画を練る必要がある。そのためには情報を集めなければならない。

麻友は、叔母夫婦についてほとんど何も知らない。

最も知りたいのは、二人に近しい身内がいるのかどうか、親しい友人はいるのかどうか、すなわち、二人が行方不明になったとき、二人を心配して警察に相談に行くような者がいるのかどうか、ということである。

まずは翔太から情報を手に入れようと考える。

「ねえ、お兄ちゃん、叔父さんと叔母さんなんだけど、東京にはその料理長以外に親しい人はいるのかな？」

口許に笑みを浮かべながら、麻友が訊く。

はっきりと方針を決めたことで、胸の内のもやもやが消えた。

23

四月一〇日（水曜日）

朝礼が終わると、夏目はホワイトボードの前に行き、ホワイトボードに貼られている大きな地図にせっせと書き込みを始める。関東地方の地図である。

「あいつ、何をしてるんだ？」

尾形が針谷に訊く。

「事件の手がかりになりそうなことを思いついたらしいんです。七時過ぎから出勤して作業してるみたいですよ」

針谷が答える。

「ううむ、やっぱりだ、やっぱりだ……」

夏目が腕組みして地図を睨む。

「何かわかったんでしょうか？」

久美子も気になるらしい。

メンバーたちが興味を持っていることを察して、

「夏目さん、そろそろ、みんなにも説明してあげてもらえませんか？」

麗子が声をかける。

「まだ不十分なところはありますが、それでもいいんですか？」

「ええ、構いません」

「室長の仰《おお》せに従いましょう」

夏目が恭しく頭を下げる。

「じゃあ、みんな、集まって」

麗子が声をかけると、尾形、針谷、久美子の三人がホワイトボードの前にやって来る。

「地図に赤いピンを刺してあるのは遺体が発見された場所だ。さて、質問だ。何か共通点に気が付かないか？」

夏目がみんなの顔を順繰りに眺め渡す。

「今のところ遺体が見付かっているのは東京と栃木以外の関東地方の県ですよね？　これは共通点ではありませんが」

針谷が言う。

「そうだ。他には？」

「すべてではありませんが、高速道路からそれほど遠くない場所ですね。犯人が車で移動しているからでしょうけど」

久美子が言う。

「正解。他には？」

夏目が尾形をじっと見つめる。

「何で、おれを見るんだよ？」

「あんたの意見も聞こうと思ってな」

「おれは……別にない」

「中年になると想像力がなくなるからな。まあ、仕方ないだろう。おれも他人のことをとやかく言えない。たまたま、ゆうべ、風呂に入っているときに閃《ひらめ》いたんだ」

「種明かしして下さいよ」

針谷が言う。

「おれは温泉が好きで、特に箱根《はこね》と草津《くさつ》が大好きなんだよ。東京から行きやすいしな。去年、草津に行ったとき、暇だったから、近くの観光スポット巡りをした。白根山《しらねさん》も登ったわけだよ。山頂近くは白い地面がむき出しで、そこにエメラルドグリーンの湯釜がある。

まるで他の星に来たみたいなんだ。また草津に行きたいなあ〜とお湯に浸かって思い出を辿っていたとき、そう言えば、群馬で見付かった遺体は、白根山からそう遠くないなと気が付いた。で、おれはピンときたわけだ」

「温泉の話をしたいのか？」

　尾形が顔を顰める。

「まあ、聞けって。千葉で遺体が見付かった場所だが、そこは野田《のだ》にある清水《しみず》公園からそう遠くない。茨城の発見場所は近くに袋田《ふくろだ》の滝がある。埼玉では秩父《ちちぶ》の羊山《ひつじやま》公園、神奈川では横浜の三溪園《さんけいえん》、長野では国営アルプスあづみの公園、山梨では西沢《にしざわ》渓谷……。ここまで言えばわかるだろう」

「有名な観光名所ばかりですね」

　久美子がうなずく。

「そうなんだよ。遺体は、観光名所の近くに捨てられていたわけなんだな」

「どういう意図があるのでしょうね？」

　麗子が訊く。

「そこまでは、まだわかりません」

　夏目が肩をすくめる。

「難癖をつけるつもりはありませんが、御殿場の発見場所の近くに観光名所はなかったような気がしますが」

　針谷が首を捻る。御殿場で遺体が見付かった場所の近くには自衛隊の駐屯地や演習場、スポーツセンターがあるだけで、それらは観光名所とは言えないであろう。御殿場に観光名所がないわけではないが、遺体の発見場所からはかなり離れている。

「それもまた犯人を突き止める手がかりになるだろうな。なぜ、御殿場だけが、他の遺体発見場所と違うのか？　犯人は意図的に遺体を観光名所の近くに捨てているのは間違いない。そうだとすれば、観光名所が近くにないにもかかわらず、御殿場のあの場所に遺体を捨てたことにも何らかの明確な理由があるはずだ」

「理由ですか……。どんな理由があるんですかね」

「夏目さんの推理では、犯人は栃木県に住んでいるということでしたけど、ずっと栃木にいるのではなく、栃木に引っ越す前は御殿場に住んでいたので土地勘があるとか」

　麗子が言う。

「おおっ、それは素晴らしい発想ですね、室長」

　夏目が賞賛する。

　そこに、

「夏目さん、お電話です」

「おれに？」

「御殿場署の長崎巡査長からです」

「何だろう……」

夏目が電話に出る。

相手の話に、うむうむと相槌を打っているが、突然、おおっ、と叫び、マジか、と床を踏み鳴らす。

「ありがとう。何かわかったら、すぐに知らせてくれたまえ」

勢いよく電話を切ると、

「別の遺体が見付かったそうだ」

「え」

「ほら……」

夏目のヒントを手がかりに長崎と佐々木の二人が付近を捜索したところ、白骨化した遺体が見付かった。全裸で捨てられていたようだが、詳しいことは静岡の科捜研で調べるという。

「どうだ～」

夏目が胸を反らせて雄叫《おたけ》びを上げる。

いつもなら何かしら嫌味を言わずにはいられない尾形も今は黙っている。この遺体発見が夏目の手柄だと認めているからであろう。

24

昼になると、

「尾形さん、付き合ってくれませんか?」

針谷が誘う。

「おまえから誘ってくるとは珍しいな。ラウンジか?」

「いや、外に出ましょう」

三〇分後……。

二人は日比谷《ひびや》公園のベンチに座っている。

膝の上にはハンバーガーショップの袋が載っている。テイクアウトしたのだ。

「何だよ、人を誘っておいてケチりやがって」

尾形が舌打ちする。てっきり警視庁の外にあるレストランで食事をすると思っていた。

「ケチったわけじゃないんです。店の中より、外で話す方が誰にも話を聞かれなくて済むと思っただけです」

「秘密の話か?」

「相談があるんです」

「ふうん……」

尾形は袋からハンバーガーを取り出して食べ始める。頬張りながら、

「話せよ」

針谷を促す。

「はい……」

針谷の相談というのは、貴子が矢作につきまとわれている一件である。うまい解決法を思いつかないので尾形に相談する気になった。

針谷が話し終えると、

「気持ちの悪い話だし、おまえが心配しているように、いずれ何かするかもしれないが、今できることは何もないぞ。下手なことをすれば、おまえが捕まる」

ドリンクを飲みながら、尾形が言う。

「そうなりますよね」

針谷がうなずく。

「だけど、あいつが何かするまで手をこまねいていていいんでしょうか？　悪いことが起きてからでは手遅れになってしまいます」

「素人《しろうと》みたいなことを言うんじゃねえ」

尾形がじろりと横目で針谷を睨む。

「おまえにできるのは、そいつを見張ることだけなんだよ」

「……」

針谷が黙り込む。

尾形の言う通りだ。自分でもわかっている。できることは何もないのだ。

25

「ごめん、また呼び出したりして」

高木雅美である。麻友の専門学校時代の同期だ。美容師を辞めて、今はキャバクラに勤めている。篠崎《しのざき》友哉というホストと同棲しており、金に困っているらしい。一昨日も会ったばかりだ。

そのとき麻友は雅美から借金を申し込まれた。

その頼みをきっぱり断り、その代わり、財布に入っていた二万八千円を渡した。貸すのではなく、あげる、と言って。

麻友は、雅美との友情は終わったな、と思った。

だから、雅美から連絡が来たときは驚いた。

（またお金を貸してくれという話かしら）

いくらか警戒しながら、麻友は待ち合わせのカフェにやって来た。

すでに雅美は待っていた。肩を落とし、うつむいている。

「お待たせ」

麻友が声をかけると、雅美が顔を上げる。

（え）

麻友が息を呑む。

左目に眼帯をしている。

しかも、眼帯でも隠しきれないのか、青痣《あおあざ》がはみ出している。誰かに殴られたのだ、と麻友にはわかる。自分もかつて同じような目に遭ったことがあるのだ。

「どうしたの、その顔？」

「うん……」

口許に自嘲《じちょう》気味の薄笑いを浮かべながら、

「友哉にやられた。あいつ、機嫌が悪いと、すぐに手を上げるんだよ。最近、怒りっぽいから、ちょっとしたことで殴ったり蹴ったりする」

店員が注文を取りに来たので、麻友はアイスティーを頼む。昼時だから、ランチを頼んでもよかったが、雅美の顔を見て、食欲がなくなった。

しばらく、二人とも黙り込む。

アイスティーが来ると、

「どうして、そんなひどいことを……。病院に行ったの？」

「ううん、行ってない。慣れてるから平気。病院に行くとお金もかかるし」

「だけど……」

「この前、麻友にお金を貸してくれって頼んだでしょう？　いくらでもいいから貸してくれって」

「うん」

「正直に言うけど、麻友だけじゃなく、いろいろな人に頼んだの。専門学校時代の友達、高校のときの友達、中学のときの友達、キャバクラのお客さんにまで頼んだんだよ。だけど、誰も貸してくれなかった。麻友だけだよ。自分が頼まれる方だったら、わたしだって断ると思うもん。何となくわかるんだろうね、こいつ、やばいぞ、お金なんか貸しても絶対に返ってこないぞって」

「……」

「みんな嫌な顔をして、迷惑そうな顔をして、さっさと帰ってくれって感じなんだよ。すごく冷たいんだよ。麻友だけだよ、お金を貸してくれたの」

「あれは貸したんじゃなくて、あげたんだよ」

「うん、ありがとう。そのお礼、言えなかったから、きちんと言いたかったんだ」

「それで殴られたの？　お金のせいで」

「友哉ね、駄目男なんだよ。お客さんのツケをホストが肩代わりするのはよくある話だけど、頭のいいホストは、そのツケを上手に回収するわけよ。だけど、友哉はそれが下手で、だけど、ツケは払わないといけないから、闇金から借金までして払ったんだよ。払わないと、店長にボコられるから。だけど、そんなこと長続きするはずがないよね。闇金なんて、ものすごい金利だし、金利を払うだけであたふたして、いつまでも元金が減らないの。そのうちに金利さえ払えなくなってきて……」

「それで雅美が？」

「友哉に泣きつかれちゃって仕方なく……。このままだとタコ部屋に放り込まれるとか、腎臓を売られるとか、そんなことが本当かどうかわからないけど、危なそうな男たちが部屋に来るのは本当だし。わたしのお店にまで来るんだよ」

雅美が啜《すす》り泣く。

麻友は黙ってハンカチを差し出す。

「風俗に行けって言われてる」

「え」

「キャバクラなんかじゃ稼げないから、ソープに行けって」

「そんな……」

「わたし、嫌だ。そんなところで働きたくないよ」

「別ればいいじゃないの。どうして、そんな男と一緒にいるの？」

「無理。別れるとか別れないの話じゃない。あいつから逃げられない」

雅美が首を振る。

「そんなことないわよ」

「本当に無理なの。できることなら、わたしだって逃げたいけど、逃げられない理由があるの」

「……」

目許にハンカチを押し当てて啜り泣く雅美を見て、

（これは昔のわたしだ）

と、麻友は胸が痛む。

昔と言っても、ほんの三年前の自分である。

麻友も悪い男に騙され、絶望の淵に立たされていた。まだ二〇歳の若さなのに、人生の先行きが真っ暗だったのだ。この蟻《あり》地獄から抜け出すことはできない、もう人生は終わった、何の希望もない……そう諦めていた。

しかし、そうではなかった。

蟻地獄から抜け出して、人生をリセットすることはできる。不可能ではない。

それを教えてくれたのは近藤房子だ。

この世には面倒な問題を一挙に解決してしまう簡単な方法がある。殺人という方法である。邪魔な人間をこの世から抹殺すれば、自分にとっての障害物をひとつ減らすことができる。

もちろん、誰にでもできることではない。

人間には良心がある。人の命を奪うことで良心が痛み、自分を責め、罪の意識に苦しむことになる。

その方法を行使できるのは、ある種の力を持った人間だけである。そういう人間は、人を殺しても良心の痛みなど感じないし、それどころか胸がすーっとして気分がよくなる。

その恐るべき力を麻友は身につけている。

この三年、麻友は、その力を使わなかった。

普通に静かに暮らしている分には必要なかったからだ。

今は、そうではない。

叔母夫婦を何とかしなければならないと決めた。

ついでだから、雅美の問題も解決してやろうかと考える。

「心配しないで」

麻友は雅美の手を握り、わたしがその男に会って話をつけてあげる、と言う。

「そんなの無理だよ。友哉、怖い男なんだよ」

「わたし、そういうの平気だから」

たとえ相手がゴリラのような大男であっても、麻友は少しも怖れない。素手で殴り合ったりすれば負けるだろうが、そんなことはしない。どんな相手でも、道具を使えば殺すことができるとわかっている。だから怖くないのだ。

「仕事に戻らないといけないから今日は無理だけど、明日はどうかな？　店長に頼んで休みをもらうけど」

「こっちは大丈夫。本当にいいの？」

「うん、任せて」

麻友がにこっと笑う。

26

地下室にはモーツァルトの鎮魂曲が静かに流れ、その曲に交じって、血の滴り落ちる音がする。

全裸でバスタブに横たわるルリ子の頭上から一滴ずつ血が落下している。

テツとモカの血である。

二人はバスタブの横に置かれた車椅子に坐らされている。肩に刺された針にビニールのチューブが繋がり、そのチューブはルリ子の頭上にぶら下がるシャワーノズルまで延びている。

テツとモカは薬を飲まされているので意識がない。

しかし、薬など飲まされなくても、自分の力で立ち上がることもできないほど弱っているのは明らかだ。極度の貧血状態に陥っているせいで、二人の肌は透き通るほど白い。食事もほとんど与えられていないので、栄養失調気味でもある。

「すごくいい感じだわ。そう思わない？」

バスタブに溜まった血を掌《てのひら》ですくい上げ、腕や胸、首筋にこすりつけながらルリ子が言う。

「いつもとは肌の張りが違うようです」

根津がうなずく。

「男の子の血をブレンドしたのがよかったのかもしれないわね。二人の血がわたしの肌にしっとり馴染《なじ》むような気がするわ」

「おい」

檻の中で鯨岡が目を覚ます。

「あら、鯨岡監督、起きたのね？」

ルリ子が微笑む。

「あんたら、どうかしてるんじゃないのか。いったい、何をしている？」

「あなたには関係のないことよ」

「その子たちをどうするつもりだ？」

「別に何も」

ルリ子が肩をすくめる。

「用が済めば、根津が始末するだけよ」

「人殺しじゃないか」

「正義感が強くていらっしゃるのね。他人のことより、ご自分の身を心配なさった方がよろしいんじゃないかしら」

「警察に捕まるぞ」

「さあ、どうかしら」

ルリ子が微笑む。

「今まで捕まったことがないんですもの」

「監督、わたしどこに……？」

公子も目を覚ます。まだ薬の影響で頭がぼんやりしているようだ。地下室に監禁されてから、ほとんど薬で眠らされていたから、自分がどういう状況に置かれているのか理解できていないらしい。

「公子、見るな」

「あれ……」

公子が目を細めて、ルリ子の方を見遣る。

なぜ、ルリ子の顔や胸は赤いのか、頭上から滴り落ちているのは何なのか……公子の視線はルリ子からシャワーノズルへ、更にチューブを辿ってテツとモカへと移動する。何が行われているのか理解するのに、いくらか時間がかかる。状況を呑み込むと、公子の口から、ぎゃーっという悲鳴が上がる。パニックを起こし、錯乱状態になる。

「公子、しっかりしろ」

鯨岡が公子を抱いて、何とか落ち着かせようとする。

だが、公子は白目をむき出し、口から泡を吹いて失神し、鯨岡の腕の中でぐったりする。

「ああ、嫌だわ。何て、やかましいのかしら」

ルリ子が顔を顰め、両手で耳を塞ぐ。

「マキノさん」

鯨岡が根津に声をかける。

「思い出しましたよ。これ、『永遠の湖』ですね？」

「……」

根津が振り返る。

「目を覚ましてから、この場所にいるのは初めてではないという不思議な感じがしていたんです。やっと、その理由がわかりました。『永遠の湖』に出てきた地下室のセットとそっくりだ。まったく同じなのかもしれない。だから、既視感を覚えたわけです。あの場面で、鳳翔さんは葡萄酒《ぶどうしゅ》を頭から浴びながらワルツを踊っていましたよね？　それを現実化したわけですか？　葡萄酒ではなく、若者の生き血を使って」

「あの映画を気に入っていただけて嬉しいですわ。大してヒットはしませんでしたけど」

「あなたは何もわかっていない。日本の映画史に鳳翔ルリ子の名前が残るとしたら、『永遠の湖』と『風霜地帯』の主演女優としてなんですよ。それ以外の無数の主演映画は駄作です。何の意味もない三流映画ばかりだし、あなたも演技の下手な大根役者に過ぎない」

「……」

ルリ子のこめかみに青筋が浮かび、ピクピクと震える。

「『永遠の湖』でワルツを踊るあなたはこの世のものとは思われぬくらい美しかった。あれは映画史に残るような幻想的な素晴らしいシーンだと思います。しかし、今のあなたは醜い。実にグロテスクだ。化け物のような老婆に……」

鯨岡の言葉は途中で途切れる。

根津が鉄棒を檻に差し込んで、鯨岡の後頭部を強打したからだ。

根津はバスタブに近付くと、

「申し訳ございません。もっと早くに黙らせればよかったのですが……。始末しますか？」

「まだよ。誰が簡単に殺すもんですか。楽な死に方なんかさせないわ。鳳翔ルリ子を侮辱した者には、それ相応の償《つぐな》いをしてもらわなければ」

鬼のような形相で、興奮気味に語る。

ふーっと大きく息を吐くと、

「感情を昂《たか》ぶらせるのはお肌に悪いのよ。ああ、嫌だわ。せっかくすべすべになったのに、鯨岡が不愉快なことを言うから、艶がなくなった気がする」

「もうお上がりになりますか？」

「あら、逆よ。もう少し血を浴びるわ」

「かなり血を抜いていますから、このまま続けると、どちらかは死ぬかもしれません」

「いいじゃない、死んだって。そうしたら、また新しい子を連れて来てちょうだい。それまでは、鯨岡が連れて来た女の血で我慢するわ。鯨岡の血も浴びてみようかしら。世界的な名監督の血を浴びれば、その才能がわたしにも乗り移るかもしれないわよ。だって、わたし、大根役者なんだもの」

おほほほっ、とルリ子が愉快そうに大笑いする。

その傍らに、生真面目な表情で根津が佇んでいる。

27

玄関ドアを開けると、リビングから陽気な笑い声が聞こえる。靴脱ぎには翔太の革靴がある。残業せずに帰宅した翔太が森崎夫婦と晩ごはんを食べているのだな、と麻友にはわかる。

「ただいま」

声をかけて、リビングに顔を出す。

「お帰り」

ソファに坐っている庸三と翔太が真っ赤な顔を麻友に向ける。テーブルの上には缶ビールが何本も並んでいる。かなり飲んでいるらしい。

「お帰りなさい」

台所から静子が顔を出す。天麩羅を揚げているようだ。

「麻友ちゃん、こっちに来て坐りなさいや」

庸三が手招きする。

「来いよ、一緒に飲もう」

翔太も誘う。

あまり気が進まなかったが、麻友もソファに坐る。庸三とは距離を開ける。強烈な加齢臭がするからだ。

「おい、麻友ちゃんにグラスや」

庸三が静子に声をかける。

「はいはい」

左手に天麩羅の大皿、右手にグラスをふたつ持って静子が台所から出てくる。

「ちょうど天麩羅も揚がったところですよ」

「そんなら、みんなで乾杯や」

庸三が麻友に、翔太が静子にビールを注ぐ。

かんぱ〜い、と庸三がグラスを持ち上げる。

グラスを打ち合わせて、四人がビールを飲む。

しばらく他愛のない雑談をする。

時折、庸三が下品な親父ギャグを飛ばす。

麻友にはまったく受けないが、何がおかしいのか翔太は大笑いしている。

やがて、

「あ、そうや。さっきの話、麻友ちゃんにも聞いてもらおうかな。どやろ？」

庸三が翔太を見る。

これが本題なのだな、と麻友にはわかる。

翔太は酔いの回ったとろんとした目をしているが、庸三の視線はしっかりしている。かなり飲んでいるように見えるが、実際は、それほど酔っていないのかもしれない、と麻友は思う。

「あ、そうですね」

翔太はうなずくと、麻友に体を向け、

「叔父さんたち、店を出すじゃないか。その店の共同経営者にならないかと言ってくれてるんだよ」

「え」

「どれくらいの規模の店にするかによって違ってくるだろうけど、叔父さんが厨房で料理、叔母さんが配膳や会計をするにしても人手は足りないと思うんだ。よっぽど小さい店なら二人でもやれるかもしれないけど、叔父さんはお客さんが二〇人くらいは入れる店にしたいみたいだから、それだと二人では無理だろうから」

「お兄ちゃんが手伝うわけ?」

「手伝うというか、共同経営者なんだよ」

「今の仕事を辞めるということだよね?」

「そうなるね。おれも副店長として飲食店を経営するノウハウをいくらか身につけたつもりだから、叔父さんや叔母さんの役に立てると思うんだ」

「もう頼りにしてるがな、翔太君。こっちがいろいろ教わらなあかん。料理ができても経営のことはちんぷんかんぷんやから大阪でしくじった。同じ失敗を繰り返したくないんや。やるからには成功したい。な？」

　庸三が静子に顔を向ける。

「そうですよ。大阪の店だって、ご贔屓《ひいき》にしてくれるお客さんも多かったし、売り上げも悪くなかったはずなのに、どういうわけかいつも赤字で、結局、続けられなくなったんですから」

　静子がうなずく。

「みんなで協力して、きっちり役割分担すれば、今度はうまくいくと思うんや」

「叔父さんたちは麻友にも参加してほしいと言ってるんだよ」

「わたしも？」

「そうや」

　庸三が大きくうなずく。

「四人で一緒にやろうやないか。わしら家族なんやから」

なあ、そうやろ、と庸三が言うと、翔太と静子が大きくうなずく。

「今日は疲れているので、また改めて話を聞かせて下さい」

　麻友は席を立ち、二階の自室に上がる。

ベッドに横になり、天井を見上げる。

リビングからは陽気な笑い声が聞こえている。

（どうしようもないな、お兄ちゃん）

麻友が小さな溜息をつく。

完全に庸三に取り込まれてしまっている。

もしかすると、居酒屋で二人で話した内容もしゃべったのかもしれない。

麻友が家の売却に反対していることを知り、庸三は翔太と麻友を共同経営者にするという手を思いついたのかもしれなかった。

「お母さんがどんな思いでわたしを守ってくれたか、お兄ちゃんは知らないんだよね。わたしのために人殺しまでしたんだよ。わたしだって、お父さんを殺した。だって仕方ないじゃない。お母さんやおばあちゃんの保険金や財産を、どうして赤の他人に使われないといけないの？　ものすごく大切なお金なんだからね。叔父さんや叔母さんだって、他人と変わらないよ。今まで全然知らなかった人たちなんだから。うちの財産を狙って近付いてきた腹黒い奴らじゃないの。そんなこともわからないなんて、お兄ちゃん、本当にバカだよ。情けなくて泣けてくるよ……」

今度は大きな溜息をつく。

本当に涙が出てくる。

「でも、お兄ちゃんのせいじゃないよ。昔から、お兄ちゃんは、お人好しなんだもん。そこにつけ込む奴らが悪いだけ。だから、わたしが守ってあげる。お兄ちゃんもうちの財産も、この家も、わたしが守るよ」

そう麻友は心に誓う。

第三部　永遠の湖

1

四月一一日（木曜日）

四畳半の狭い部屋で日当たりも悪い。

部屋にはあまり生活感がなく、家財道具もベッドとテーブル、テレビと小型冷蔵庫がある程度である。値段の安い、三流のビジネスホテルを想像すれば、そう違ってはいない。

刑務所から出ても、頼りになる身内や友人もおらず、行く当てのない出所者のために更生保護施設はある。長期滞在を想定しておらず、仕事が見付かり、住むところが決まれば出て行かなければならない。どのような求職活動をしているか、担当職員に事細かく報告しなければならないし、求職がうまくいかなければ、施設側が仕事を斡旋《あっせん》することもある。施設内での生活は厳しく律せられており、食事や入浴の時間、起床と消灯の時間も決まっているので、施設の中にいると、まだ刑務所にいるかのような錯覚を覚えるかもしれない。決して居心地がいいわけではないので、早く仕事を見付けて施設を出たいと考えるのが普通だ。

矢《や》作《はぎ》清《せい》治《じ》は、そうではない。

職員の手前、いかにも熱心に求職活動している振りをしているが、本心では仕事を見付けたいとは思っていないし、施設から出たいとも思っていない。

なぜなら、頭の中にある計画を実行すれば、また刑務所に戻ることになるとわかっているからだ。

近々、その計画を実行するつもりなので、仕事を見付けるのは無駄なのである。

刑務所にいるときから練り上げた計画で、あとは、いつ、どこで、どのように実行するかを決めればいいだけだ。

言うなれば、それはメインディッシュである。

すでに前菜は出してある。

篠《しの》原《はら》貴《たか》子《こ》を怯えさせることだ。電話をかけたり、マンションの近くをうろついて姿を見せることで恐怖心を煽り、貴子に心理的なプレッシャーをかけているのである。

針《はり》谷《や》という刑事が出しゃばってきたのは想定外だったが、それで計画を中止しようなどとは考えていない。

むしろ、知り合いの刑事に頼らなければならないほど貴子が追い詰められているとわかって嬉しいくらいだ。

恐らく、針谷は自分を監視するだろうし、相手はプロなのだから、素人の自分にはどのように監視されているかもわからないだろう。尻尾をつかまれないように注意だけは怠らないようにしなければならない、と矢作は自分に言い聞かせる。

ベッドの下からリュックを引っ張り出す。中に入っているものを、ひとつずつ取り出して床に並べる。

結束バンド、ビニール紐《ひも》、ガムテープ、ネジ回し、ペンチ、金槌《かなづち》、カッターナイフ、ハサミ……ホームセンターに行けば、誰でも買うことのできる当たり前のものばかりである。だが、うまく使えば、人間を監禁して行動を制約するのに役立つし、拷問《ごうもん》道具としても使うことができるものばかりだ。そのひとつひとつの道具の使い道は、矢作の頭の中に入っている。

それらの道具を使って貴子と高志《たかし》を監禁し、貴子の目の前で高志をいたぶるのだ。貴子本人を痛めつけるより、ずっと貴子を苦しめることができるに違いない。どこまで高志をいたぶるか、それはまだ決めていない。貴子の反応を見ながら決めるつもりだ。

目的を果たした後、自分は逮捕されるだろうし、今度は刑期も長いだろう。しかし、それでも構わない。

針谷に言ったように、自分には何も怖いものがない。失うものが何もないから、何も怖くないのである。

以前は、そうではなかった。

母親がいたからだ。

自分が逮捕され、刑務所に入れられたことを、母はどれほど嘆き悲しんだことか……母親と面会し、母親からの手紙を受け取るたびに矢作は悶《もだ》え苦しんだものである。

その母親は亡くなった。服役していたので、死に目にも会えなかった。

唯一の味方であり、理解者でもあった母親が亡くなって、矢作は怖いものがなくなった。今では自分の命ですら、それほど惜しいとは思っていない。むしろ、早くあの世に逝って母親に会いたいと願うほどだ。

（二人を殺せば死刑になるかな……）

今の日本では、一人殺したくらいでは死刑にならないとわかっている。二人でも微妙で、よほど残虐非道なやり方で殺さなければ、そう簡単に死刑にはならない。三人以上殺せば、ほぼ間違いなく死刑であろう。

（あの刑事も殺せば三人だな）

矢作がにやりと笑う。

時計を見ると、もう七時を過ぎている。

急がないと遅れてしまう、と慌てて腰を上げる。

矢作がのんびり歩いている。

前方から集団登校の小学生たちが歩いてくる。

二列縦隊で行儀よく歩いている。

普通は五年生や六年生の高学年児童が低学年児童を引率するわけだが、入学したばかりの一年生が含まれているせいか、保護者も何人か付き添っている。

集団登校の列とすれ違うとき、

「高志君、おはようございます」

矢作が声をかける。

高志が驚いたように矢作に顔を向ける。

矢作は足を止めることなく、そのまま通り過ぎてしまう。付き添いの保護者が怪訝な様子で顔を見合わせ、矢作の背中に目を向ける。

2

「おはようございます」

「うん、おはよう。かけて」

新九郎《しんくろう》が麗子《れいこ》にソファを勧める。

麗子は新九郎と向かい合って腰を下ろす。

「朝早くから悪いね」

「とんでもない」

「例の吸血鬼事件、どうなってる？」

「はい……」

麗子が捜査状況を説明する。

まだ犯人の手がかりはつかめていないものの、夏目《なつめ》のおかげで新たな遺体が発見されたことを伝えると、

「へえ、あいつ、意外とやるなぁ」

新九郎が感心する。

「こういう言い方は失礼ですが、わたしも夏目さんを見直しました。目の付け所が独特で、しかも、核心をついている気がします」

「本人の前では言わない方がいいね。すぐ調子に乗るからさ。君が上司として夏目を誉めることを、自分に対する愛情表現だと曲解しかねないから」

「まさか」

「あいつの思考回路は、かなり変わっているから、君も油断しない方がいいよ」

新九郎がにやりと笑う。

「確かに変わった人ではありますけど」

「ところで、君を呼んだ理由だが……。鯨岡《くじらおか》啓介《けいすけ》という映画監督を知っているかな？」

「ええ、もちろん。今や日本を代表する映画監督じゃありませんか。個人的には、あまり好きなタイプの映画ではないんですけど」

「へえ、そうなんだ。どんな映画が好みなの？」

「わかりやすいアクションやＳＦが好きですね」

「なるほど、カンヌで賞を取るような映画ではなさそうだね」

「はい。芸術作品は苦手です」

麗子がうなずく。

「その鯨岡監督がどうかしたんですか？」

「行方不明でね」

「え」

「と言っても、火曜日から連絡が取れなくなっているらしいから、火曜日と水曜日の二日間行方不明になっているだけなんだけどね。今日で三日目か。子供じゃないんだし。普通なら騒ぐほどのことではないだろうけど、行方がわからないのは鯨岡監督だけではなく、高尾《たかお》公子《きみこ》というマネジャーとも連絡が取れなくなっている。鯨岡監督には奥さんがいる。

長く別居していて、弁護士を立てて話し合いもしているらしいけど、法律上は夫婦なわけだよ。だから、鯨岡監督とマネジャーが事務所に内緒で二人だけで温泉にでも出かけたとすれば不倫ということになる。今や時の人だからマスコミが騒いで、スキャンダルになりかねない」

「……」

麗子が小首を傾《かし》げる。

まだ事情が呑み込めない様子である。

「実は、鯨岡監督には警察のＰＲ映画を撮ってもらうことが決まってるらしいんだ。カンヌで賞を取る以前に頼んでいたんだな。与党が関わっていて、特に公安委員長が熱心だと聞いた」

「そんなときに、スキャンダルは、まずいですよね。ＰＲどころかイメージダウンに繋がりかねません。昨今、有名人の不倫には日本全体が厳しい目を向けるようですから」

「二人が事件に巻き込まれた可能性は低いかもしれない。むしろ、人目を忍んでバカンスを楽しんでいるだけかもしれないけど、警察としては、マスコミが嗅ぎつけないうちに事の真偽を確かめたいわけだね。場合によっては、鯨岡監督への依頼を取り消したいだろうから」

「もしかして、うちに鯨岡監督を捜せという話なんですか？」

ようやく麗子にも新九郎に呼ばれた理由が察せられる。

「正式に行方不明者届が出されたわけではなく、事務所側から公安委員長に内々に相談があっただけだから、捜査一課を動かすわけにはいかない。その点、ＳＲＯは活動領域が緩いというか、かなり広いからさ。それに鯨岡監督が東京ではなく、他県にいる場合、警視庁の捜査員が他県で勝手に捜査すれば、県警と無用の軋轢《あつれき》を生じかねないけど、ＳＲＯには広域捜査の権限があるから」

「今の事件を脇に置いて、鯨岡監督を捜せということですか？」

「そういうことになるね」

「なるほど……」

「どうかした？」

「部長が上からの命令に素直に従うのが珍しいなと思って」

「言いたいことはわかるよ。わたしもＳＲＯの室長だったら、そんな馬鹿馬鹿しいことのために事件の捜査を中断できません、と腹を立てたかもしれない。ただ……」

「何ですか？」

「最後には阿部《あべ》部長に押し切られただろうと思うよ。なあ、頼むよ、新九郎、おれの立場もわかってくれよ……そんな泣きが入ると、わたしも逆らえなかっただろうね」

「立場が変わると判断も変わる、ということでしょうか」

「そんな意地悪を言わないでやってくれよ。君たちが本気で取りかかれば、二人を見付けるのに、そう時間はかからないと思うよ。鯨岡監督とマネジャーが一緒に行動するときは、マネジャーの車を使うことが多かったみたいだし、マネジャーのマンションに車はないから、今回も車で出かけたのだろう。Nシステムをうまく活用すれば、二人の足取りを辿ることができるんじゃないかな。やってくれるよね？」

「ご命令とあれば」

「必要な情報は、ここに用意してある」

新九郎が薄いファイルを麗子に差し出す。

「よろしく頼む」

「刑事部長という感じになってきましたね」

「それ、嫌味？」

「本音です」

3

SROの部屋に戻り、新九郎からの指示を麗子が皆に伝えると、

「ええ～～っ」

と、夏目が絶叫する。

あり得ない、ふざけるな、あの馬鹿野郎、ぶっ殺してやる……夏目の口からは新九郎を罵《ののし》る言葉が矢継ぎ早に発せられる。

「……」

麗子が呆然としていると、

「素晴らしいですね！」

普段、黙りこくって仕事をしている浪岡《なみおか》美鈴《みすず》が叫ぶ。

「鯨岡監督、本当に才能があるんです。まさしく日本を代表する映画監督です。わたしは鯨岡監督と同じ時代に生きていることを誇りに思います」

「あのさあ、そういう話をしてるわけじゃないんだよね」

夏目が溜息をつく。

「日本のために、映画のために、すなわち、芸術のために、何とか鯨岡監督を捜してあげて下さい！」

きゃ～っと叫んで美鈴が跳びはねる。

「……」

他のメンバーは、夏目も含めて、毒気を抜かれたような顔でじっと美鈴を見つめる。

「部長命令ですから、今は鯨岡監督の行方を捜すことに全力を注ぎましょう」

麗子が言う。

「具体的には何をすればいいんですかね？」

針谷が訊く。

「マネジャーの車で出かけたことは間違いないようなので、Nシステムを活用して車の動きを追いたいと思います」

麗子が答える。

「でも、それって、みんなでやる作業ではありませんよね？　室長の専門だし」

尾形《おがた》が言う。

「そうですね」

「じゃあ、何らかの解析結果が出るまでは今までの作業を続けていいわけですか？」

夏目が訊く。

「結構です」

「じゃあ、いいや」

夏目があっさり態度を変える。自分の作業にそれほど大きな影響はなさそうだと判断したのであろう。

「何かわかったら教えて下さいよ」

そう言うと、夏目は作業に没頭する。

「わたしも始めないと」

麗子がパソコンの操作を始める。

一昨日の朝、高尾公子が鯨岡を迎えに車でマンションに行ったと想定し、まず、鯨岡のマンション周辺にある防犯カメラ映像を分析しなければならない。車が見付かれば、車の動きに合わせて、道沿いに設置されている防犯カメラ映像を辿っていき、高速道路に乗ったら、Nシステムで追跡していけばいい。口で言うのは簡単だし、作業そのものも単純だが、時間もかかるし、骨の折れる作業である。

幸い、公子の車の車種や色、ナンバーがわかっているので、「マザー」にアクセスし、その情報を打ち込んで、該当する車を検索してもらう。麗子一人で防犯カメラ映像の分析をしようとしたら、どれほど時間があっても足りない。一〇〇人くらいの人手は必要であろう。つまり、一〇〇人分の作業を「マザー」が肩代わりしてくれるわけである。「マザー」というのは警察庁にあるスーパーコンピューターで、警察に関する情報と警察が集めた情報を一元的に集中管理している。防犯カメラ映像やNシステムにも容易にアクセスできる。「マザー」は存在そのものがトップシークレットなので、アクセス権を与えられるのは、犯罪捜査に関係する部門の部長以上の役職に就いており、かつ、警視長以上の階級の者と決まっている。例外的にSROの室長にもアクセス権が与えられている。

夏目と麗子は真剣な表情で作業に取り組んでいるが、それ以外のメンバーは手持ち無沙汰である。

尾形はスポーツ新聞を読んでいるし、久美子《くみこ》は報告書を作成している。

針谷も暇なので、

「美鈴ちゃん、日本映画が好きなの？」

と話しかける。

「はい、大好きです」

伝票を整理していた美鈴が顔を上げる。

「鯨岡監督を絶賛していたけど、最近の日本映画が好きなのかな？」

「いいえ、どちらかと言えば、古い日本映画が好きなんですよ」

「黒澤明《くろさわあきら》とか？」

「嫌いじゃないけど、大好きというわけでもありませんね。溝口健二《みぞぐちけんじ》が一番好きです。鯨岡監督の映画は溝口健二と同じ路線上にあると思います」

「溝口健二かあ。『山椒大夫《さんしょうだゆう》』を観た記憶があるなあ」

「あれもいい映画ですね。ベルトルッチが絶賛してます。わたし的には『赤線地帯』と『祇園囃子《ぎおんばやし》』、それに『雨月物語《うげつものがたり》』が最高だと思います。監督の手腕も素晴らしいんですが、女優さんたちの演技も凄いんですよ。若尾文子《わかおあやこ》、田中絹代《たなかきぬよ》、京《きょう》マチ子……」

「ふうん、鯨岡監督は溝口健二の影響を受けているわけか」

針谷がうなずく。

「以前、雑誌のインタビューを読みましたが、映画監督として最も影響を受けたのは溝口健二とマキノ慎之介《しんのすけ》だそうです」

「マキノ慎之介？　知らないなあ」

「幻の監督と言われてるんですよ。たった二本しか監督してませんから。わたしもインタビューを読むまで知らなかったくらいです。その二本の映画『永遠の湖』と『風霜地帯』を観ましたが、びっくりしました。本当に素晴らしかったです。もう五回ずつくらいは観てます。映画の存在そのものは知ってたんですけど、主演が鳳翔《ほうしょう》ルリ子なので敬遠してたんです。つまらないメロドラマにばかり出ていた大根役者ですから。だけど、その二本に出た鳳翔ルリ子は、まるで別人のようにいい女優なんです。大袈裟に言えば、田中絹代や若尾文子に負けないくらいの存在感を示してるんです」

「ふうん、そこまで言われると観たい気持ちになるね」

「ぜひ、観て下さい。いい映画ですから。後悔しませんよ。特に素晴らしいのが『永遠の湖』のラストシーンなんです。ヒロインが毒を呷《あお》って、ベッドに横たわって死ぬんです。ベッドには薔薇《ばら》の花が敷き詰められているんです。白黒映画なのに、最後のシーンの薔薇だけが真っ赤なんですよ」

「それって、どこかに似たような映画があったな」

「黒澤明の『天国と地獄』です。白黒映画なのに、事件解決の重要な鍵となる煙だけがカラーなんです」

「ああ、そうだった」

「わたしがすごいと思うのは、『永遠の湖』が『天国と地獄』の前に封切られたということです」

「じゃあ、黒澤明がパクったの？」

「それは知りませんけど、少なくともマキノ監督が黒澤監督をパクったわけではありませんね」

「浪岡の話を聞いていると、マキノ監督の映画も鯨岡監督の映画も観たくなるよ」

「ああ、鯨岡監督に会ってみたいなあ……」

美鈴がうっとりした表情になる。

4

午前と午後の二度、美福門《びふくもん》太陽《たいよう》は外に出る。散歩するためだ。目の不自由な太陽のために、木戸《きど》沙織《さおり》が手を引いてやる。

太陽の姿を目にすると、作業していた信者たちは地面に膝をつき、頭を垂れる。太陽と沙織の二人に頭を下げる格好になるが、もちろん、沙織ではなく、太陽に頭を下げているのである。

これまでは、そうだった。

しかし、この頃、微妙に変化が生じている。

「教主さま」

と恭しく太陽に頭を下げるのは今まで通りだが、その後に、

「エリダヌス沙織さま、どうかお体を大切に」

と改めて沙織に拝跪《はいき》する者が現れ始めたのである。

太陽だけでなく、沙織も敬《うやま》うべき存在だと認められつつある証《あかし》であろう。沙織の腹に宿っている太陽の子に対する敬いでもあるし、教主の子を宿している沙織本人に対する敬いでもある。

「ありがとうございます」

沙織は柔和に微笑む。

どうやら沙織の産む子が次の教主になるという噂が流れているらしく、そのせいで、信者たちが沙織に向ける目が変わったのである。

沙織本人は戸惑っている。

ニルヴァーナ洋子《ようこ》やタージマハール美佐江《みさえ》が苦々しく思っているであろうことを容易に想像できるからだ。

しかし、教主の後継者問題など、軽々しく口を挟むことではないから、戸惑いながら、

沙織は沈黙を守り続けている。

今の沙織にできるのは、太陽の愛を信じて、無事に子供を産むことだけなのである。

「ありがとうございます。みんな、ありがとう」

太陽の手を引きつつ散歩を続けながら、沙織は信者たちに言葉をかける。

5

その様子を、遠くから双眼鏡で眺めている者がいる。農作業をしている信者たちに気付かれないよう、目立たぬように迷彩柄の帽子を被り、迷彩柄の上下を着て、茂みに身を隠している。かなり怪しい格好だが、幸い、近くに民家はないし、通行人もいない。車も滅多に通らない場所だから、逆に言えば、車が通れば嫌でも目に付いてしまう。それ故、乗ってきた車は二〇〇メートル以上離れた場所に停めてある。

安立《あだち》である。

大宇宙真理の光教団は今でも危険な組織だから、今後も継続捜査をするべきだという安立の主張は通らず、部長の土肥原《どいはら》は捜査を打ち切るつもりでいる。

安立は二週間の有休を申請し、単独捜査を決意した。ばれれば、ただでは済まないが、教団が何らかの悪事を企んでいる証拠を見付ければ、多少の逸脱行為は見逃してもらうことができる。それが公安部というものだ。

（こんなことをしても意味がない）

いくら教団の活動を外から見張っても、教団内部で何が行われているかということがわからなければ捜査の意味がないのだ。尾形の協力を得ることに失敗したのが痛かったと今更ながらに悔やまれる。

尾形自身は教団とは何の接点もないが、尾形の妻子、敏江《としえ》と誠《まこと》は教団内部でそれなりの地位を得ている。二人から得られるものは大きいはずである。

何の手土産もなく、すなわち、尾形の弱味を利用することができず、馬鹿正直に真正面から協力を依頼したのが間違いだった、と臍《ほぞ》を嚙む。

三年前に協力してもらったときには、尾形が誠の件で苦悩しており、それをうまく利用することができた。

茂みに身を潜めて信者たちの作業をぼんやり眺めているくらいなら、尾形の弱味を探る方がよほど効率的なのではないか、と安立は考える。

「そうするか。下っ端の信者が野良仕事をするのを眺めているのは時間の無駄だよ」

ふーっと大きく息を吐くと、安立が立ち上がる。引き揚げるのだ。

作戦変更、尾形に的を絞ろうと決める。

6

「はい、篠原です」

携帯にかかってきた電話に貴子が出る。

液晶画面に表示されたのは、高志の同級生の母親である。それほど親しいわけではないから、何か学校関連の連絡だろうか、と考える。

「今朝は、ありがとうございます。明日は、わたしも……」

突然、え、と貴子が声を発する。

集団登校の途中、高志が見知らぬ中年男から挨拶されたというのである。

大したことではないかもしれないが、相手は高志君の名前を呼んでいたし、高志君はその人を知らないというので、念のために連絡しました、と言う。

「どんな男でしたか？」

「ええっと……」

相手が特徴を告げる。

それを聞いて、貴子の顔色が変わる。

（矢作だ……）

と察したのである。

電話を切ると、貴子はその場にへたり込む。

体がぶるぶる震えてくる。

両手で自分の体を抱きしめる。

呼吸が荒くなり、めまいがする。

今にも倒れてしまいそうだ。

いや、倒れるのではなく、気が狂ったように絶叫してしまうかもしれない。

（落ち着いて。落ち着くのよ……）

そう自分に言い聞かせて、何度も深呼吸する。

7

「はい？」

針谷の携帯に電話がかかってくる。貴子からである。

「どうしたの？」

針谷が訊き、貴子の話に耳を傾ける。

次第に針谷の表情が曇ってくる。

しばらくして針谷が電話を切る。

暗い顔で溜息をつく。

その表情から何か察したのか、

「行ってやれよ」

尾形が言う。

「まだ仕事中ですよ」

「何もしてないだろうが……」

尾形はスポーツ新聞を放り投げると、

「室長、ハリーが下痢みたいなんで早退させてやって下さい」

「針谷君、体調が悪いの？」

麗子が心配する。

「え、いや、別に……」

「こいつ、ちびりやがって、隣にいるとウンコ臭いんですよ」

尾形が真顔で言う。

「じゃあ、早退していいわよ。今日は、たぶん、内勤になりそうだから」

「え、でも……」

「ウンコ垂れが遠慮するんじゃねえよ」

尾形が針谷の背中をどんと叩き、がははっ、と笑う。

8

麻友《まゆ》は有休を取った。

雅美《まさみ》とは昼過ぎに待ち合わせをした。

その二時間前に麻友は家を出た。

そのまま待ち合わせ場所に行けば早く着きすぎるが、そこに行く前に寄りたいところがある。秋葉原の電気街である。

事前にネットで下調べしておいたので、迷うことなくその店に向かう。麻友が買ったのは盗聴器と録音機である。全部で三万円弱だった。使い方をレクチャーしてもらうと、麻友は駅に戻る。

雅美とは新宿で待ち合わせをしているのだ。

待ち合わせ時間より一五分くらい早く着いたが、すでに雅美は来ていた。不安そうな顔で麻友に近付いてくると、

「ねえ、本当にいいの？　無理しなくていいんだよ」

「わたし、平気だから。本当に大丈夫」

雅美と篠崎《しのざき》友哉《ともや》が同棲しているマンションは西新宿にある。駅からは近いが、その分、かなり狭いのだという。一人暮らしでも狭いのに、二人だと息苦しいくらいだと、麻友が

訊いたわけでもないのに、雅美が勝手にしゃべる。六畳ほどの広さで家賃は八万五千円、もうすぐ更新を迎えるが、引き続き住むとなれば、家賃が値上げされ九万円を超えるから引っ越しを考えなければならないという。

「セックスすると、廊下に声が聞こえるんだよ。ひどいよね。エレベーターを待っていたら、隣の部屋でセックスしてる声が聞こえた。だから、うちの声も外に丸聞こえだと思うんだ」

「……」

駅からマンションまで、雅美は休みなくしゃべり続ける。心の不安をおしゃべりで紛《まぎ》らわせようとしているかのようだ、と麻友は思う。

西新宿といっても駅からはかなり歩かなければならない。マンション自体もかなり老朽化しているようだし、これで八万五千円という家賃はちょっと高いな、九万円以上なら、わたしは絶対に住まないだろうな、と麻友は考える。

一基しかないエレベーターで四階に上がる。エレベーターも狭く、大人二人でも窮屈に感じる。

「ここだよ」

雅美がドアを開けて、麻友を中に入れる。

靴脱ぎ場を上がると、すぐ右手に小さな台所、左手にトイレとユニットバスがある。部屋の半分をベッドが占めている。他に目に付く家具はビニール製のクローゼットとテーブル、テレビくらいだ。こんな狭苦しい部屋に二人で暮らしていたら息が詰まるだろうな、と麻友は想像する。

「友哉、まだ寝てるの？　起きてよ」

雅美が声をかける。

白いTシャツに短パンという姿の男がベッドに大の字になって寝ているのだ。

なかなか起きないので、雅美が肩に手をかけて揺さぶる。

と、突然、

「うるせえ」

友哉が腕を振り回す。左手が雅美の顔に当たる。

あっ、と叫んで雅美が仰《の》け反《ぞ》る。

「何だよ、うるせえな」

「友達が来るって言ったじゃない。ちゃんと起きて待っててほしいって」

雅美の声が震えている。今にも泣き出しそうだ。

この場面を目にしただけで、普段、雅美が友哉からどんな扱いをされているか麻友にはわかる。

「ああ、おまえの友達な……」

大欠伸をしながら、友哉がベッドに体を起こし、ぼりぼりと体をかきながら横目で麻友を値踏みするように見遣る。

「こんにちは、石塚《いしづか》麻友です」

にっこり微笑む。

「はあ」

また大欠伸をする。

「おれに何の話？」

「できれば二人だけで話したいんですが」

雅美の顔には明らかに友哉に対する怯えが浮かんでいるので、この場にいない方がいいだろうと判断したのだ。

「こいつが邪魔ってこと？　役立たずの馬鹿だからね。邪魔なのはわかる」

にやりと笑う。

「二人で話をするから、どこか近くでお茶でも飲んでいてくれない？」

「わたしは構わないけど……」

雅美は不安そうである。

「話が終わったら連絡するから」

「でも……」

「さっさと出て行けよ」

友哉が怒鳴る。

「……」

雅美がびくっと体を震わせ、じゃあ、そうするね、と小さな声で言うと部屋から出て行く。

「石塚さんだっけ、あんた、雅美と仲がいいの？　聞いたことがなかったんだけど」

「専門学校を出てから、ほとんど会ってなかったから」

「じゃあ、仲がいいってわけでもないんだな」

友哉がタバコを吸い始める。

その間も麻友から視線を外さない。

「あんた、いい女だな」

「セックスしたいの？」

「は？」

「勃起してるじゃない」

「……」

短パンの股間がテントを張っている。麻友をいやらしい目で見ているということだ。

「フェラチオしてあげてもいいわよ。わたし、すごくうまいの」

「嬉しいね」

友哉の顔がにやける。

「だけど、途中で、あんたの腐れチンポを食いちぎってやる。それでもよければ、パンツを下ろしなさいよ」

「本気で言ってるのか？」

「試してみる？」

「ふんっ、馬鹿じゃねえの」

テントが消える。

「雅美はあんたと別れたいと言ってるの」

「別れるだと？　駄目だね」

「どうすれば別れてくれるのかな？」

「あいつは、もうすぐ仕事を替わることになってるんだ。別れるとか冗談じゃねえや」

「ソープに売るつもり？」

「あんたには関係ない」

「いくらで別れてくれる？」

「金を払うっていうのか？」

「そう言ってるつもりだけど」

「五〇〇……いや、八〇〇万かな」

「それだけ払えば、雅美を自由にしてくれる？」

「まあ、そうだな。あんたが払ってくれるのか？」

「大金だから、すぐには用意できないけど、親や友達に頼めば何とかなると思う」

「ふうん……」

友哉が目を細めて麻友を見つめる。信じていいものかどうか判断しかねている感じだ。

「どれくらいで用意できる？」

「五日以内には何とか」

「遅いな。三日以内だ」

「だけど……」

「三日過ぎたら、あいつはソープ行きだぜ。そういう約束になってるから」

「わかった。三日以内に何とかする。その代わり、雅美は連れて行くわよ」

「好きにしろよ。だけど、逃げられるなんて思うなよ」

友哉がスマホを取り出して操作する。何かの動画を再生して、麻友に画面を見せる。

裸の男と女がベッドの上でからみあっている。

男は友哉、女は雅美である。

「こういう動画、たくさんあるんだ。あいつのヌード写真もある。あそこもばっちり写ってる。逃げたら、それをネットで拡散してやる。あの女、終わりだぜ」

「……」

そういうことか、雅美が逃げられないと言ったのは、セックス動画やヌード画像で脅されていたからなのだ、と麻友は納得する。

「お金が用意できたら連絡します。電話番号とメアドを教えて下さい」

「ああ、いいともさ」

上機嫌で、鼻歌交じりに友哉は麻友に電話番号とメールアドレスを教える。

9

針谷と貴子は、マンションのラウンジで向かい合う。

「高志君は？」

「部屋にいる」

「迎えに行ったの？」

「どっちみち帰りは迎えに行くつもりだったのよ。しばらくは午前中で終わりだし」

貴子が暗い顔で溜息をつく。

「そう心配するなよ。通りすがりに挨拶しただけじゃないか。ただの嫌がらせさ」

針谷が励ますように言う。

「違うと思う」

「なぜ？　そこまで君があいつに恨まれる理由なんかないだろう」

「あるのよ」

「え」

「恨まれる理由があるの。あいつは、わたしを殺したいほど憎んでいるはずよ」

「……」

針谷が黙っていると、貴子がゆっくりとその理由を語り始める。

10

麻友が自宅に帰る。

本当は雅美を一緒に連れて来るつもりだった。

そうして構わないと友哉は承知したのだから、何も問題はないはずだった。

ところが、雅美が、今日は無理、と言い出した。

免許証や保険証、銀行の通帳やキャッシュカード、クレジットカードなど、大事なものをことごとく友哉に取り上げられており、外出するときはスマホとＳｕｉｃａくらいしか持たせてもらえないという。

「あいつ、どこかに隠してるから、それを見付けたらマンションを出る。隠し場所の見当はついてるし」

「大丈夫？」

「今日は仕事に行って、明日の夜明け頃に帰って来るはずだから、友哉が寝たら、そっと部屋を出る」

「心配だなあ」

とは言え、何もかも友哉に奪われている状態では、マンションを離れるわけにはいかないから、ここは何とか雅美に踏ん張ってもらうしかない、と麻友は思う。

「挫《くじ》けちゃ駄目だよ。雅美の人生がかかってるんだからね」

「うん、死ぬ気でがんばる。ソープなんかに行くの嫌だもん」

「何かあったら連絡して。すぐに駆けつけるから」

そう励まして、雅美と別れた。

家には誰もいなかった。

翔太《しょうた》は仕事だから当然だが、森崎《もりさき》夫婦もどこかに出かけているらしい。

麻友には好都合である。

秋葉原で買ってきた盗聴器をリビングと森崎夫婦の寝室に仕掛ける。イヤホンくらいの大きさで、店員に教わった通り、目立たない場所に取り付ける。設置も簡単だし、盗聴器自体も小さいので、これで本当に会話を拾えるのだろうかと疑わしい気持ちになるが、半径五メートル以内の会話であれば、よほど声を潜めているのでない限り、クリアな音声をキャッチして録音機に送信するのだという。

二階に上がり、録音機を押し入れに隠す。

それからまた出かけることにする。

今度は夜まで戻らないつもりである。麻友や翔太がいないときでなければ、森崎夫婦も本音を口にしないだろうと考えたからだ。

どこに行くという当てもないので、公園を歩いたり、ショッピングモールに入ったりする。公園をぶらついているとき、小さな子供を連れた家族連れを見かける。何と言うこともないありふれた光景なのに、なぜか涙が止まらなくなり、ベンチに腰掛けてティッシュで目許を押さえる。

自分はもう違う世界に来てしまったのだ、結婚して子供を産んで、夫婦で力を合わせて子供を育てていくというような平凡な幸せを望んではいけないのだ、と思い知らされる気がする。

11

「何だか、出が悪いわねえ」

ルリ子が上を見る。

シャワーノズルから血が滴り落ちているが、量が明らかに減っているのだ。

「ああ……」

根津《ねづ》がテツとモカに顔を向ける。

しばらく二人を眺めているが、やがて、

「女の方は死んだようです」

と言う。

心臓が止まったので血流がなくなり、血を抜くことが難しくなったのだ。

「意外と早かったわね。でも、死んだのなら仕方ない。そっちの女を使おうかしら」

ルリ子は、檻の中にいる公子に顔を向ける。

「おまえたち……」

蠟のように真っ白な顔をしたテツがルリ子を睨む。

「このままで済むと思うなよ。必ず、復讐してやる。ちくしょう、モカを殺しやがって……」

テツが噎《むせ》び泣く。

「あんたみたいなクズ男が復讐？」

おほほほっ、とルリ子が高笑いする。

「血を抜くのは難しいようですから、最後にシャワーになさいますか？」

「そうね。そうしてちょうだい」

ルリ子がうなずくと、根津はモカを車椅子から降ろし、檻に引きずっていく。モカを檻に入れ、入口を閉める。

壁にあるスイッチパネルに近付き、スイッチを入れるとクレーンが動き出し、檻が持ち上げられる。

檻がバスタブの上に達すると、根津はクレーンを止め、別のスイッチを入れる。檻の天井は二枚重ねになっており、しかも、格子に無数の突起がついている。その一枚が下降する。モカの体が天井にプレスされ、突起が体中に突き刺さる。全身から血が噴き出し、その血がシャワーのようにルリ子に降り注ぐ。

「いいわ。すごくいいわ」

両手を高々と上げ、ルリ子がおほほほっ、と楽しそうに笑う。

12

夜七時過ぎに麻友が帰宅する。

森崎夫婦も帰宅しており、リビングで庸三《ようぞう》がビールを飲んでいる。翔太はまだ帰っていない。

「お帰り、麻友ちゃん、お腹空いたやろ」

庸三が赤い顔で呼びかける。かなり飲んでいるようだ。

「わたしもこれからだから一緒に食べましょうよ」

台所から静子《しずこ》が顔を出す。

「友達と食べてきたんです。すみません」

「そんなら、ビールでも飲もうや。少しくらいならええやろ？　麻友ちゃんにコップ」

「はい」

静子がグラスを手にして台所から出てくる。

麻友もソファに腰を下ろす。二人に訊きたいことがあるからちょうどいいと思った。

「じゃあ、乾杯や」

「いただきます」

麻友もビールを少し飲む。

そこに静子がつまみになりそうな料理を何品か運んでくる。

「叔父さんたちが出すお店、一緒に住んで共同経営しないかと勧めて下さいましたよね」

「ああ、そうや、みんなで一緒に暮らして、一緒に仕事をしたら楽しいと思うんや」

「すごくいい考えだと思います」

「おう、賛成してくれるのか？」

庸三と静子が顔を見合わせる。

「すぐに返事はできませんけど、前向きに考えたいと思います」

「それは嬉しい言葉やで、さあ、もっと飲もう」

庸三が麻友にビールを注ぐ。機嫌がよくなってきた。

「ひとつ訊いていいですか？」

「何でも訊いてや。遠慮はいらんでえ」

「わたしたちの他に誰か一緒にお店を手伝ってくれるような人はいないんですか？　お子さんがいないのは承知してますけど、叔父さんのご兄弟とか、ご兄弟のお子さんとか……」

「なるほど、そんな心配をしてたんか。いやあ、おらん、おらん。誰もおらんで」

庸三が右手を大袈裟に振る。

「わしらには子供おらんし、親しい親戚もおらんのや。静子のことは麻友ちゃんも知ってるやろうけど、わしも親戚とは没交渉でな。若い頃からやんちゃばかりしてきたから、向こうから愛想を尽かされたというのが本当なんやけど」

わはははっ、と愉快そうに笑う。

「親しいお友達とかは……」

「そんなんいるかいな。大阪を出るとき、向こうの人間関係は全部清算してきたんや。身内だろうが友達だろうが、やっぱり、金が絡むとこじれる。もちろん、わしらも悪かったんやけど。なあ、静子？」

「お金の切れ目が縁の切れ目というのは本当だと思いましたよ」

静子がうなずく。

「わしらには誰もおらん。そやから、翔太君と麻友ちゃんを家族だと思うとるわけや。麻友ちゃんにもわしらを本当の親だと思って信頼してほしい」

「ありがとうございます。とても心強いです」

ごちそうさまでした、と麻友が腰を上げる。

シャワーを浴び、パジャマに着替えてから二階の自室に上がる。

（さてさて、どんな感じかな……）

押し入れから録音機を取り出す。イヤホンを耳に装着し、ベッドに横になって再生する。

麻友が出かけてから、ついさっきまでの録音である。最初の二時間くらいは何も録音されていないので早送りする。

ようやく、二人が帰宅した物音が聞こえてくる。

「おい、ビール出せや」

「もう飲むんですか？」

「歩き回ったら喉が渇いた。おまえも飲めばええやろ」

「わたしは、まず汗を流したいですね」

（本当だ。よく聞こえるわ。今時の盗聴器ってすごいのね）

麻友が感心する。

やがて、シャワーを浴びたらしい静子がリビングに戻ってくる。庸三と一緒になってビールを飲み始めたらしい。

「ああ、おいしい。最初の一杯って本当においしいわよね」

「わしは二杯目も三杯目もうまいけどな」

「ふたつ目に見た物件、なかなか、よかったわよね。駅からもそう遠くないし。居抜きであの値段ならお買い得なんじゃない？」

「お買い得いうても、軽く億を超えとるで」

「一階がお店で二階と三階が住居なんだから、それくらいするでしょう。二億でもおかしくないわよ。一億五千万なら安いでしょう」

「訳あり物件らしいからな」

「一人や二人首を吊ったからって、どうってことないじゃない。あんただって幽霊なんか怖くないでしょう？」

「少しは怖いがな。おまえには負ける」

「幽霊より借金取りの方がよっぽど怖いわよ」

「確かにな」

「あの物件、何とか手に入れたいわ。こっちの要望にかなり近いんだもの」

「とは言え、わしらは文無しやで。一億どころか百万もない」

「わたしたちが文無しでも関係ないでしょう。翔太と麻友の財産があるんだから」

「おまえの兄さん夫婦、それにばあさん、三人の保険金だけでも一億以上はあるはずや。ここの家と土地。家は二束三文でも、土地は八千万以上になる。そう不動産屋が言うとったな」

「保険金と土地だけで二億近いわね。それ以外に相続した預貯金や株もあるかもしれないから……」

「すごいのう。あの若い兄妹が二億数千万、ひょっとしたら三億くらい持ってるなんて」

「もう翔太はこっちの言いなりだから、あとは麻友をどうするかって話になるわね。おとなしそうな顔をしてるけど、意外と頑固だもの。そういうところが仁志《ひとし》にそっくりだわ」

「おまえの兄さんか？」

「嫌な奴だった。セコくて、口うるさくてさ。わたしが関西に行ったのをいいことに、ばあさんを丸め込んでじいさんの財産を独り占めしたんだから。ばあさんが死んだら、ばあさんの財産も独り占め。大体ね、翔太と麻友の財産ていうけど、本当なら、わたしがもらうべき分も含まれてるわけよ。仁志にネコババされたんだから」

「おまえ、酔うと柄が悪うなるのう」

「ふんっ、だから、あんたなんかと一緒になったんじゃないの」

「翔太だけではどうにもならんで。麻友をどうにかせんとな」

「やっちゃいなよ」

「え？」

「力尽くで抱けばいいのよ」

「レイプか？」

「ああいう風にきれい事ばかり言う若い女は、やっちまうのが手っ取り早いよ。突っ込んじまいなよ。体の繋がりができれば、あんたの言いなりになるから」

「おまえもえげつないのう」

「似た者夫婦でしょうよ」

「違いない」

二人で大笑いする。

麻友は停止ボタンを押して、大きな溜息をつく。

今までは庸三が悪巧みを主導し、静子は庸三に従っているだけだと思っていたが、どうやらそうではないらしい。静子もかなりの悪《わる》である。

いつのまにかうたた寝して、気が付くともう一一時を過ぎている。階下から翔太の声が聞こえる。麻友も下におりる。

「お兄ちゃん、お帰り」

「ああ、麻友か。ただいま。叔父さんたちにも話したんだけど、明日から三泊四日で出張研修に行くことになったんだ。店にいるより楽ちんだな」

すでに翔太は赤い顔をしている。

「そんなら今夜はいくらでも飲んだらええがな」

庸三がビールを注ぐ。

「いただきます」

にこにこ笑いながら、翔太がビールを飲む。

しかし、仕事で疲れているせいか、それから三〇分もしないうちに舟を漕ぎ始める。

「お兄ちゃん、もう寝た方がいいよ」

「ああ、そうだな。寝るわ」

翔太が立ち上がるが、寝惚《ねぼ》けているのか足許が覚束《おぼつか》ない。

「わたしも寝ます」

翔太を支えて、麻友がリビングから出る。

何とか階段を上らせて、翔太を部屋に入れる。

ベッドにひっくり返ると、大いびきをかき始める。

「着替えなよ」

返事はない。

仕方なく、シャツとズボンを脱がせ、布団をかけてやる。

自分の部屋に戻って、麻友もベッドに横になる。

さっき寝てしまったので目が冴えている。まったく眠気が訪れる気配はない。

（お兄ちゃん、出張研修か……）

三泊四日で家を留守にするのなら、その間に庸三と静子を始末してしまおうかと思案する。二人が姿を消しても、それを心配して警察に届け出るような者はいないようだ。いるとすれば翔太だろうが、翔太ならばどうにでも説得する自信がある。

（どうやるかな……）

殺害方法や死体の処分など、頭の中でいろいろ考える。

眠れないまま、ふと時計を見ると、もう二時を過ぎている。

階段が軋《きし》む音が聞こえた。

麻友が耳を澄ませる。

（ふうん、本当に来たのか）

驚きはない。慌てることもない。

静かにドアが開く。

庸三のシルエットがベッドに近付いてくる。

布団がめくられる。

庸三が麻友にのしかかろうとしたとき、麻友が庸三の股間に手を伸ばす。勃起したペニスをわしづかみにすると、

「左手にナイフを持ってます。これ、切り落としましょうか？」

「あ……あのな……」

「本当にやりますよ」

ペニスを握る手に力を入れる。

「痛っ……やめてくれ……」

「それなら、さっさと出て行け。また同じことをしたら、今度は切り落としますからね」

ペニスを離し、庸三を突き飛ばす。

庸三がすごすごと部屋から出て行く。

13

四月一二日（金曜日）

早朝、尾形が夢之介《ゆめのすけ》を散歩させている。飼い始めた頃は、朝起きるのが辛くて、歩きながら半分寝ているような状態だったが、ようやく慣れてきた。慣れてくると、凛《りん》とした空気を吸い、朝日を浴びながら歩くのが心地よく感じられるようになってきた。体の中にエネルギーが蓄えられていく気がするのだ。

公園に行くと、漆原《うるしばら》百合子《ゆりこ》と翔子《しょうこ》がいる。何をするでもなく、ぶらぶらしている。犬を連れて散歩している人の姿は多いが、犬を連れずに散歩している人はほとんどいない。特に翔子のような小さな子供は見当たらない。

翔子が夢之介とじゃれ合うのを眺めながら、尾形と百合子は他愛のない世間話をする。休みの日ならベンチに腰掛けてゆっくりするところだが、今日はこれから仕事である。あまり長居することはできない。

「じゃあ、そろそろ行きますので」

「お仕事がんばって下さい」

「これ、足許に落ちてましたよ」

折り畳んだティッシュを尾形が差し出す。

「え。わたしでは……」

「どうぞ」

百合子の手に押しつけると、夢之介を連れて、尾形が公園の出口に向かう。

振り返ると、翔子がジャンプしながら手を振っている。その傍らで、百合子が深々と頭を下げ、尾形を拝むような仕草をしている。

「感じの悪いことをしちまったかな」

尾形が顔を顰める。

ティッシュの中には五千円札を一枚入れておいた。それだけあれば、公園で腹を空かせることなく、朝と昼、ファミレスで食事することができるだろう。

そんなやり方がいいのかどうか自分でもわからないが、二人が空腹をこらえてうろうろする姿を想像するといたたまれなくなってしまう。

（あっちでも、こっちでも、いろいろ問題があるよなあ……）

自分のしたことが根本的な解決にならないことは承知している。何かできることがあるだろうか、と尾形は思案する。

14

「じゃあ、行ってきます」

翔太は今日から三泊四日の出張研修である。

帰って来るのは月曜日で、火曜日は代休を取ることになっているという。

「気をつけてな。がんばるんやで。他の奴らに負けたらあかん。みんな、ぶっ飛ばしてやれ」

「喧嘩に行くわけじゃないんですから」

庸三の言葉に静子が苦笑する。

「行ってらっしゃい」

麻友も声をかける。

「うん」

翔太が明るく出て行く。

「さあ、わしらは朝飯の続きやな」

庸三が麻友を見て、一瞬、気まずそうに顔を顰める。ゆうべの出来事が気になっているのであろう。

「麻友ちゃんも朝ごはんどうぞ」

静子が言う。

「ありがとうございます。だけど、もう出ますから」

「ああ、そう」

「すみません」

ちらりと静子を見ると、冷たい目で麻友を睨んでいる。

15

SRO。

朝礼の後、麗子は一心にNシステムの解析を続けている。ゆうべは深夜まで残業し、今日も誰よりも早く出勤した。

麗子と同じように夏目も熱心に仕事をしている。吸血鬼事件の分析をしているのだ。

この二人に引き換え、尾形、針谷、久美子の三人は手持ち無沙汰の様子である。それでも久美子は報告書を作成したり、仮払い伝票を整理したりしているから怠けているわけではないが、尾形と針谷は見るからに暇そうな顔をしている。

尾形はいつものようにスポーツ新聞を読んでいる。

針谷は机に足を投げ出して腕組みしている。目深《まぶか》に帽子を被っていれば間違いなく居眠りしているとわかるが、今日は無帽だし、目も開いている。ただ心ここにあらずという感じでぼんやりしている。

昨日、貴子から聞いた話を頭の中で反芻《はんすう》しているのである。

（そうだったのか。矢作に恨まれる理由があるわけだな……）

矢作清治は、数多くの幼い子供に猥褻行為を繰り返した変質者である。自分が勤務している小学校の児童にまで手を出していた。被害者が幼く、供述が曖昧であることや、子供が被害に遭ったことを表沙汰にしたくないという親が多かったこともあり、被害届が提出されず、矢作が逮捕されることはなかった。

ようやく一人の被害者が被害届を出したものの、遅々として捜査は進まなかった。

矢作が逮捕された直接のきっかけは猥褻行為ではなく、ドラッグストアから薬を万引きしたことである。矢作のショルダーバッグから薬が見付かったにもかかわらず、矢作本人は万引きを否定し、問い詰めたドラッグストアの店長に暴力を振るった。それで逮捕され、家宅捜索された。矢作のパソコンから、被害に遭った子供たちの卑猥《ひわい》な画像が大量に発見され、矢作の犯罪が裏付けられた。七年の実刑判決を受けて服役した。

つまり、万引き事件が起こらなければ、矢作は逮捕されることなく、罪を逃れ続けていたかもしれない、ということである。

「あれは、わたしが仕組んだの」

そう貴子は針谷に告白した。

矢作のショルダーバッグにこっそり薬を忍び込ませ、ドラッグストアの店長に、あの男が万引きしたみたいですよ、と通報したというのだ。

身に覚えのないことだからこそ、店長に問い詰められた矢作は激昂《げきこう》し、店長の手を振り払って立ち去ろうとした。振り払おうとしたとき、店長の鼻に拳《こぶし》が当たったのは偶然だが、そのせいで罪が重くなった。

矢作は万引きを一貫して否定したが、パソコンから猥褻画像が見付かったことで、警察にとっては万引きなど、どうでもよくなった。

「わたしもひどいことをした。たとえ、あいつが人でなしだとしても、わたしのやったことは許されないわ。わたしもあいつと同じように犯罪者なんだわ」

そう言って、貴子は泣いた。

なぜ、貴子が万引きを仕組んだことを矢作が知っているのかと問うと、万引き事件が起こる直前、貴子は矢作に直撃取材を試みているし、その後、貴子と店長が話しているのを矢作に目撃されたからだという。ショルダーバッグに薬を入れることができたのは貴子だけなのである。

警察官たちにショッピングモールから連れ出されるとき、あの女にはめられたんだ、と矢作は叫んでいたという。

「七年分の恨みを晴らそうというわけか」

「それだけじゃないの。母親の死に目に会えなかったのも、わたしのせいだと思っているから」

矢作を取材する過程で、矢作が強烈なマザコンだと貴子は気が付いた。

「異様な親子関係だったわ」

矢作の父親は、矢作が幼い頃に亡くなり、母親に女手ひとつで育てられた。成長しても矢作は母親にべったりだったし、母親の方も大人になった矢作を甘やかし続けた。

「矢作が小さな女の子ばかり狙うようになったのは母親のせいじゃないか、とわたしは疑った。母親の影響力が強すぎて、大人の女性とは付き合えなくなったんじゃないかしら。飛躍しすぎた想像かもしれないけど、近親相姦の可能性もあると思う」

そう貴子は言った。

それほど母親べったりだった矢作が、貴子のせいで母親の死に目に会うことができなかったとすれば、貴子に向けられる矢作の怒りは巨大なものであろう。

その話を聞いて、針谷は、矢作がどれほど深く貴子を恨んでいるか理解した。今までは、ただの嫌がらせくらいに軽く考えていたが、それは大きな間違いで、針谷の想像以上に深刻な事態なのだ。

（だからといって、おれに何ができる？）

針谷の思案は、そこで立ち往生してしまう。

打つ手がないのだ。

16

職場近くのカフェで麻友がランチのパスタを食べていると、雅美が店に入って来る。

「ごめん、遅くなって」

「大丈夫だった？」

「うん、今日は昼から店でミーティングがあるから、友哉は必ず外出するってわかってたし。隠し場所が変わってて、なかなか見付からなくて時間がかかったけど、うまくいった。必要なものは手に入れたよ」

「そう、よかった」

麻友がにこりと微笑む。

雅美が注文したランチがテーブルに置かれるのを待って、

「お願いがあるの」

「わたしに？　何？」

「これ」

麻友が封筒を差し出す。

「……」

雅美が封筒を受け取り、中を確認する。何枚もの一万円札が入っている。

「どういうこと？」

「二〇万あるわ。そのお金を使って、一週間くらい、どこかに旅行してほしいの」

「旅行って、どこに？」

「どこでもいいわ。箱根や熱海《あたみ》の温泉でもいいし、北海道や九州でも。一人旅だから、あまり楽しくないかもしれないけど。とにかく、東京から離れていてほしいの、その間にあの男と話をつけるから」

「そんなことできるの？」

「たぶん、大丈夫だと思う。この前話して大丈夫そうな感じがした。だけど、雅美がそばにいるとやりにくいの。何かというと雅美を出しにして脅そうとするから。あいつに弱味を握られてるんだよね？」

「うん……」

　雅美がうつむく。

「もう部屋には戻らないでほしいの。ここから、どこかに旅に出てほしい。あいつからの連絡は一切無視して。電話にも出ないで。メールにも返信しないで。わたしが連絡するまで東京には戻らないで」

「それで本当にうまくいくのかな……」

　雅美は半信半疑である。

「大事なのは、雅美があの男を信じるか、わたしを信じるかということだよ」

「……」

雅美がハッとしたような顔になるが、すぐに、

「わたしは麻友を信じるよ。当たり前でしょう」

と小さな声で答える。

「食べれば」

「うん」

雅美がランチのパスタを食べ始める。

それを眺めながら、

「お父さんやお母さんは、どう言ってるの？　あいつと同棲してることは知ってるんでしょう」

「知ってるよ。だって、友哉、家に来たことがあるんだよ」

「そうなの？」

「借金取りに追い込みかけられてヤバくなったとき、まず、うちの親にお金を出させようとしたんだよ。で、うちに来て、親父と大喧嘩。わたしとお母さんが止めなかったら、親父を殴っていたかもしれない。うちの親父も短気だからね。今度来たら警察に突き出してやるなんて興奮しちゃってね。わたしも、おまえなんか娘だと思わないから、二度と帰っ

て来るなって怒鳴られた」

「お母さんは？」

「あの人は親父の言いなりだから。親父には逆らえないんだよね」

「大変だったね」

「それ以来、うちには帰ってないし」

「……」

ふと麻友は自分の両親のことを考える。

父の仁志は、雅美の父親と似たようなタイプだった。麻友が何らかのトラブルに巻き込まれたら、それを助けようとするのではなく、一方的に麻友を責めたに違いないと思う。しかし、母の美和子《みわこ》は決して麻友を見捨てないだろう。実際、美和子は麻友を守るために殺人という罪まで犯したのだ。

食事を終えて店を出ると、

「じゃあ、わたし行くね」

「どこに行くつもり？」

「東京駅まで行って考えるよ。電車に乗るのが好きだし、新幹線で遠くに行こうかなあ」

「楽しんできて」

「ねえ、しつこいようだけど……」

「大丈夫だから。任せて」

「ごめんね。こんなことに巻き込んで」

「いいって」

「よろしくお願いします」

深々と頭を下げると、雅美が駅の方に歩いて行く。

雅美を見送ると、麻友も店に戻ることにする。

その前に、携帯で友哉に電話をかける。ミーティングだというから、出ないかもしれないと思ったが、意外にもすぐに出た。

「石塚麻友です」

「あんたか。何の用？」

不機嫌そうな声だ。

「お金が用意できました」

「え」

友哉が息を呑む。

「マジかよ。いくら？」

「八〇〇万ですけど……。そう言ってたじゃないですか」

「あ、ああ、そうだったな、八〇〇万だ」

「明日、わたしのうちに取りに来てもらえますか？　大金を持ち歩くのは怖いので」

「いいぜ」

「うちですけど……」

自宅の住所を告げ、待ち合わせの時間を決める。

「雅美のいやらしい動画や写真も持ってきて下さい」

「スマホに保存してあるよ。あんたの目の前で全部消去する。それでいいだろう？」

「どうせパソコンにも保存してるんじゃないんですか？　パソコンも持ってきて下さい」

「疑い深いな」

「パソコンも持ってきてくれないなら、お金は渡しませんよ」

「わかったよ。パソコンも持っていく。それでいいな？」

「はい」

「念のために訊くけど、あんたの家に行ったら警察が待ち構えてるなんてことはないよな？」

「警察？　どうして警察が待ち構えてるんですか」

「え、いや、それは……」

「恐喝《きょうかつ》で訴えられると心配してるんですか？」

「……」

「心配しなくても大丈夫です。警察なんかいませんから」

「ああ」

「雅美ですけど、今夜はそっちに帰りませんよ」

「何で？」

「あなたを怖がってるからですよ。今夜は、うちに泊めるつもりです」

「ふんっ、勝手にすればいいさ。金さえもらえば、あんなクソ女ともおさらばだ」

乱暴な口調だが、要求した金が手に入りそうなので、すっかり機嫌がよくなっている。

「じゃあ、明日、お待ちしてますから」

麻友が電話を切る。

店長に頼んで明日と明後日《あさって》、有休をもらおうと考える。

17

「すみません。作業の手を止めて、話を聞いてもらえますか」

麗子がメンバーたちに声をかける。

事務処理をしている美鈴を除いて、尾形、針谷、久美子、夏目の四人が麗子に顔を向ける。

「鯨岡監督のマネジャー、高尾公子さんの車をＮシステムで追跡しました……」

那須で下りたところまでは追跡できたものの、そこから先の足取りが不明なのだ、と麗子は言う。

「困りましたね」

針谷が言う。

「よし、那須に行こうじゃないか」

夏目が立ち上がる。

「手がかりはないんだぜ。那須も広いんだからな」

尾形が肩をすくめる。

「現場に行けば、何かしらの発見があるもんさ。御殿場でも、そうだったじゃないか」

夏目は自信満々である。

「あれは、まぐれだぜ」

尾形が舌打ちする。

「あの……」

おずおずと美鈴が手を挙げる。

「どうしたの、美鈴ちゃん？」

麗子が訊く。

「何の関係もないとは思いますが、鳳翔ルリ子が那須に住んでいるはずです」

「鳳翔ルリ子って？」

夏目が首を捻る。芸能関係に疎《うと》いのである。昨日、美鈴と針谷が古い日本映画について熱く語っていたときも、夏目にはちんぷんかんぷんだったから、真剣に聞いていなかった。

「鯨岡監督が崇めている二本の映画『永遠の湖』と『風霜地帯』の主演女優です。監督はマキノ慎之介です」

「ふうん、鯨岡さんは鳳翔ルリ子を訪ねたのかな？」

「そんなことはわかりませんけど」

「室長、そちらに鯨岡さんが行ってませんか、とその女優さんに電話してみて下さいよ」

はははっ、と夏目が笑う。

「……」

美鈴が顔を赤くしてうつむく。馬鹿にされたと思ったのだ。

「行きますか、那須に。ここにいても何もすることもありませんし」

針谷も立ち上がる。

「じゃあ、三〇分後に駐車場に集合な。作業の途中だから、資料を整理してから行くわ」

夏目が机の上を片付け始める。

18

まともに仕事をしていなかった尾形と針谷は、すぐに出かけることができる。夏目と久美子を後に残し、先に駐車場に行くことにする。

エレベーターに乗り込むと、

「おい、おまえ、大丈夫なのかよ？」

尾形が訊く。

「何がですか？」

「とぼけるなよ。昨日あれから何かあったんじゃないか。おれの目は節穴《ふしあな》じゃないんだぜ。心配事か？」

「まずいことになりそうなんです」

「例の件か？」

「はい」

「話せよ。聞いてやるぜ」

「立ち話で済むことではないので……」

「仕方ねえな。今夜、飲みに行くか？」

「いいんですか？」

「おまえの奢りだからな」

「はい、もちろんです」

針谷がうなずく。

19

警視庁を出て、二時間弱で那須に着く。

麗子からは連絡がない。取り立てて新しい情報は何もないということだ。

「どうしましょうか？」

針谷が訊く。

「じっとしていても仕方ないさ。適当に走ってくれ。何か思いつくかもしれない」

夏目が言う。

「女と二人でこっそり那須に来たのなら、リゾートホテルに片っ端から電話して、それらしいカップルが泊まってないか確認すればいいんじゃないのかね？」

尾形が言う。

「それは悪くないアイデアですね」

久美子がうなずく。

「ふふっ……」

夏目が馬鹿にしたように笑う。

「何がおかしいんだ？」

尾形がムッとする。

「室長を侮《あなど》ってはいかんね。Nシステムを解析して、鯨岡さんの乗った車が那須で下りたとわかった時点で、室長は『マザー』でアクセスできるホテルの宿泊者情報を調べていたよ」

「え、マジか」

尾形が驚く。

「個人経営の小さなペンションまでは手が回らなかっただろうが、少なくとも名の知れた大きなホテルに鯨岡さんは泊まっていない。鯨岡の名前でも女性マネジャーの名前でも泊まっていないようだ」

夏目が説明する。

「それなら仕方ないな。ハリー、適当に走れ」

「適当というのは、なかなか難しいですね」

「それなら食い物屋を探せ」

「食い物屋ですか？」

「せっかく那須まで来たんだ。何かうまいものを食って帰ろうぜ」

「尾形さん……」

針谷が呆れたように尾形を見る。

「賛成だ。警察官にも昼休みがある。昼休みに何を食べるのも自由だ。那須でしか食べられないグルメを味わっても悪いことはない」

夏目が同調する。

「お二人は、変なところで気が合うんですね」

久美子が笑う。

「……」

尾形が嫌な顔をする。

20

それから一時間半ほど、那須界隈《かいわい》を当てもなく走り回ったが、当然の如く、何の手がかりも得られなかった。

「あ、そこにしようぜ。さっきも似たような店を見かけたけど、那須はステーキが名物なんだな」

尾形が前方にあるステーキハウスを指差す。

「いいぞ。肉を食おうじゃないか。坊屋《ぼうや》ちゃん、肉は好きかな？」

「はい、大好きです。ただ……」

「何？」

「そうか。坊屋ちゃんは、ただの巡査部長だもんな。高給取りのキャリアのお二人さんとは違うよな。よし、今日は、おれが奢ろう」

夏目が胸をどんと叩く。

「え、いいんですか？」

針谷が言うと、

「馬鹿者。坊屋ちゃんにだけ奢るのだ。高給取りは自分の財布で支払え」

「でも、悪いですから……」

久美子が遠慮すると、

「ああ、いいんだよ。明日か明後日、山根の家に押しかけて飯を食わせてもらうから。おれ、あいつのご両親とも仲良しでね。お母さんは、いつもごちそうを出してくれるんだ。山根の家に行けば、ちゃんと元が取れるのさ」

「へえ、そうなんですか」

「仲良しねえ。どうせ、おまえがそう思ってるだけだろうよ」

ふんっ、と尾形が鼻で嗤《わら》う。

「何とでも言え。さあ、飯だ、飯だ」

夏目は上機嫌である。


「ああ、食った、食った。うまかったなあ」

ステーキを平らげると、夏目が大きく息を吐く。

「那須和牛、こんなにおいしいんですね。驚きました。ねえ、尾形さん？」

針谷が言う。

「うまかった。これで五千円なら文句ない」

「銀座で同じものを食べようとしたら、一万円でも無理でしょうね」

「夏目さん、ごちそうさまでした」

久美子が頭を下げる。

「いいんだよ。若くてきれいな子には、いくらでも奢る。おっさんには絶対に奢らない」

「何度も言うんじゃねえ。こっちも、おまえにたかる気はない」

爪楊枝で歯をほじりながら、尾形が言う。

「これからどうしますかね？　室長に電話して指示を仰ぎますか？」

「うん。そうしてくれ」

尾形がうなずくと、針谷が携帯を取り出す。

21

「そう、仕方ないわね。戻って来てちょうだい。ご苦労さま……」

麗子が針谷からの電話を切る。

「やっぱり駄目か。それはそうよね。那須で下りたというだけでは……」

「何もわからないんですか？」

美鈴が訊く。

「ええ、そうみたい」

「鳳翔さんに電話してみたらどうですか？」

「鳳翔さんって……昔の女優さん？」

「電話番号は一般に公開されていないと思いますけど、室長なら、すぐに調べられるでしょうし」

「どうして鳳翔さんなの？」

「だって、鯨岡監督が絶賛している映画に主演した女優さんですよ。鳳翔さんは引退してからほとんどマスメディアにも姿を見せない謎めいた女優さんだし、鯨岡監督は今や日本を代表する映画監督です。二人の出会いを想像するだけでワクワクするじゃないですか」

「二人が出会ってほしいという美鈴ちゃんの願望なのね」

麗子が噴き出す。

「よかったら、わたしが電話してもいいですよ。駄目でしょうか？」

美鈴が遠慮がちに申し出る。

「映画ファンとして鳳翔さんと話してみたいということでしょう？」

「正直に言えば、そうですけど……」

「捜査の一環として電話するわけだから、捜査員が電話しないといけないわね」

「そうですよね」

美鈴が気落ちする。

「スピーカーモードで話すから、それで我慢してちょうだい」

「やった」

美鈴が小さくガッツポーズをする。

22

テラスでルリ子が紅茶を飲んでいる。

そこからは那須の自然を見渡すことができるし、気持ちのいい風が吹き抜けていく。

午後のひととき、このテラスでゆっくりお茶を飲むのがルリ子の楽しみである。

そこに根津がやって来る。

「何？」

ルリ子が顔を顰める。

テラスでは一人でのんびり過ごすのが好きなので、たとえ根津であろうと、ルリ子が呼ばない限り、勝手に来られるのは嫌なのだ。

「お邪魔して申し訳ありません。警察から電話なのです」

「警察から？　わたしになの？」

「はい。奥さまと話したい、と」

「嫌だわ。断ってちょうだい」

「断ることはできるでしょうが……」

ただ、断れば警察が屋敷に来るかもしれない。今の状況で警察が屋敷に入るのはまずいので、電話対応で済むのなら、その方がいいのではないか、と根津が言う。

「ああ、それもそうね」

地下室にはテツとモカだけでなく、鯨岡と公子もいる。そんなところに警察に来られるのは厄介だ、とルリ子も納得する。

「いいわ。電話に出ましょう」

根津が差し出した受話器を手に取る。

根津が保留ボタンを解除すると、

「はい、鳳翔でございますが」

ルリ子が話す。

「警視庁広域捜査専任特別調査室の芝原と申します。お忙しいところ恐縮ですが、少々、お時間をいただけますでしょうか」

「ご用件は何かしら？」

「はい……」

麗子がちらりと横目で美鈴を見る。

ルリ子の肉声が聞こえた途端、美鈴は興奮して麗子の周りを跳びはねているのだ。

「鯨岡啓介監督をご存じでしょうか？」

「さあ、存じません」

「ご存じない？」

「お名前は聞いたことがある気がしますが、お目にかかったことはないようです」

「有名な映画監督ですが」

「最近は、テレビも映画もあまり観ないものですから世間のことに疎くて」

「では、鯨岡監督とお知り合いではないということですね？」

「ええ」

「鯨岡監督が鳳翔さんのご自宅を訪ねたこともないわけですね？」

「ありません」

「鯨岡監督は、鳳翔さんが主演なさった映画を大変高く評価なさっているそうですが、それもご存じありませんか？」

「随分たくさんの映画に出させていただいたものですから、よくわかりません」

「根津という方をご存じですか？」

「存じません」

「そちらで働いている方ではないのですか？」

「ああ、根津ね。すみません。ぼんやりしてしまって……。うちの執事を務めている根津のことでございましょうか」

「那須にお住まいの根津という方から鯨岡監督の事務所に何度も仕事の依頼があったようなのですが」

「わたくしは存じておりません。申し訳ありませんけど、もう電話を切らせて下さいます？　頭痛がしますのよ」

「はい、では……」

電話が切れる。

「これといって手がかりはなかったわね」

「ううん……」

美鈴が難しい顔をしている。

「どうかした？」

「大したことではないかもしれませんが、鳳翔さん、何か隠し事をしていると感じました。鯨岡監督を知らないとか、根津さんを知らないとか、いくつも見え透いた嘘をついてましたよね。鳳翔さんが鯨岡監督を知らないなんてあり得ませんよ」

「なぜ、嘘をつく必要があるの？」

「さあ、それはわかりません」

美鈴が首を振る。

「そう言われれば不自然なことは多かったわね。根津さんは鳳翔さんの執事らしいけど、鳳翔さんに内緒で鯨岡監督に仕事の依頼なんかするかしら？」

「そもそも何を依頼したんでしょうか？」

「おかしいわよね」

麗子が考え込む。

23

電話を切ると、ルリ子がふーっと大きく息を吐く。

額に汗が滲んでいる。

見ず知らずの人間とこんなに長く電話で話したのは久し振りである。

（まずいことを言ってしまったかしら……）

対応が悪かったのではないか、と微かに不安を感じる。余計なことをしゃべるまいと決め、何を訊かれても、わからない、知らない、で押し通すつもりだったが、さすがに鯨岡を知らないと言ったのはよくなかった、世間と隔絶して山奥で一人暮らしをしているわけでもないのに、カンヌで賞を取った時の人を知らないなんてあり得ない、引退したとはいえ、自分も映画界の人間なのだから……麗子との会話を思い起こすと気持ちが沈んでくる。

「根津」

テラスの端に控えている根津を呼ぶ。

「はい」

「地下室に行くわよ」

「え、今ですか？」

根津が驚く。屋敷に他の使用人がいるときは、なるべく地下室に行かないようにしているのである。

「今日は特別よ。だって、ストレスは美容の大敵なんだもの」

「電話でストレスを感じてしまいましたか」

「最悪よ。二度と警察なんかと話したくないわ」

「皆を早めに帰宅させますので、夕方までお待ちいただくことはできませんでしょうか」

「駄目よ！　時間が経てば経つほど、肌の潤いが失われてしまうじゃないの。今行くと言ったのよ」

「承知しました。差し出がましいことを言いました。申し訳ございません」

「わかればいいのよ。さあ、行くわよ」

ルリ子が背筋をピンと伸ばして歩き出す。

その後ろを、根津が身を屈めて猫背気味についていく。


地下室。

檻の中で、テツが両足を投げ出して柵に背をもたせかけている。モカは死んでしまい、青いビニールシートにくるまれて壁際に置かれているから、テツが一人で檻に入っている。

もうひとつの檻には鯨岡と公子が入っている。

二人ともかなり弱っている。

ルリ子と根津の姿を見ても、何の反応もしない。口を利く力もないのであろう。

根津が手枷を持って公子に近付く。

「待って」

ルリ子が止める。

「……」

怪訝な顔で、根津が振り返る。

「今日は趣向を変えましょう。その女ではなく、鯨岡を出してちょうだい。男二人の血を浴びれば、少しは気分が変わるかもしれないものね。そもそも、そいつのせいで気分が悪くなったわけだし」

「承知しました」

うなずくと、根津は公子ではなく鯨岡に手枷をつける。

24

「お疲れさま」

「お帰りなさい」

那須から戻って来たメンバーたちに麗子と美鈴が声をかける。

「コーヒー、淹《い》れますね」

美鈴が立ち上がる。

「ありがとう」

針谷が言い、麗子に顔を向ける。

「どうですか、やはり、手がかりなしですか?」

「今現在、鯨岡さんの事務所にも連絡がないわね」

「何らかの犯罪に巻き込まれたと考えるべきでしょうか？」

久美子が訊く。

「何とも言えないけど、月曜日になっても行方がわからなければ公開捜査に踏み切ること になりそうね。上層部の判断よ」

「土日で見付けないと大騒ぎになるってことだな。土日の二日間が勝負か。だけど、手が かりなしじゃ、おれたちだって何もできないぜ」

尾形がぼやく。

「休出した方がいいですか？」

針谷が訊く。

「その必要はないわ」

麗子が首を振る。

「ただ、わたし、明日、美鈴ちゃんと那須に行くつもり」

「室長が那須に？　しかも、浪岡と二人で？」

尾形が首を捻る。

「実はね……」

みんなが留守の間に鳳翔ルリ子と電話で話したのだが、その内容にいくつか疑問点があるから、直《じか》に合って確かめたいし、鯨岡に仕事を依頼したという根津からも話を聞きたいのだ、と麗子が説明する。

「鯨岡さんが鳳翔さんに会いに行ったという情報でも手に入ったんですか？」

針谷が訊く。

「そういうわけではないのよ。実際、役に立つ手がかりが得られる可能性は低いだろうし、捜査に関係する話が聞けるとも思えないんだけど……」

麗子がちらりと美鈴を見遣る。

「伝説の女優に会うことのできる機会なんて一生に一度あるかないかですから」

美鈴が興奮気味に言う。

「サインをもらうつもりなんだろう。記念撮影も頼むのか？」

尾形が訊く。

「お許しいただければ」

美鈴が恥ずかしそうにうなずく。

「意味がわかんないぜ。まるで、お遊びだな」

「わたし自身、室長になってから外歩きをほとんどしなくなってしまったし、たまには外に出てみたいの。夏目さんではないけれど、現場に行けば、何かいいアイデアが浮かぶかもしれないし。美鈴ちゃんは鯨岡さんにも鳳翔さんにも詳しいから一緒に行ってくれると助かるわ」

麗子が言う。

「はい！　はい！」

夏目が鼻息荒く手を挙げる。

「もちろん、自分もお供させていただきますぞ」

「ここにも意味のわからない奴がいる。室長のストーカーか？」

「何とでも言え」

夏目の目尻が下がっている。にやにや笑いを抑えられないらしい。仕事にかこつけて麗子とドライブできるのだから、こんなに嬉しいことはないのだ。

そもそも、ＳＲＯに異動したのも、研究室にばかり籠もっているのではなく、現実の警察捜査に携わってみたいと考えたことが第一の理由だが、麗子と一緒に働きたいという気持ちが後押ししたのも事実である。自分も麗子も独身である以上、二人が結婚する可能性はゼロではない、という妄想が夏目の行動力の源なのである。

25

「付き合ってもらって、すみません。犬の散歩もあったでしょうに」

針谷が詫びる。

「気にしなくていい。散歩は誠に頼んだ。気持ちよく引き受けてくれた。夢之介をかわいがってるからな。たまに散歩に行くと嬉しいみたいだ」

生ビールを飲みながら尾形が言う。

有楽町の「一心《いっしん》」である。二人がよく利用する店だ。

「今日は大変でしたね。那須まで行って……」

「前置きはいい。本題に入れ」

「あ……、そうですね。すみません。実は……」

針谷が矢作と貴子のしがらみについて説明する。

矢作は貴子を深く恨んでいる。

このままでは、貴子か高志に危害を加えるのは確実だ、と針谷は言う。

「なるほどな……」

尾形がうなずき、しばらく黙ってビールを飲む。

やがて、

「こんな話がある。アメリカの映画だったか小説だったか、そのあたりは、よく覚えてないんだが、話の筋だけは強く印象に残っている。ある男が人を殺した。その点に関しては何の疑いもない。間違いなく、そいつが殺した。だが、逮捕したときの手続きに問題があったから、そいつは釈放された。無罪放免だ。みんな、そいつが人殺しだとわかっているのに野放しにされたわけだよ。で、また人が死んだ。そいつが殺したのさ。同じやり方でやった。だけど、今度は証拠がない。証人もいない。逮捕できない。放っておけば、また人殺しをするに決まってる。その映画か小説の主人公は刑事なんだが、そいつのことが許せなくて罠を仕掛けた。麻薬の売人が死んだのを利用して、そいつが殺したように細工したわけだ。実際には、そいつは何もしてない。だけど、アリバイはなく、証拠はあるから、逮捕されて刑務所に入った。そいつは売人を殺してはいないが、それ以外の人間を何人も殺してる。人殺しなのは間違いないんだよ。本当は釈放されてはいけない奴だった。釈放されたせいで、また人が死んだ。その刑事のやったことは間違ってるのかね？」

「よくわかりません」

「ま、いいさ。酒の席の戯言《たわごと》だ。気にするな。そういうやり方もあるってことだ」

尾形が生ビールを飲み干す。

26

「あいつら、長《なが》っ尻《ちり》するでしょうか？」

「さあな」

鹿内《しかうち》の言葉に安立が首を振る。

安立は有休を取り、教団を単独で捜査すると決めたが、内部情報を手に入れることができない。それで尾形に目を付けた。敏江と誠なら、教団の内部事情に詳しいに違いないからだ。

しかし、尾形には協力を断られた。

他に内部情報を探り出す手段がないので、安立は尾形に張り付き、尾形の弱味を探り出そうとしている。自分一人でやるつもりだったが、安立の部下で公安部の巡査部長である鹿内広政《ひろまさ》が協力を申し出てくれた。但し、勤務時間外の協力である。幸い、今現在、急を要する仕事はないので、時間の融通はつけやすい。

「二人が店を出たら、おれは尾形を追う。おまえは針谷を追ってくれ」

「了解です」

人通りが多いので、安立と鹿内が道端で話し込んでいても不審な目を向ける者はいない。

27

店の前で尾形と別れ、針谷が一人で歩き出す。

何事か思案している顔つきである。

立ち止まると、携帯を取り出し、貴子に電話をかける。

すぐそばに鹿内がいる。酔っ払いの振りをしている。近くにサラリーマンのグループがいるから、知らない者が見れば、その仲間だと思われそうだ。

「おれだよ。明日の朝、会いたい。大事な話があるんだ……」

待ち合わせの時間を決めると、針谷は電話を切り、また歩き出す。距離を置いて、鹿内が尾行を続ける。明日は朝早くから針谷の家を見張らなければならないな、と小さな溜息をつく。

28

四月一三日（土曜日）

早朝である。まだ窓の外は暗い。夜が明けていないのだ。

麻友が目を開ける。だいぶ前から起きていた。

イヤホンを耳に当てる。庸三の大きないびきが聞こえる。熟睡しているようだ。

ベッドから下りると、パジャマも下着も脱いで全裸になる。汚したくないのだ。

麻友が手にしたのは一メートルほどの麻紐とすりこぎ棒である。すりこぎ棒には紐がついているので、その紐に手首を通せば、すりこぎ棒を落とす心配がない。それほど頑丈ではないから、それで人を殴り殺すのは無理だろうが、何かのときに相手を威嚇《いかく》するために持っていくのだ。麻紐で庸三と静子を絞め殺すのが麻友の計画である。

足音を忍ばせて階段を下りる。

二人が寝ている部屋に近付き、耳を澄ますと、庸三のいびきが聞こえる。

やはり、よく寝ているようだ。

そっと寝室に入る。

「……」

麻友がハッとして息を止める。

静子がいない。

ベッドに寝ているのは庸三だけだ。

後退《あとずさ》りして廊下に出る。

トイレの水が流れる音がする。

慌てて二階に戻ろうとするが、もう間に合わない。静子がトイレから出てくる。

「ここで何をしているの？　しかも、丸裸じゃないの」

静子も驚く。

麻友も迷う。

適当にごまかして二階に引き揚げるか、それとも計画を続行するか。

近藤《こんどう》房《ふさ》子《こ》の教えを思い出す。すべて計画通りに行くことなどあり得ない。大切なのは、計画が狂ったときに、冷静に落ち着いて対処することである、と。

麻友が決断する。

続行だ。

前に踏み出すと、右手を振り上げ、すりこぎ棒で静子の顔を殴りつける。

ぎゃっと叫び、静子が両手で顔を押さえて後退る。

それほど強い威力はないが、いきなり殴られたという心理的なダメージが大きいのであろう。

麻友が静子の膝を蹴ると、静子がすとんと尻餅をつく。素早く静子の首に麻紐を巻き付け、両手でぐいぐい絞める。

静子は両手で首をかきむしり、何とか麻紐から逃れようとする。

麻友は静子の背後に回って、更に力を入れる。

そこに、

「朝っぱらから、いったい、何を騒いどるんや……」

寝惚《ねぼ》け眼《まなこ》の庸三が廊下に出てくる。

凄《すさ》まじい形相で両足をばたつかせている静子を見て、庸三がぎょっとする。一度に目が覚めたようだ。

「静子、おまえ……麻友ちゃんか……」

「……」

麻友が麻紐を離し、すりこぎ棒を握り直して庸三に迫る。庸三の鼻をすりこぎ棒で殴る。

ぶわっと鼻血が出る。

尚も殴ろうとすると、うわーんと何かを叫びながら、静子が麻友の足にしがみつく。体勢を崩して、麻友が転倒する。

「このクソ女、何をするんじゃい」

庸三が麻友の横《よこ》っ面《つら》を拳で殴りつける。

麻友は静子に肘打ちを食らわせると、近付いてくる庸三の顔に回し蹴りを入れる。

今度は庸三がひっくり返る。

すりこぎ棒で額を殴ると、すりこぎ棒が真ん中から折れる。

そこに静子が泣きながら抱きついてきて、麻友の顔を引っかこうとする。

麻友が折れたすりこぎ棒を静子の顔に叩きつける。きれいにふたつに折れたのではなく、裂けたという感じだから、折れた部分がギザギザになって尖っている。それがちょうど静子の右目に刺さる。かなり力を入れたので、すりこぎ棒が深く刺さる。すりこぎ棒が右目に刺さったまま静子は仰向けに倒れ、全身を痙攣《けいれん》させる。

「ううう、ちくしょう、こんなことをしやがって……」

庸三が起き上がろうとする。

だが、麻友の方が俊敏だ。

庸三の背後に回り込んで、麻紐を首に巻き付ける。

そのまま倒れ込み、床に転がりながら、ぐいぐい庸三の首を絞める。夢中になっていたのでどれくらい絞めていたかわからないが、気が付いたときには庸三は動かなくなっている。

「終わった……」

手を離して仰向けになる。息が荒い。

もっと楽に片付けることができるはずだったのに、計画が大きく狂ってしまった。

ひどく疲れを感じる。

一〇分くらい、そのまま横になっている。

やがて、ゆっくり体を起こす。

庸三の足を持ち、風呂場に引きずっていく。

同じように静子も運ぶ。

洗い場で二人を全裸にして、順繰りにバスタブに放り込む。二人の着衣をゴミ袋に入れると、麻友はシャワーを浴びる。体中に血がこびりついて気持ち悪いからだ。

バスタオルで体を拭きながら風呂場を出て、廊下に戻る。

麻友の口から深い溜息が洩れる。

廊下に血溜まりができて、壁にも血が飛び散っている。

「何て手際が悪かったんだろう。たった二人を殺しただけなのに……。わたしも、まだまだ駄目だなあ。この反省を次に生かさなくては」

気を取り直して廊下の掃除を始める。

三〇分くらいかかった。

次に庸三と静子が使っていた部屋を掃除する。翔太が帰ってくるまでに、二人がいた痕跡をすべて消し去らなければならない。

衣類や靴をゴミ袋に入れる。燃やせるものは可燃ゴミとして収集日に出せばいい。静子の化粧品などは不燃ゴミとして処分する。収集日が限られているが、大してかさばらないので、収集日までどこかに隠しておけばいい。

スーツケースのような大きなものは粗大ゴミとして引き取りを依頼しなければならないが、収集日があまり先になるようであれば、廃棄物処理センターに自分で持ち込まなければならない。翔太に見られるわけにはいかないからだ。

時計、アクセサリーなどの貴重品は、とりあえずどこかに隠しておき、あとから選《よ》り分《わ》けることにする。

現金は二人合わせても五万円くらいしかない。財布から現金を抜くと、財布は可燃ゴミの袋に入れる。

「やることがたくさんあって忙しいなあ」

麻友が疲れた顔で溜息をつく。

29

尾形が夢之介を連れて朝の散歩をしている。

公園に行くと、百合子と翔子がいる。

尾形と夢之介が来るのを待っていたのか、翔子が嬉しそうに駆け寄ってくる。

「夢之介と遊んでもいい？」

「よろしく頼む。こいつ、すごく元気だからね」

ポケットからゴムボールを取り出して、翔子に渡す。夢之介はボールを追いかけるのが大好きなのだ。

「おはようございます」

声をかけながら、尾形は百合子が腰掛けているベンチに近付く。

「おはようございます」

心持ちうつむき加減で、顔を背《そむ》けながら、百合子が挨拶を返す。

その態度に違和感を持ち、尾形が百合子の顔を覗《のぞ》き込《こ》む。左頬が紫色に腫《は》れている。殴られたのだな、とわかる。

「……」

しばらく尾形も百合子も口を利かない。

（いつも腹を空かせているだけじゃない。誰かに暴力まで振るわれている。もしかして、あの子だって……）

夢之介と一緒になって、笑顔で走り回っている翔子に目を向ける。これ以上、知らん顔はできない、という気持ちになる。

「立ち入ったことを訊くようですが、どうなさったんですか、その顔は？」

「……」

百合子が身を硬くして、膝の上に置いた両手をぎゅっと握り締める。

「わたしにできることがあれば力になりたいのですが、事情がわからないのでは何もできません。もしや、あの子も……」

「いいえ、翔子は、とりあえず無事です。片桐《かたぎり》が……一年前からうちで暮らしている男なんですけど、酔って翔子をからかって、翔子が怖がって泣くものですから、わたしが止めに入ったら、こんなことに……」

「よくあるんですか？」

「怒りっぽい男で、すぐにカッとなって頭に血が上るんですよ。暴力を振るったり、暴れて家の中のものを壊したり……。しばらく暴れると、ぐったりして、そのまま何時間も死んだように寝てしまうんですけどね。寝るまでが大変」

百合子が溜息を洩らす。

「娘さんは、翔子ちゃんのお母さんは止めないんですか？」

「聡子《さとこ》は片桐をすごく怖がってるから何でも言いなりなんですよ。下手に止めに入ったりしたら、聡子がぼこぼこにされますから。実際、そんなことが何度もありましたしね。だから、わたしが殴られるのが一番いいんです」

百合子が自嘲気味に笑う。

「警察に相談はしましたか？」

「一度暴れ方がひどいときがあって、誰かが通報して警察が来たことがありますけど、わたしや聡子がお説教されましたよ。近所迷惑になるので、あまり騒がないで下さいって」

「なぜ、暴力を振るわれたことを言わなかったんですか？」

「聡子は元々が気の弱い子で、お人好しだから、あんなクズに騙されたんですけど、とにかく、片桐は怒ると何をするかわからないので、あの男がいるときに警察に告げ口なんかできませんもの」

「一年前から、その片桐という男と娘さんが同棲を始めたわけですね？」

「口のうまい男で、最初は本性を見抜くことができなかったんですよ。きちんとした格好で挨拶に来たし、口の利き方も丁寧で優しそうに見えたんです。いずれ聡子さんと結婚したいと思っているなんて調子のいいことを言ったんですよ。契約の関係で今の部屋を出なければならないから、しばらく住まわせてほしい、もちろん、きちんと家賃はお支払いしますなんて言って……。たまたま部屋がひとつ空いていたから承知してしまったの」

「家賃は払ってるわけですか？」

「そんなの最初の一回だけですよ。そのお金だって、結局は取り返されてしまったし」

「娘さんは夜の仕事をなさってるんですよね？」

「はい。キャバクラっていうんですか。そこで働いてます。だけど、もう三二だから、そこで働くには年を取りすぎてるらしいんです。だから、あまりお客さんもつかないし、売り上げも悪いそうです」

「しかし、ちゃんと稼いではいる？」

「ええ」

「失礼ながら、どうして、いつもお腹を空かせてらっしゃるんですか？」

「それは……」

お金がないからです、と百合子が小さな声で言う。

「でも、娘さんが稼いでいるのでは？」

「片桐が全部取り上げてしまうんですよ。だから、うちにはお金がありません。わずかばかりの貯《たくわ》えも奪われてしまったし、あいつは、わたしの年金にまで目を付けてるんです。それだけは必死に守ってますけどね。だって、年金まで取られたら、わたしと翔子は飢え死にですから」

「なぜ、いつも朝早くから公園にいるんですか？」

「片桐に追い出されるからですよ」

「え」

「聡子も片桐も帰宅するのは明け方近くになることが多いんです。それから片桐はお酒を飲んで暴れるし、時には、聡子を寝室に引っ張り込んで変なこともするから……。そんなところに翔子を寝かせておけないじゃないですか」

「ああ、なるほど」

尾形がうなずく。

要は明け方にセックスするので、さっさと翔子を外に連れ出すということなのであろう。

「その男、刺青《いれずみ》はありますか？」

「右の二の腕から肩にかけて、何かを彫《ほ》っているみたいです。背中は見たことがないのでわかりません」

「……」

尾形が考え込む。

（どこかの組の下《した》っ端《ぱ》ってところか……）

百合子から聞いた感じでは、片桐という男は堅気《かたぎ》ではない。

だが、幹部クラスなら、さして裕福でもないシングルマザーのマンションに転がり込んだりはしないであろう。

片桐の行動から推測すると、恐らくシャブ中に違いない。金がないのも、そのせいだ。下っ端だから自分の金でシャブを調達しなければならないのであろう。幹部ならば、いくらでも手に入る。

ガサ入れすれば、きっと家から覚醒剤《かくせいざい》が見付かるだろうし、尿検査すれば陽性であろう。

尾形が気にしているのは、片桐だけでなく、聡子という百合子の娘もシャブ中ではないか、ということだ。シャブ中が、情婦を言いなりにさせるためにシャブを食らわせるというのは、よくあることなのである。いくらお人好しで気が小さいとはいえ、稼ぎをすべて奪われた上、自分の母親まで殴るような男におとなしく従うとは思えない。覚醒剤で縛られているから逆らうことができないのではないか、と尾形は疑うわけである。

(二人揃って逮捕されたら、この人たちはどうなるんだ?)

百合子の年金だけで暮らしていけるのだろうか、と心配になる。

かと言って、このまま何もしないのでは状況は悪化するだけではないのか、とも思う。

(どうすればいい?)

尾形は迷う。

一〇〇メートルほど離れた木立の中で、安立が望遠レンズの付いたカメラを構えている。

百合子や翔子の写真を何枚も撮る。

30

「おはよう〜」

夏目が両手に大きな木製のバスケットを提げて駐車場にやって来る。すでに麗子と美鈴は待っている。

「どうしたんですか、その大荷物は？」

麗子が驚いて訊く。

「車の中で何日か寝泊まりしても困らないくらいの食べ物と飲み物を用意してきたのです。和洋中、何でもありますぞ」

「まるでピクニックに行くみたいですね」

美鈴が笑う。

「尾形に言われると腹が立つが、美鈴ちゃんに言われると、何だか嬉しい。不思議だな」

「積みますか？」

「そうしよう」

美鈴が後部ドアを開けると、夏目が後部座席にバスケットを並べて置く。

「運転は、どちらが？　自分はペーパーなので」

「わたしも似たようなものだから美鈴ちゃんに頼もうかと思ってます」

「では、わたしたち二人が後ろの席ですかね？」

夏目がにやりと笑う。

「荷物を積んだから、後ろには一人しか坐れませんよ。夏目さん、助手席にしますか？」

「あ、ああ……そうか。ドライブ中にバスケットからいろいろ取り出すには、バスケットの横に坐らないといけませんね。仕方ない。わたしが後ろに坐ります」

夏目は残念そうだ。

「じゃあ、出発しましょう」

三人が車に乗り込む。

高速道路に乗ると、

「お二人さん、何を飲みますかな？　コーヒー、紅茶、アイスもホットもありますぞ。ジュースにコーラ……さすがにビールは、まだ早いですかね」

「ありがとうございます。ホットコーヒーをお願いします。ブラックで」

「じゃあ、わたしも」

美鈴が言う。

「美鈴ちゃんもブラック？」

「ミルクだけお願いできますか」

「はいはい」

夏目が嬉しそうにバスケットから保温式のポットを取り出し、紙カップにコーヒーを注いで麗子に渡す。紙コップには、こぼれにくいように蓋《ふた》も付いている。

夏目自身はオレンジジュースを飲む。

「さて、何を食べますかね？　二人とも朝ごはんは、まだだよね。サンドイッチかおにぎりかね？　ハムサンドに卵サンド、ツナサンドに野菜サンド。おにぎりは鮭におかか、イクラにたらこ。クロワッサンもあるし、何なら、肉まんとあんまんも用意してありますが」

「すごい量ですね。いつも、そんなにたくさん朝ごはんを食べるんですか？」

美鈴が驚く。

「ちゃんと昼の分もあるし、酒のつまみだって用意してあるんだ。何か突発的な事故が起こって高速道路から動くことができなくなっても、さっきも言ったように、飲食に関してはまったく困らないんだよ」

わはははっ、と夏目が愉快そうに笑う。

「クロワッサンをいただいてもいいかしら？」

「ええ、もちろん」

ナプキンにクロワッサンを包んで、夏目が麗子に渡す。

「わたしは卵サンドをお願いできますか」

「いいとも。たくさん食べてくれ」

美鈴に卵サンドを渡すと、夏目もおにぎりをむしゃむしゃ食べ始める。

「ああ、楽しいなあ。何て楽しいんだ。研究室に閉じ籠もっているのとは大違いだ。楽しいな〜、嬉しいな〜」

夏目が大はしゃぎする。

麗子と美鈴が顔を見合わせて微妙な顔で笑みを交わす。

31

針谷と貴子がマンションのラウンジで向かい合っている。

針谷の計画を聞いた貴子は戸惑ったような顔でうつむき、黙りこくっている。

やがて、顔を上げて針谷を見ると、

「それって、一種の犯罪行為なんじゃないのかな？」

「きれい事ではなく、本音で話そう。警察は実際に何かが起こってからでないと動くことができない。だけど、それでは遅い。君や高志君に何かあってからでは取り返しがつかないからね」

「矢作が何かしないうちに、こっちが先手を打つということよね？」

「そうだ。矢作の悪事を未然に防ぎたいということだ」

「でも……」

貴子が口籠もる。心に迷いが生じているようだ。

「矢作が何をしたか思い出してくれ。世の中のことなんか何もわからない小さな子供たちを欲望の餌食にした。口にできないようなひどいことをして、しかも、その行為を撮影した。矢作は罪を償ったと言うだろうが、刑務所に七年いただけで罪が消えるのか？　被害に遭った子供たちや親御さんは、どうだ？　七年経って、何もかも忘れてしまっただろうか？　心に負った傷は消えただろうか？　矢作は法律によって処罰された。それだけのことだ。出所してからの矢作の行動を見れば、とても改心したとは思えないし、自分の罪を反省したとも思えない。ただ単に刑務所で七年暮らしたというだけのことだ」

「だから、わたしたちが処罰してもいいと言うの？」

「処罰はしない。処罰されるきっかけを与えるだけだ」

「……」

「自分なりに考えて、それが最善だと判断した。警察官としての判断ではない。君の友人としての判断だ。君が反対するのならやめる。君が決めてくれていい。危険にさらされているのは、君と高志君なのだから」

針谷がじっと貴子を見つめる。

貴子は両手で顔を覆い、しばらく何も言わない。

やがて、ゆっくり顔を上げると、

「いいわ。お願いします。あなただけではない。わたしも罪を犯す覚悟よ」

貴子が落ち着いた声で言う。腹を括ったのだ。

ラウンジの道路側は、ほぼ全面がガラス窓になっている。ラウンジと道路の間にはたくさんの樹木が植えられているから、通行人から丸見えというわけではないが、あちこちに隙間もあるから、その気になれば、ラウンジを観察することは不可能ではない。

実際、道路の向こう側、街路樹の陰から、望遠レンズ付きの高性能カメラを手にした鹿内がさっきから写真を撮り続けている。

針谷と貴子の深刻な表情から、よほど込み入った話をしているのだな、と鹿内は考え、直ちに安立に連絡する。

32

もう少しで那須に着くというあたりで、麗子たちは休憩することにする。サービスエリアに入る。トイレに行き、軽くストレッチして体をほぐす。

夏目が持参した飲み物と食べ物があるので、何も買う必要がない。飲食コーナーのテーブルにバスケットを置くと、

「何を食べますかな？　まだまだ、たくさんありますぞ」

夏目が麗子と美鈴に訊く。

「ごめんなさい。まだお腹が空いてなくて」

麗子が遠慮する。

「小食ですねえ。クロワッサンを食べただけじゃないですか」

「普段、朝はほとんど食べないし、お昼も軽いんですよ」

「だから、細いんだなあ。美鈴ちゃんは、どうする？　君も普段はあまり食べないのかな？」

「そうではないんですけど、何だか胸がいっぱいで……」

美鈴がふーっと大きく息を吐く。

「美鈴ちゃんは緊張してるのよ」

「ふうん、緊張して食事が喉を通らないか、なるほど……」

夏目がおにぎりを食べ始める。普通の大きさのおにぎりなのに、二口くらいでなくなってしまう。すぐにふたつ目のおにぎりに手を伸ばす。

「何時に訪ねる約束になってるんですか？」

「アポは取ってないの」

「え」

「わざと取らなかったのよ。時間がないとか、何か言い訳されて断られるのも嫌だったし、いきなり訪ねて相手の反応を見たいという気持ちもあったから」

「留守だったら、どうするんですか？」

「鳳翔さんか執事の根津さん、どちらかはいるでしょう。二人ともお留守だったら不運だったと諦めるしかないわね。たとえ空振りだったとしても、このドライブは悪くないわ。いい気分転換になるもの」

　麗子が両腕を大きく伸ばし、ああ、気持ちいい、とつぶやく。

「正直、わたしも鳳翔さんがお留守だったらいいのに、と思わないではありません」

　美鈴が溜息をつく。

「会いたくてたまらないんだろう？　留守だったら残念じゃないか」

「そうですけど、あまりにもすごい人だから……。素晴らしい日本映画に出ていた伝説の女優さんにお目にかかることができるなんて、想像するだけで心臓が止まりそうです」

「おれは、どっちでもいいな。室長と一緒にいられるだけで幸せだからさ」

　夏目が満足そうな笑顔になる。

33

「いらっしゃい。どうぞ上がって」

ドアを開け、麻友が友哉を招き入れる。

リビングに入り、ソファを勧めてから、

「何か冷たいものでも飲みますか？」

「そうだな。じゃあ、アイスコーヒー」

ソファに坐りながら、友哉が答える。

すぐに麻友がアイスコーヒーのグラスをふたつ持って戻ってくる。友哉の前にグラスを置き、

「ガムシロップとミルクはいる？」

「いや、いらない」

首を振りながら、アイスコーヒーを飲む。

「スマホは持ってるわよね。パソコンは持ってきてくれたかな？」

「ああ」

リュックからパソコンを取り出して、テーブルの上に置く。

「金は？」

「用意してあるわよ」

「すぐにもらいたいね」

「お金だけでいいの？」

「ん？」

「今は誰もいないのよ。雅美もいない。うちの家族もいない。雅美から聞いたけど、あんた、すごくセックスがうまいらしいわね」

「ふうん……」

値踏みするように卑猥な目で麻友の体を眺める。

「わたしの体も悪くないわよ。胸も大きい方だし」

「そのようだな。やりたいのかよ？」

「今、彼氏がいないから、しばらくご無沙汰なのよ。雅美からあんたとのセックスがどんなにいいか聞かされただけで濡れちゃった」

「抱いてやるよ。こっちに来いよ」

友哉が麻友に手を伸ばす。

「駄目よ」

麻友が体を引く。

「まず、お風呂に入ろうよ。やるなら、きれいにしてからがいい」

「二人で入るのか？」

「ええ、もちろん。もう沸かしてあるの」

「手回しがいいな。やる気満々じゃないか」

「こっちよ」

麻友が友哉の手を引いて風呂場に案内する。

「脱がせてあげる」

「いいねえ」

友哉はすっかり鼻の下を伸ばし、目尻が下がっている。

麻友が友哉の着ているものを一枚ずつ丁寧に脱がせていく。

「わあ、すごいね。元気もりもりじゃないの」

トランクスを脱がせると、黒ずんだペニスが弾けるように飛び出してくる。

「おまえも脱がしてやろうか」

「恥ずかしいから先に入って。わたしもすぐに入るから」

「急げよ」

友哉が浴室に入る。今にも鼻歌でも出てきそうなほど上機嫌だ。

が……。

一瞬にして表情が変わる。

バスタブに全裸の庸三と静子が並んで坐っている。

顔も体も血の気が失せた土気色《つちけいろ》である。

だらりと開けた口から舌が出て、白目をむき出している。

死んでから時間が経ち、筋肉が機能を失っているせいか、糞尿や体液が体から洩《も》れている。浴室に悪臭が満ちているのは、そのせいだ。

「お、おい、これ……」

振り返ろうとしたとき、後頭部に強い衝撃を受ける。続けて、横っ面にも衝撃を感じる。

あらかじめ用意しておいたフライパンで麻友が殴ったのだ。

友哉は意識を失う。

34

「おい、起きろ」

麻友が友哉に冷たいシャワーを浴びせる。

「うっ……ううっ……」

友哉が意識を取り戻す。結束バンドで後ろ手に縛られ、両足も足首のところを結束バンドで縛られている。全裸である。

麻友はビキニの水着を着ている。

シャワーを止める。

「て、てめえ……」

「この家には誰もいないと言ったよね？　叫んでも誰も来ないし、そんなことをしたら、また殴るからね。手加減しないから、次は死ぬかもしれないよ」

「こんなことをして、ただじゃ済まないぞ」

「どうなるっていうのさ？」

「警察に捕まるだろう」

「どうして、わたしが警察に捕まるの？」

「だってよ……」

バスタブのふたつの死体を横目で見て、ごくりと生唾を飲み込みながら、

「人を殺せば警察に捕まるもんだぜ」

「何も知らないんだね。死体が見付かれば、警察は捜査する。だけど、死体が見付からなければ、警察は何もしない。誰かが行方不明者届を出せば、コンピューターに登録するけど、それだけ。あんたの行方を捜してくれそうな人、いるの？」

「あ、ああ、もちろん、いるさ」

「嘘だね。たとえ本当だとしても、失踪者として扱われるだけなんだよ。誰もあんたを本気で捜したりしないの」

「……」

「さて、と」

友哉が持ってきたパソコンを手に取る。

「パスワード、教えてよ」

「ふんっ、誰が」

「あ、そう」

麻友がすりこぎ棒で友哉の鼻を殴る。

最初の一本は、庸三と静子を片付けたときに折れたが、それ以外にも何本か用意してある。友哉が鼻血を出す。

「正直に言わないと、次は、この棒をあんたの目に突っ込むよ。すごく痛いと思うよ。バスタブの死体、見てみなよ。女の死体。目に棒が刺さってるよね。わかる？」

「お、おまえがやったのか？」

「他に誰がやるっていうのさ。もちろん、わたしがやったんだよ。あんたの目玉を抉《えぐ》り出《だ》すくらい簡単なんだからね」

「……」

友哉が小便を洩らす。

「パスワード」

「あ……」

友哉がパスワードを口にする。声が震えている。

「ふうん」

麻友がパスワードを打ち込む。ロックが解除される。

「どこに保存してあるの？」

「ピクチャとビデオ」

「あ、そう」

麻友がパソコンを操作する。友哉の言った場所に雅美のヌード画像やセックス動画が大量に保存されているのを見付ける。

「スマホのパスワードは？」

「パソコンと同じだよ」

「頭悪いんだね」

ふんっと鼻で嗤いながら、スマホを操作する。

すぐにヌード画像とセックス動画を見付ける。

ついでにメールやＬＩＮＥもチェックしてみる。

しばらくいじってから、

「ふうん、もう次の獲物を見付けてるんだ……」

雅美とは別の女の子を口説いているＬＩＮＥを見付けたのだ。もう体の関係があるらしく、一緒に暮らそうと誘っている内容である。

「雅美をソープに売り飛ばしたら、次の女の子をあの部屋に引っ張り込むつもりだったんだね。で、その子もまたソープに売るわけ？　あんた、すごいんだね。人身売買のプロじゃん。ねえ、教えてよ。女の子をソープに売ると、あんた、いくらもらえるわけ？」

「……」

「言え」

麻友が友哉の股間を蹴る。

「てめえの金玉、潰すぞ」

「二、二〇〇万……」

「は？　たった二〇〇万で雅美の人生をぶち壊すつもりだったわけ？」

「……」

「じゃあ、あんたの命は、いくらなの？」

「え」

「おまえの命の値段だよ」

「一、一千、いや、三千万……」

「三千万？　雅美が二〇〇万で、おまえが三千万かよ？　そんな金、誰が払ってくれるんだ」

「誰って……」

「買い手がいなければ、何の価値もないだろう。雅美の次に同棲する女の子が払ってくれるのか」

「い、いや、無理だと……」

「あ、そう。じゃあ、あんたの命には何の価値もないってことだよね」

麻友が友哉の首に麻紐を巻き付ける。

「あと一分くらいかな」

「何が？」

「おまえが死ぬまでにかかる時間だよ」

麻友が力を入れて、友哉の首を絞める。

友哉が暴れる。

しかし、両手両足の動きを封じられているのだから、どうにもならない。

やがて、友哉が動かなくなる。

死んだのだ。

「面倒臭い奴。本当のクソ野郎だ。ああ、お腹空いたなあ。何を食べようかな。死体を三つも処理するのは大変だ。庭に穴も掘らないといけないし。まずは腹拵えだな」

友哉のパソコンとスマホを持って、麻友がリビングに戻る。ラーメンでも食べながら、ゆっくり雅美の画像と動画を消去しようと考える。

35

ルリ子がベランダで紅茶を飲んでいると、

「失礼いたします」

根津がやって来る。

「何？」

「警察です」

「警察……。そのときが来たのね」

落ち着いた様子で、カップをテーブルに置く。

慌てた様子はない。覚悟はできている。

自分のやったことが警察に知れ、逮捕されそうになったら用意してある青酸カリを呷って自殺すると決めてある。手錠をかけられ、パトカーに乗せられて警察署に連行されるような惨めな姿を世間にさらすつもりはないのだ。

大スターには大スターにふさわしい最期がある、と昔から決めてある。

「とうとう逮捕されるのね」

「いいえ、そうではありません」

「違う？」

「話を聞きたいそうです」

「逮捕じゃないの？」

「違うようです。話を聞きに東京から来たそうです。昨日の電話の内容について確認したいことがあるとか。どういたしますか？」

「どうって……。断ることができるの？」

「それは無理だと思います。今日は断ることができても、何度でもやって来るでしょう。警察はしつこいですから」

　根津が首を振る。

「じゃあ、会うしかないじゃないの」

「差し出がましいようですが……」

「何なの？」

「できるだけ正直に答えるべきかと存じます。ごまかそうとしたり、嘘をつくと、そこから綻《ほころ》びが生じかねません。答えにくいことは、わからない、覚えていないと……」

「わかってるわよ。馬鹿じゃないんだから。さっさと警察の人たちを応接室に通しなさい。着替えてから行くわ。こんな格好で人前に出られないもの」

「承知しました」

　一礼して根津が下がる。

「ああ、忙しいわ」

ぶつくさ言いながら、ルリ子が寝室に向かう。着替えをして、きちんとお化粧をしなければならない。鳳翔ルリ子ともあろう者が普段着で来客に会うことなどできない。たとえ、それが警察であったとしてもである。

結局、ルリ子が応接室に姿を現したのは、三〇分後である。

「お待たせいたしました」

ルリ子が応接に入ってくると、麗子、美鈴、夏目の三人が驚いたように両目を大きく見開く。

「すんげえ……宝塚の舞台に出てくる人みたいだ」

夏目がぽかんと口を開け、瞬きもできずに凍りついている。

実は夏目は熱烈な宝塚ファンである。クレジットカードの優待サービスを利用して、せっせとチケットの抽選に申し込んでおり、たまに当選すると、一人で劇場に出かけている。

確かに、豪華な応接室といい、ルリ子の派手な衣装といい、現実離れしたきらびやかな雰囲気は宝塚の舞台に似ているかもしれない。

一瞬にして夏目はルリ子のファンになったようだ。

「警視庁の芝原と申します……」

名刺を差し出しながら、麗子が自己紹介する。

　夏目と美鈴も紹介する。

　美鈴は反射的に立ち上がり、顔を真っ赤にして、

「お目にかかれて光栄です」

と、ぎこちなく挨拶する。

「遠くからいらしたのですね」

ルリ子が椅子に腰掛ける。

　応接室のドア近くに根津が控えている。

「どういったご用件でしょうか？」

「昨日電話でお話しさせていただきましたが、その内容について、いくつか確認させていただきたいのです」

「どうぞ」

「鯨岡啓介監督をご存じないとおっしゃいましたね？」

「いいえ、存じ上げております」

「え」

「直にお目にかかったことはありませんが、テレビや新聞、雑誌などで拝見したことはございます」

「しかし、昨日は知らないとおっしゃいましたが」

「勘違いですわ。たぶん、誰か他の方と間違えてしまったのだと思います。最近、耳の調子もよくないものですから、電話だと相手の言葉を取り違えてしまうことがありまして」

「そうですか」

「カンヌで賞を取ったような有名な監督を知らないなんてあり得ませんものね」

ほほほっ、とルリ子が笑う。

「執事の根津さんが鯨岡監督の事務所に何度も仕事の依頼をなさったことも、ご存じないということでしたが」

「そこに本人がおりますから、直接、本人に訊いた方がよろしいのではないかしら。根津、お答えして」

「はい」

「仕事の依頼をなさったのは事実ですか？」

麗子が訊く。

「はい。そうです」

「どういった仕事を依頼なさったのでしょうか？」

「仕事といいますか、奥さまと食事でもしていただけないだろうか、と考えた次第です。奥さまはもう引退しておられますが、鯨岡監督のように優れた監督との仕事であれば、カムバックもあり得るのではないか、と考えまして」

「それは鳳翔さんの指示ですか？」

「いいえ、わたしの独断です。鯨岡監督が会食を承知して下さったら、奥さまにお伝えするつもりでした。一種のサプライズとして」

「失礼ですが、そんな重要なことを、鳳翔さんに黙って、根津さんが独断で進めても構わないわけですか？」

「本来、許されることではありませんが、自分の思いつきに自分で興奮してしまい、つい、奥さまを驚かせたいという考えが先走り、勝手な真似をしてしまったのです。反省しております」

「鳳翔さんは、何もご存じではなかったわけですね？」

麗子がルリ子に顔を向ける。

「根津が申した通りでございます」

「依頼は、どうなったのですか？」

麗子が根津に訊く。

「何度かお願いするうちに承知していただくことができましたが、スケジュール調整が必要だということで、まだ具体的なことは何も決まっておりません」

「高尾公子という女性をご存じですか？」

「鯨岡監督のマネジャーさんではないでしょうか」

「お話ししましたか？」

「一度お話ししたはずです。それ以外は事務所のスタッフの方と話しました」

「なるほど……」

事前に口裏合わせでもしたのか、ルリ子と根津の話には、これといった矛盾がないな、わざわざ那須まで話を聞きに来る必要はなかったかもしれない、と麗子は思う。

「あの……」

美鈴がおずおずと口を開く。

「化粧室をお借りしてもよろしいでしょうか？」

「ご案内いたします」

根津がうなずく。

ぼーっと上気した顔で美鈴が根津についていく。

「こちらです」

「ありがとうございます」

美鈴が化粧室に入る。

応接室も豪華だったが、化粧室も豪華である。

ドアを開けると六畳ほどの広さの化粧室で、その奥が十畳ほどのトイレになっている。

化粧室は正面に大きな鏡が三枚あり、その前に洗面台がある。フランスの有名ブランドの化粧品がずらりと並んでいる。

「ああ……」

美鈴は腑抜《ふぬ》けたように椅子に坐り込む。顔中から汗が噴き出している。ルリ子に会うまでに、すでに緊張がかなり高まっていたが、実際に本人に会うと、その凄まじいオーラに圧倒された。これが伝説の大女優の存在感というものなのか、と思い知らされる。

そばに坐っているだけで体が震えてしまい、今にも気を失いそうになる。

だから、慌てて化粧室に逃げ込んだ。尿意を催《もよお》したわけではない。

鏡を見ると、自分の醜さに啞然となる。汗で化粧が流れ落ちてしまい、ひどく見苦しい顔になっている。

バッグを膝の上に載せ、普段愛用している化粧品を取り出そうとする。きちんと化粧を直さなければ、もうルリ子の前に戻ることなどできない。できれば、このまま帰ってしまいたいという気持ちである。

「あ」

ぼんやりしていたせいか、バッグを床に落としてしまう。バッグの中のものが床に散乱する。

「バカ、ドジ」

床に四つん這いになって、落ちたものを慌てて拾い集める。

洗面台の下、排水ポンプの陰に腕輪が落ちている。

それは美鈴の祖母の手作りの品である。何種類もの糸やビーズを組み合わせて丁寧に編まれたもので、美鈴が大学を受験するときに祖母がプレゼントしてくれたものだ。美鈴にとっては大切なお守りである。普段は自宅に大切に保管してあるのだが、鳳翔ルリ子に会っても落ち着いていられるようにという願いを込めて持参したのである。

あまりにも多くのものが床に散乱してしまったために、その大切な腕輪を拾い忘れたことに美鈴は気が付かなかった。それほど混乱していたということなのであろう。

36

尾形がリビングで酒を飲んでいる。

まだ外は明るく、飲むには早い時間だとわかっているが、素面《しらふ》ではいられない気分なのである。敏江と誠はいない。どうせまた教団に出かけているのだろう、と尾形は舌打ちしたくなる。

敏江と誠のことで苛立っているわけではない。

尾形が考えているのは、百合子と翔子のことだ。

二人をこのままにしておくわけにはいかない、何か手を打たなければならない……そういう考えに傾きつつある。

だが、そんなことをしてもいいのか、針谷には法律に触れるようなやり方で矢作を排除するように教示したが、自分も同じことをしようとしているのではないか、と悩む。

「だから、何だ？　今になって、そんな細かいことを心配する必要があるのか？　ＳＲＯに島流しにされたときに警察で出世しようなんてみみっちい考えは捨てたはずだぜ」

自分に言い聞かせるように声に出して言うと、尾形は携帯電話を取り出す。

「あ、もしもし、森田《もりた》か。尾形だ。ふんっ、生きてるさ。ああ、そうだな、飲もうぜ、近いうちにな……。そうさ、雑談したいわけでも愚痴をこぼしたいわけでもない。借りを返してほしい……。そうだ、ひとつ貸しがあるよな？……違法なことじゃない。そっちの手柄になる話さ……」

事情を説明し、相手が納得してくれたので電話を切る。

ふーっと大きく息を吐いてソファにもたれかかる。

自分のやったことが正しいかどうかわからない。

ただ、うまくいけば百合子と翔子はＤＶから逃れることができるし、新たな生活を始めるための時間稼ぎができるはずだ。

それは悪いことではないだろう。

もっとも、それで生活が劇的に改善し、二人が幸せになれるとは限らない。そこまで尾形にはわからない。

「何もしないよりは、ましだ。今のまま放っておけば、どんどん状況は悪くなるだけなんだから」

尾形は、そう自分に言い聞かせる。

37

同じ頃、針谷も自室で酒を飲んでいる。

尾形と違って、針谷に迷いはない。貴子が賛成してくれたのだから、あとは実行するのみである。

しかし、よほどうまくやらないと空振りになってしまう怖れがある。それは、まずい。矢作を怒らせることになるからだ。矢作の復讐心を煽《あお》るだけという結果になったのでは逆効果である。

だからこそ成功させなければならないし、綿密に計画を練る必要があるのだ。

ちびちびとバーボンを嘗《な》めながら、針谷は頭の中で何度となく計画をシミュレーションしている。

38

夕方、麗子、夏目、美鈴の三人がＳＲＯに戻ってくる。

「いやあ、楽しい一日だったなあ」

机の上にバスケットを置きながら、夏目がしみじみと言う。

ふたつのバスケットに飲み物や食べ物を詰め込んできたが、すでにひとつのバスケットは空である。那須から東京に戻ってくるドライブでも、夏目が食べ続けたからだ。

「室長、せっかくだから、ここで二次会でもしませんか？　つまみはたくさんあるし、今ならビールを飲んでも平気でしょう。仕事は終わりましたからね」

「それも悪くないわね。美鈴ちゃん、いただきましょうか？」

麗子が美鈴に声をかける。

「……」

美鈴が真剣な表情でバッグの中をかき回している。

「どうかした？」

「やっぱりない……。わたし、鳳翔さんのお宅に忘れ物をしてしまったみたいです。化粧室をお借りしたとき、うっかりバッグの中身を床に落としてしまったんですけど、きっと、そのときに拾い忘れたのだと思います」

「まあ、そうだったの。困ったわね」

「すごく大切なものだから……」

美鈴が今にも泣き出しそうな顔になる。

「向こうに連絡して捜してもらいましょうか。見付かったら送ってくれるようにお願いして……」

「明日、取りに行けばいいさ。おれ、一緒に行ってやるよ。大切なものなんだろう？　送ってもらうにしても、こっちにいつ届くかわからないし、あの執事のおっさん、そんなに親切そうには見えなかったしね」

「すみません。ありがとうございます」

「それなら、わたしも行くわ」

「室長はいいですよ。休んで下さい」

「あら、美鈴ちゃんと夏目さんを二人きりでドライブなんかに行かせられないわ。危ないもの」

「ははは、面白いことを言いますね」

「本気ですよ」

麗子は真顔である。

39

「奥さま」

「……」

「奥さま？」

「え」

ルリ子がハッとしたように我に返る。ぼんやりしていて根津の呼びかけに気が付かなかったのだ。

「何？　また警察？」

「いいえ、そうではありません」

「よかったわ」

ルリ子が大きく息を吐く。

「お疲れのようでございますね」

「知らない人に会うのは苦手なのよ。警察なんか大嫌いだし。わたし、うまくやれたかしら？」

「そう思います。奥さまを疑っている様子はありませんでした」

「それなら、いいけどね。ところで、何の用？」

「心配はないと思いますが、念のために邪魔なものはさっさと処分した方がよろしいかと存じます」

「邪魔なものって？」

「若い女の死体ですが、今夜にでも捨ててこようかと思うのです」

「ああ、そうだったわね。あの女の子、死んじゃったのね。いつまでも置いておいても仕方ないから捨ててしまう方がいいわね」

「男の方は、どうしますか？　まだ、お使いになりますか」

「そうねえ……。若い男の血を浴びれば、少しは違いがあるかと期待したけど、あまり違いはないようね。と言うか、効果は薄いわね。やっぱり、若い女の子に限るわ」

「では、処分してよろしいですか？」

「ええ、そうしてちょうだい」

ルリ子がうなずく。

「今夜、女の死体を捨て、男の方は明日にでも処分いたします。鯨岡たちは、どうなさいますか？」

「あいつらもいらないけど、誰もいなくなるのも困るわねえ」

「あの二人は、しばらく地下室に置いておきますか？　警察の動きを見ても、すでに鯨岡の捜索は始まっているようです。とは言え、今なら行方がわからないというだけで、それほどの大騒ぎにはなっていませんが、死体が見付かったりすれば、大変な騒ぎになるでしょうから」

「それは困るわね」

「ただの失踪と、殺人事件の捜査では、警察の取り組み方も違ってくるでしょうから」

「鯨岡たちは地下室に残すのよ。女の子が死んでしまったから、鯨岡のマネジャーの血をもらうことにするわ」

「承知しました」

ルリ子の前を辞すると、その足で根津は地下室に向かう。

麗子たちがやって来たとき、屋敷にいる使用人たちを早退させてしまったので、今、屋敷には根津とルリ子しかいない。人目を気にすることなく地下室に入ることができる。

（む）

ドアを開けて地下室に入るや、根津が顔を顰める。

かなり強い死臭が漂っていたからだ。

台車を用意して、ブルーシートで巻いたモカの死体を積む。

「根津さん、頼む。水をもらえないか」

鯨岡が檻の中から呼びかける。顔から脂汗を流し、かなり顔色も悪い。体調がよくないのであろう。

その横で公子がぐったりしている。目は開いているが、口を利く元気はないようだ。

「このままでは公子が死んでしまう。水を……できれば、何か食べ物も……。お願いだ」

「……」

根津は黙って冷蔵庫に近付く。

モカは死んだ。テツと鯨岡はどうでもいいが、公子が死んでしまったら、ルリ子に血を提供する女がいなくなる。それは困るのだ。

冷蔵庫から天然水のペットボトルを三本と菓子パンを三つ取り出す。カビが生えないように冷蔵してあるのだ。

テツと鯨岡の檻に、ペットボトルとパンを差し入れる。

テツが貪《むさぼ》るようにパンを食い、水を飲む。

鯨岡は、まず公子に水を飲ませ、それから自分も飲む。

その様子を眺めながら、台車を押して根津が地下室から出て行く。母屋ではなく、ガレージに行くのである。

ガレージに入ると、モカの死体をトランクに入れる。トランクを閉めても死臭がきついので、もう一度、トランクを開け、ガレージに置いてある消臭剤を何個かトランクに入れる。気休めかもしれないが、何もしないよりはましだろうと考える。

この前は御殿場に死体を捨てたから、今度は他の場所に捨てなければならない。携帯を取り出して、各地の天気予報を調べる。死体を捨てるには雨の夜がいい。人目を気にしなくていいし、様々な痕跡を雨が洗い流してくれるからだ。千葉、茨城、埼玉、神奈川、群馬、長野、山梨……どこも天気はよさそうだ。群馬と長野が曇っている程度である。

ただ、明日になれば、いくらか天気が崩れ、雨も降るようである。

明日にした方がいいだろうか、しかし、明日になれば死臭はもっときつくなるだろう、どちらがいいだろうか……根津が思案する。

やはり、今夜のうちに捨てる方がよさそうだと判断し、エンジンをかける。

が……。

エンジンがかからない。何度やっても駄目だ。

「バッテリーか……」

恐らく、バッテリーが上がっているのだ。

ガレージにある他の車とケーブルを繋いで充電すればいい。三〇分もあれば完了するだろう。

しかし、根津は動く気にならない。

今夜か明日の夜か迷ったのだから、車が動かないのなら明日にすればいいだけのことである。明日の方が天気も崩れて死体を捨てるには好都合なのだ。死臭が問題だが、すでにこれだけ強烈な死臭が発生しているのだから、明日になっても、それは変わらないだろう。

ふうっ、と疲れたように息を吐いて、根津がシートに深くもたれる。

明確な根拠はないが、何となく歯車が狂い始めているような気がする。ルリ子と鯨岡を引き合わせたことが大失敗だったと悔やまれる。最初からうまくいくはずがなかったのだ。

まさか、ルリ子が激怒して、鯨岡を殴り倒すとは想像できなかった。

「……」

根津が目を瞑る。

ルリ子に殴り倒される前に、鯨岡が口にしたことを思い出す。

「あの二本の映画からものすごく大きな影響を受けているんです。わたしにとっては、バイブルと言ってもいいくらいの名画です」

そう鯨岡は言った。

鯨岡に言われるまでもなく、『永遠の湖』と『風霜地帯』が傑作だということは自分でもわかっている。自分の叡智《えいち》のすべてを注ぎ込んだ映画なのだ。

ひとつだけ鯨岡がわかっていないことがある。

あの二本の映画は、鳳翔ルリ子のために作った映画なのだ。ルリ子をいかに美しく、いかに人間らしく、いかに生き生きと描写するか、それだけを念頭に置いて製作したのである。

ルリ子の、ルリ子による、ルリ子のための映画なのである。鳳翔ルリ子がいなければ成立し得ない映画なのだ。

それを鯨岡は理解していない。

まあ、それはそれで構わない、と根津は思う。

ルリ子の素晴らしさを理解するのは自分だけでいいのだ。余人は必要ない。

かつてルリ子はすべての映画ファンの女神だった。

根津にとっては、今も女神である。

永遠の女神なのである。

二本の映画を製作したとき、根津はルリ子に人生を捧げると誓った。だから、今でもルリ子に仕えている。その選択に悔いはない。

40

四月一四日（日曜日）

夢之介を散歩させて、尾形が公園に入っていくと、昨日と同じように百合子と翔子がいる。今日も尾形と夢之介が来るのを待ち構えていたらしい。

翔子が駆け寄ってきて、

「遊んでいい？」

と、尾形に訊く。

「もちろんさ。よろしく頼むよ」

尾形が夢之介のリードを渡す。

夢之介も翔子と遊ぶのが楽しみなのか、尻尾を激しく振っている。

翔子と夢之介が広場の方に走っていくと、尾形がベンチに近付き、百合子の隣に坐る。

「いつも早いんですのね。お仕事で疲れていらっしゃるでしょうに」

「週末は何もすることがありませんからね。うちで寝てるだけです。夢之介のおかげで、いくらか健康的な生活になりましたよ」

「ご家族でお出かけになったりしませんの？」

「もう息子も大きくなりましたからね。親の相手なんかしてくれませんよ」

「奥さまは……。あ、すみません。立ち入ったことばかり訊いてしまって」

「いいんですよ。妻も息子も好きなことをやってます。休日に家族揃って行動するなんて、もう何年もありませんね」

「そうなんですか」

「朝ごはん、食べてませんよね？」

「ええ、まだ……」

「よかったら一緒に食べませんか？　コンビニで何か買ってきます。ファミレスにでも行く方がいいんでしょうが、夢之介と一緒に入ることはできないでしょうから」

「外に繋いでおくのもかわいそうですものね」

「ええ」

「ご迷惑でなければ」

「じゃあ、何か買ってくるので、その間、夢之介をよろしくお願いします」

「お任せ下さい」

尾形がベンチから腰を上げ、公園の出口に歩いて行く。振り返ると、翔子と夢之介が楽しそうに遊んでいる。

「おれなんかと暮らすより、本当はあの子と暮らす方が夢之介のためなんだろうけどなあ。誠だって……」

誠だって、宗教なんかに夢中にならないで、スポーツをしたり、夢之介と遊んだり、女の子とデートしたりすればいいのに……そんなことを考えながら公園から出る。

三〇分ほどで、尾形が公園に戻ってくる。片手にビニール袋を提げている。サンドイッチやおにぎり、チキンやゆで卵、フライドポテトなどを適当に買ってきた。飲み物もある。夢之介のために犬用のおやつも買った。

それから一時間ほど、尾形、百合子、翔子の三人はベンチに腰掛けて朝ごはんを食べた。

その傍らで夢之介もおやつをもらっている。

翔子は、はち切れんばかりの笑顔で、楽しいね、すごく楽しいね、と繰り返している。

食事が終わると、翔子と夢之介はまた遊び始める。

「あの、尾形さん……」

「はい」

「いいんですか、こんなにゆっくりなさって？　もちろん、わたしたちは、とてもありがたいのですけど……」

「大丈夫ですよ。そろそろかな」

尾形が時間を確認する。

「え？」

百合子が怪訝な顔になる。

尾形の携帯が鳴る。

「おう、森田か……」

昨日電話した相手である。尾形の同期で、今は警視庁の組織犯罪対策部の管理官をしている。この部署が主として扱うのは、組織犯罪、銃器や違法薬物の取り締まり、外国人犯罪対策である。

「うむ、そうか、やっぱりな……」

ふむふむと相手の言葉に耳を傾ける。

「わかった。貸し借りはなしだ。だけど、手柄になっただろう。少しは感謝しろって」

尾形が電話を切る。

「警察からの電話です。わたしの同期で、違法薬物の捜査を扱っている男なのですが、先程、ご自宅に捜査員が入ったそうです」

「うちにですか？」

「片桐というのは、いろいろな悪さをしていて、叩けばいくらでも埃が出るみたいです。家宅捜索の容疑は窃盗《せっとう》です。勤務先のバーで、酔った客の財布からクレジットカードを取り出してスキミングした容疑です。それは表向きの話で、実際には違法薬物の捜索が目的です。いわゆる別件捜査というものなんですけどね。微量の大麻、覚醒剤、覚醒剤の成分を含む錠剤、それに覚醒剤を打つのに使ったと思われる注射器も見付かったそうです」

「まあ……」

百合子が両手で口を押さえる。

「片桐は現行犯逮捕されました。電話の話では、片桐の様子から覚醒剤を使用しているのは間違いないようで、これから薬物検査をしますが、たぶん、陽性反応が出るだろうということです。それから……」

「はい？」

「聡子さんも逮捕されました」

「え、聡子も？」

「普通なら参考人扱いになるのでしょうが、聡子さんも片桐と同じように挙動不審と言いますか、覚醒剤を使用している人間に見られる特徴が現れていたそうです」

「自分からそんな悪いことをする子ではありませんから、きっと片桐に強要されたのだと思います」

「申し訳ありません。逮捕されるのは片桐だけのはずだったのですが……」

「では、尾形さんが手配して下さったの？」

「お節介であることは重々承知しているのですが、どうにも放っておけなくて……」

申し訳ありません、と尾形が繰り返す。

「……」

「聡子さんだけでなく、百合子さんも暴力を振るわれているとおっしゃっていましたし、百合子さんの話を聞いて、片桐が薬物中毒なのではないかと疑いました。そうだとすれば、これから先、今より状況が改善することはありません。悪くなるだけです。今のうちに何か手を打たないと取り返しの付かないことが起こるのではないかと心配になりまして……」

「わたしも捕まるんですか？」

「違法薬物を使用していなければ逮捕はされません。ただ、片桐や聡子さんと同居していたわけですから事情を聞かれることにはなると思います」

「二人は、どうなるんでしょうか？」

「片桐には前科がありますから、恐らく、実刑判決を下されるでしょう」

「刑務所に入るということ？」

「はい」

「聡子は？」

「初犯なら、執行猶予《しっこうゆうよ》がつくと思いますが、はっきりしたことは申し上げられません」

「そうですか」

百合子がふーっと大きく息を吐く。

「あまり驚かないのですね」

「もちろん、すごくびっくりしていますが、それ以上に安心したといいますか、ホッとしています。わたしも聡子も、もう片桐に殴られなくて済むだろうし、わたしたちだけなら我慢もできますけど、翔子に何かあったらと心配でしたから……。尾形さんがおっしゃったように、最初の頃より、ずっと凶暴で怒りっぽくなっていたので、いずれ悪いことが起こりそうで怖かったんです」

百合子がベンチから立ち上がり、尾形に体を向けて、

「ありがとうございました」

深々と頭を下げる。

「何があった？ 何を話している？」

公園の反対側、木立の中から安立が二人の様子を窺いながらつぶやく。望遠レンズ付きのカメラを手にしているから、二人の表情までわかる。よほど深刻なことを話しているの

だな、と察せられる。

「いいぞ、いいぞ、きっと何かトラブルが起こったんだな」

安立が嬉しそうに顔を綻ばせる。尾形の弱味を握ることができるかもしれないと期待しているのだ。

41

麗子、夏目、美鈴の乗った車が首都高を走っている。昨日と同じように美鈴が運転し、麗子が助手席、夏目が後部座席に坐っている。夏目の横には、今日も大きなバスケットがふたつ置いてある。食べ物と飲み物がぎっしり詰まっている。

「土日のドライブ、いいなあ～。やっぱり、警視庁は最高だわ。ところで室長」

「はい？」

「美鈴ちゃんの忘れ物を引き取ったら、その後は特に予定はありませんよね？」

「別にないけど」

「それなら、那須どうぶつ王国に行きましょうよ。昼過ぎからイベントやショーが盛り沢山ですごく楽しいみたいなんですよ。で、その後は日帰り温泉に寄りましょう」

「完全なバカンスね」

麗子が笑う。

「美鈴ちゃん、いいだろう？」

「はい。わたしは大丈夫です。室長と夏目さんに申し訳ないですから、どこにでもお付き合いします」

「その言葉を待ってたぜ」

いえ〜い、と夏目が雄叫《おたけ》びを上げる。

42

麻友は全裸で風呂場にいる。

スイミング用のゴーグルと鼻栓をつけ、口をマスクで覆っている。手にはゴム手袋をはめている。

足許には包丁、俎《まないた》、バケツを置いてある。

消臭スプレーを大量に撒いているが、それでも耐え難いほどの臭気が満ちている。庸三と静子の死体から、強烈な死臭が漂い出ているせいだ。友哉の死体から出る死臭は、まだそれほど強くはない。

死体の処理方法は近藤房子から学んだ。

麻友が最初に殺人に関わったのは古溝浩三《ふるみぞこうぞう》という意地の悪い年寄りを殺したときで、房子と二人で絞め殺したのである。古溝浩三の死体を処理したのは房子で、麻友も手伝うように言われたが、さすがに怖《お》じ気《け》づいてしまい、寝た振りをしてごまかした。

しかし、房子がどのように死体を片付けたか、その様子は薄目を開けて見ていたし、後から詳しいやり方を教えてもらった。

肝心なのは、死体を消してしまうことである。完全に消し去ることができれば、犯罪の証拠がなくなり、警察に追われる心配もなくなるからだ。

まず三つの死体をおおまかに切断し、頭、胴体、手足に分ける。

次に胴体から内臓を取り出す。包丁で腹を割《さ》くと、鼻栓をしていても、凄まじい悪臭にめまいがするほどだ。内臓を取り出して俎の上で細かくミンチにする。ミンチにした肉はバケツに放り込み、バケツがいっぱいになると台所に運んでディスポーザーで処理する。手抜きして、きちんとミンチにしないとディスポーザーの歯に肉の筋が絡まって壊れてしまう。単純作業だがかなり疲れる。三人分だから、バケツ一〇杯分くらいのミンチを処理することになる。

内臓の処理が終わると、残った部位を肉と骨に分離しなければならない。ひとつひとつの骨から丁寧に肉を削ぎ落とし、内臓と同じようにミンチにしてバケツに放り込む。それをディスポーザーで処理する。

ここまで済むと、さすがに疲れを感じるので、休憩がてら朝ごはんを食べることにする。食パンを焼き、サラダと果物、それにコーヒーとオレンジジュースという内容だ。それをニュースを観ながら食べる。

ゆっくり食事を終えると、また風呂場に戻る。

あとは骨と頭部の処理である。

シャワーで骨をよく洗う。きれいになったら、ハサミで小さく切り分けていく。ハサミで切れない固い骨は金槌で打ち砕いたり、ペンチで捻ったりして、できるだけ小さくする。どの骨も二〇センチ以下にする。

小さくした骨を台所に運び、レンジグリルを使って高温で加熱する。時間をかけて加熱を続けると、骨が黒ずんでくる。ペンチで捻ると簡単に千切れるほどもろくなる。その作業を淡々と繰り返す。小さくなった骨を金槌で叩くと、それほど力を入れなくても細かく崩れる。それらをゴミ袋に入れる。やがて、ふたつのゴミ袋が黒っぽい骨の小片でいっぱいになる。

古溝浩三の死体を処理したとき、房子は骨の小片を人目に付かない場所に少しずつ捨て、頭部はこの家の庭に埋めた。

麻友はゴミ袋の骨片も三つの頭部と共に庭に埋めようと考える。

将来、麻友の犯罪が露見するとすれば、頭部が見付かったときだろう。人間の頭部を庭に埋めるような大胆なことをしているのに、すぐには人間の骨だとわからないような骨片が見付かる心配をする必要はないと考えたからだ。

43

小さな墓の前に喪服姿の貴子がしゃがんでいる。目を瞑って手を合わせている。

花を供え、線香を焚いている。

そこに、

「何をしている？」

背後から声をかけられる。

貴子が目を開けて肩越しに振り返る。

矢作である。左手に水桶、右手に供花を持っている。

「ああ、矢作さん」

貴子が立ち上がる。矢作に向き合うと、丁寧に腰を屈める。

「何の真似だ？」

矢作が貴子を睨む。

「矢作さんのお母さまにお詫びに来たんです」

「お詫びだと？」

「矢作さんが刑務所に入ったのは当然だと思っています。自業自得ですよね？　あなたが子供たちにしたことを考えれば、七年くらいの刑期では短すぎるくらいです」

「そんなことを言いに来たのか。あのインチキな万引きだって元はと言えば……」

「息子が犯罪者だからといって母親が責められるのは間違ってますよね？　その点をお詫びしていたところです」

ちらりと墓を振り返る。

「もういいだろう、帰れ。二度と来るな」

「大切な一人息子が幼い子供に対する性犯罪という最低の犯罪を犯したわけですから、お母さまがショックを受けるのはわかります」

「心身共に疲れ切って、おれが入所しているときに死んだんだ。そのせいで死に目にも会えなかった。あんたのせいだよ」

「だから、わたしを恨むんですか？」

「他に誰を恨むっていうんだ？」

「恨むとすれば、矢作さん、あなた自身ですよ。だって、お母さまを死に追いやったのはあなたじゃないですか」

「何だと？」

「弁護士費用、大変だったでしょうね？」

「それが何だというんだ？」

「矢作さんが逮捕されるまでは、あなたの収入もあったでしょうし、人並みの貯えもあり、持ち家に住んでいたわけだから、そう苦しい生活ではなかったはずです。苦しいどころか、むしろ、裕福だったかもしれません。それがあなたの逮捕で一変した」

「……」

「収入がなくなり、あっという間に貯えも底をつき、やむなく家を手放すことになった。そうじゃありませんでしたか？」

「そんなこと、あんたには関係ない」

「どうして、お母さまが亡くなったのかという話をしてるんですよ。家を売ったお金は被害に遭った人たちへの賠償金として消えました。悪いことをすれば刑事だけでなく民事でも裁かれるんですよ。家はお母さまの名義だったから、お母さまが家を売る必要はなかった。でも、お母さまは被害者に償うために家を売った。あなたの罪を少しでも軽くしようとして」

「何が言いたい？」

「矢作さんが刑務所に入ったときには、お母さまの手許にはまったくお金がなかったということを言いたいのです」

「おふくろが文無しだったと……」

「ええ、そうですよ。誰かに頼ろうとしても、あなたが卑劣な犯罪者だとわかって、兄弟からも親戚からも縁を切られたのはご存じですか？　お友達も、みんな離れてしまった」

「……」

「どうしようもなくなって、お母さまは仕事を始めた。どんな仕事か、ご存じですか？」

「スーパーのレジ打ちだよ」

「そういう仕事もなさいましたけど、矢作さんの母親だとばれると、すぐに辞めるということを繰り返したんですよ」

「嘘だ……」

「ああ、やっぱり隠してたんですね。何度も仕事を辞めるうちに、お母さまも普通の仕事に就くことを諦めたのでしょうね」

「どういう意味だよ」

「犯罪者の母親だろうと誰も気にしない、普通ではない仕事を始めたという意味です」

「普通ではない……」

「風俗ですよ」

「は？」

矢作が口をぽかんと開ける。

「あんた、何を言ってるんだ？」

「信じられない気持ちはわかります。わたしも最初は驚きました。でも、事実ですよ。風俗って、若くてきれいな子ばかりが人気だと思われがちですけど、世の中にはいろいろな男性がいて、太った女性がいいとか、高齢の女性がいいとか、ちょっと変わった嗜好《しこう》の持ち主も多いようなんです。若くてきれいな子は、それを武器にして稼ぐんでしょうけど、そうでない女性たちは過激なサービスをせざるを得ないようです。お母さまは……」

「もう、よせ。やめろ。あんたのでたらめを聞く気はない」

矢作が水桶を地面に置き、ゆっくり後退る。

「性病に罹《かか》ったみたいですよ。それも一度だけでなく、何度も」

「……」

「それで体調を崩したようですね。精神的にもまいってしまったのだと思います」

「どうして、そんなでたらめばかり言うんだ」

矢作が憎悪に満ちた眼差しを貴子に向ける。

「でたらめじゃありません。もう裏を取ってあるので記事にしようかと考えているところです。自分は何も悪くないのに、犯罪者の家族というだけで風俗に転落し、最後には性病に罹って死んでしまった哀れな高齢女性の記事です。加害者の家族というのは世間から無視されがちですが、実際にはいろいろな形で社会的な制裁を受けている。それはおかしいのではないかという問題提起をするつもりです」

「てめえ……」

後退りが止まり、今度はゆっくり貴子の方に歩き出す。

「ぶっ殺してやる。てめえだけじゃない。てめえの息子も殺してやるからな。てめえの手足を縛って、てめえの息子をレイプするところを見せてやる。ガキの肛門におれのペニスを突っ込んでやるよ」

「他の子供たちにやったのと同じことをするというのね？」

血の気の引いた顔で貴子が訊く。

「ああ、そうさ。小さいガキは自分が何をされたのか、きちんと説明できないからな。男のガキは肛門に突っ込んで、女のガキは前にも後ろにも突っ込んでやったのさ。口にも突っ込んだぞ。同じことをおまえたちにもやってやる。レイプして、ぶっ殺してやる」

「お母さまがお客さんにやられたことを、わたしたちにもするということね？」

「このクソ女が！」

矢作が我を忘れて貴子に飛びかかる。全身から殺意がみなぎっている。両手で貴子の首を絞める。

物陰に潜んでいた針谷が飛び出してくる。

矢作を貴子から引き離し、尚も貴子に襲いかかろうとする矢作を投げ飛ばす。矢作が地面にひっくり返る。

「立派な傷害だな。それに脅迫。また刑務所に逆戻りだ」

「くそっ、仕組んだな」

「何もしてない。おまえが勝手に篠原さんを襲っただけだ。首まで絞めたんだから、殺人未遂が適用されるかもしれないぞ」

「覚えておけよ。今度出てきたら、おまえたち親子を八つ裂きにしてやる。レイプしてから、切り刻んでやる」

「……」

針谷が黙って懐から録音機を取り出す。

「今の言葉もしっかり録音したよ」

「ちくしょう」

「立つな。そのまま坐っていろ」

針谷が携帯を取り出して警察に連絡する。

一五分ほどでパトカーがやって来る。

制服巡査たちに事情を説明し、

「自分も同行して何があったか説明します」

針谷が言う。

矢作が制服巡査たちに両脇をつかまれて連行される。その後ろを針谷がついていく。

「待って」

貴子が呼びかける。

「……」

針谷が振り返る。

「ありがとう。心から感謝しています」

針谷の目を見つめながら、貴子が言う。

墓地の外れに鹿内がいる。

何が起こったか、鹿内はすべて目撃した。

用意してきた集音マイクは、それほど高性能というわけではないが、墓地の中が静まり返っていたので、貴子や矢作、針谷の会話をかなり鮮明に拾うことができた。

ポケットから携帯を取り出し、安立に連絡する。

「鹿内です。面白いものを見物しました。針谷ですが、かなりヤバいことをしたような気がします」

鹿内の声が弾んでいる。

44

鳳翔ルリ子の屋敷に着き、駐車場に車を停めると、

「美鈴ちゃん、行ってきなよ。おれ、車で待ってるからさ」

夏目が言う。

「え……」

美鈴がハッとする。一人で行きたくないらしい。

「一緒に行くわよ」

麗子が気を利かせる。

「すみません」

「いいのよ」

美鈴と麗子が車を降りる。

東京から那須に来るまで、夏目は上機嫌で飲み食いした。調子に乗りすぎて、まだ早朝だというのにビールまで飲んだ。すっかりいい気持ちになっており、できればこのまま昼寝をしたいくらいだ。とても車から降りる気にはならない。

二人が玄関に向かうのを見送りながら、夏目の目蓋《まぶた》が重くなってくる。このまま眠ってしまいそうだ。

が……。

尿意を催す。耐え難いほどである。

「ああ、仕方ねえなあ」

ぼやきながら車を降りる。どこか人目に付かない場所で立ち小便をしようと考える。

ふらふら歩きながら、

「広くて立派な家だよなあ。いったい、どうすればこんな家を買えるんだ？　おれの給料だと五百年くらいかかるかな。いや五千年かもしれないな」

うひひひっ、と自嘲気味に笑いながら敷地内をさまよう。

「ここらでいいかな。面倒臭え。洩れちまうぜ」

建物の陰で夏目が立ち小便を始める。

馬の小便のように長い。いつまでもしている。

「ん？」

鼻をひくひく動かす。

馴染みのある臭いがする。科警研で毎日のように嗅いでいた独特の臭気である。死臭だ。

「おいおい、まさか死体があるのか？」

小便が済むと、臭いのする方に歩いて行く。

「むむむっ……」

最初は何かの勘違いではないか、こんなところに死体があるはずがないではないか、と首を捻っていたが、臭気が強くなるにつれ、

（間違いないぞ。これは死体だ。近くにあるな）

と確信を持つ。

ガレージの前に立つ。シャッターが下りている。

「間違いないな。死体は、この中にあるぞ」

夏目がくんくんと鼻を動かす。

さて、どうしたものか、と夏目が腕組みする。

麗子を呼びに行けばよさそうなものだが、この場を離れている間に死体が運び出されてはまずい、ここから動くわけにはいかない、と考える。

「電話だな」

夏目が麗子に電話をかける。

しかし、出ない。留守電に切り替わる。

「あ、そうか」

麗子は車にバッグを置いていった。バッグの中に携帯があるから電話に出ないのだ。

「ちくしょう、こんなとき、どうすればいいんだ？」

ううむ、と悩み、そうだ、山根《やまね》新九郎に電話しようと思いつく。すぐさま電話をかける。

「おう、山根か、おれだ」

「夏目さんか。何だよ、朝っぱらから」

「麗子ちゃんや美鈴ちゃんと一緒に那須に来てるんだ。鳳翔ルリ子のお屋敷さ」

「鳳翔ルリ子？　どこかで聞いたような気がするなあ」

「昔の映画女優だよ。かなり有名だったらしい」

「夏目さんが映画好きだったとは知らなかった」

「別に好きじゃねえよ。ただ、その鳳翔さんだが、鯨岡監督と繋がりがあるらしくてな。それでやって来たわけだよ」

「日曜日なのに、がんばるなあ」

「昨日も来たんだ。二日続けて那須に来てるんだ」

「わかったぞ。捜査にかこつけて、芝原《しばはら》君を口説こうという腹なんだろう？　やり方がせこいぞ」

「馬鹿野郎。ふざけたことを言うな」

「いいなあ、刑事部長になってから、おれにそんな口を利く人間がいなくなってさ。自分を見失いそうなんだ。夏目さんのおかげで自分を取り戻すことができる」

「つまらない皮肉を言ってるんじゃないよ」

「悪いけど、今日は花子さんとデートでね。そろそろ出かけないといけないんだ。残念ながら、これ以上、夏目さんの無駄話に付き合っているわけには……」

「マジでむかつくぜ。大事な用があるから電話したんだよ」

「大事な用？　早く言えよ」

「鳳翔ルリ子の屋敷に来る途中でビールを飲みすぎたから、車を降りて立ち小便をしたわけだよ」

「ビールだって？ こんな時間から飲んでるのか」

「話を聞けってのに」

「ああ、わかった」

「妙な臭いがしてきた」

「妙な臭い？ まさか立ち小便するつもりで、ウンコを洩らしたのか」

「てめえ、この場にいたら殴ってるところだぞ。真面目に聞けって」

「はいはい」

「死臭さ。死体があるんだよ。間違いない……」

ガレージの中から強烈な死臭が漂い出ている、と夏目が説明する。

「酔っ払いの話だからなあ」

「おれは科警研の主任研究員だったんだぞ。死体の臭いはお馴染みなんだ。間違えるはずがない」

「芝原君は？」

「屋敷に行ってる。ガレージは母屋から離れてるんだ。車に携帯を置いていったみたいで連絡できない」

「呼びに行けよ」

「ガレージから死臭が臭うってことは、たぶん、車に死体を積んでるんだぞ。麗子ちゃんを呼びに行ってる間に車が出発したらどうするんだ?」

「そうか。わかった。その場所を教えてくれ」

ようやく新九郎も夏目の話を真剣にとらえたようである。

「地元の警察に行ってもらうが、警察署と屋敷はかなり離れているから、パトカーが到着するのに二〇分、いや、三〇分くらいかかるかもしれない」

「そんなにか? おれは、どうすればいい?」

「ガレージから車が出ないように見張っていてくれ。じゃあ、切るぞ。栃木県警に連絡するから」

新九郎が電話を切る。

「何だよ、見張るだけかよ」

つまらねえなあ、とぼやきながら、夏目がガレージの周囲をゆっくり歩く。

(ん?)

ガレージの側面の上の方に窓がある。

高さは二メートル強というところだ。

何か足場があれば、その窓を壊してガレージに侵入できるかもしれない。

「これって、法律違反になるのかなあ」

夏目が首を捻る。ロハがわかっていないので、法律を基準として、やっていいこととやって
まだ捜査のとの線引きが曖昧なのである。
はいけあるってわかってるのに知らん顔をしていいものなのかねえ？　犯罪の証拠があ
けだから不法侵入にならないんじゃないのかなあ」

周囲を見回して、何か足場になりそうなものがないかと探す。脚立がある。夏場に成長しすぎた樹木を伐採するのに使うものであろう。それが放置されている。

「届くかねえ……」

脚立を持ってきて、ガレージの壁際に置く。

脚立に上がると、窓に手が届くとわかる。

「おお」

脚立を下りて、地面から大きな石を拾い上げる。

「こんなもので窓が割れるはずがないよな」

あははっ、と笑いながら改めて脚立に上がって、その石を窓に叩きつける。あっさり窓が割れる。

「え、割れちゃったよ」

どうしようと戸惑うが、

「つまり、おれ、ハリソン・フォードになってるわけだよな」

窓の枠に手をかけ、重い体を苦労して引っ張り上げる。だぶついた腹の贅肉が引っかかるが、何とか窓に体を押し込む。

「うわっ」

窓を通り抜けようと力を入れたら、勢い余って、窓からガレージの中に転落する。

「うおおおっ……」

全身をコンクリートに叩きつけられて、夏目の口から苦痛の声が洩れる。

しかし、贅肉がたっぷりあるおかげで骨に損傷はない。普通の体型の人間ならどこかを骨折しているであろう。

「あ～、痛《いて》え……」

体を起こすと、死臭のする車に近付く。

「すんげえ臭いだな。トランクに死体を入れてるな。一〇〇万賭けてもいいな」

運転席に回って、ドアに手をかける。

?」

しかもドアが開く。

キーを抜く。

が差し込んだままになっている。

車のキーだけでなく、他にもいくつかのキーがリングについている。

車のキーを差し込んでトランクを開ける。

「うおっ」

尻餅をつきそうになる。

凄まじい死臭である。

ブルーシートに手を伸ばす。少しめくると腐乱した死体が目に入る。

「やっぱりなあ、だから言ったんだよ。ここに死体があるって……」

ああ、臭い、息が詰まる、さっさとここから出よう……夏目が窓に戻ろうとする。

そのとき奥にドアがあるのに気が付く。

窓をくぐり抜けるよりドアから出る方がいいな、と考える。シャッターを開ける方が簡単だが、それだと家人に気付かれる怖れがある。パトカーが到着するまで静かにしていたいのだ。

試しにドアノブに手をかけるが鍵がかかっている。

リングについている他のキーを順繰りに試すと、三本目のキーでドアが開く。外に出られるのかと期待したが、そうではなく、真っ暗な通路が続いているだけだ。奥の方に小さな明かりがある。そこにドアがあるようだ。

「嫌な感じだよなあ。地獄にまっしぐらって感じがするぜ」

ああ、嫌だなあ、あんなところに行きたくないなあ……ぶつくさぼやきながら、夏目が恐る恐る通路を進んでいく。

「これで外に出られればいいけどなあ」

そんなことを考えながら、手許にあるキーを試してみる。

「よし、開いたぞ」

夏目がドアを押し開ける。

眼前に広がる光景に夏目が目を瞠《みは》る。

「何じゃ、これは〜」

しばし呆然としてしまい、身動きができない。

そこに、

「助けて下さい。お願いします」

弱々しい声が聞こえる。

夏目が檻に近付く。

「あなたは、どなたですか？」

「鯨岡啓介と申します」

「おおっ、鯨岡監督でしたか」

夏目がガッツポーズをする。

「ここから出して下さい」

「ええ、もちろん」

しかし、鍵がなければ、檻の扉を開けることはできない。車のキーと一緒にリングについている鍵では開かない。

「お願いだ、早く……」

「わかってますよ。はて、どうすればいいのか……」

夏目があたふたと地下室の中を歩き回る。

壁際の台の上に鍵束が置いてある。

「これか？」

鍵束を手にしたとき、ガチャッ、と音がする。

根津である。

「ひっ」

「おまえ、何をしている？」

「……」

慌てて鍵束をテツの檻に放り投げる。

テツが拾い上げる。

根津が大股に夏目に近付く。

「執事の根津さんだな。警視庁の捜査員として、あなたを逮捕……」

「黙れ」

根津が夏目の横っ面を殴りつける。

うわっと叫んで夏目がひっくり返る。

根津が夏目の脇腹に蹴りを入れる。

ぎゃーっと叫んで夏目がのたうち回る。

尚も根津が夏目を痛めつけようとしたとき、テツが檻から転がり出て、根津の足にしがみつく。体勢を崩して、根津が倒れる。ちょうど檻の前である。

テツが根津に蹴りを入れると、それを避けようとして、根津が転がる。たまたま檻の中に入ってしまう。すかさずテツが檻の入口を閉めて施錠する。

四つん這いになって、テツがスイッチパネルに近付く。どんっ、と拳でスイッチを入れると、クレーンが動き出し、檻の上部にある太い鎖を巻き始める。ゆっくり檻が持ち上げられ、バスタブの上に移動する。

「くそっ、モカの復讐だ」

別のスイッチを入れる。

檻の天井は二枚重ねになっている。

その一枚が下降してくる。

「うわっ、うわっ、うわっ……」

根津が悲鳴を上げる。

下降してきた天井が容赦なく根津をプレスする。

根津が押し潰され、根津の血がバスタブに降り注ぐ。根津は事切れる。

そこに麗子と美鈴が駆け込んでくる。

「夏目さん」

麗子が夏目に駆け寄る。

「おれは大丈夫ですよ。鯨岡さんたちを出してあげて下さい、救急車も呼んだ方がいいですね。もうすぐパトカーが来ますよ。山根が手配してくれたから」

「美鈴ちゃん、お願い」

「はい」

美鈴が鯨岡の檻を開けようとする。

「あのばばあを捕まえないと……。こんなひどいことを執事が一人でやったはずがない」

「そうね」

夏目と麗子が地下室から走り出る。

ルリ子を捕まえるためだ。

が……。

二人が二階の寝室に入ると、ルリ子はベッドに横たわっている。すでに死んでいる。サイドテーブルに青酸カリの瓶が置いてある。服毒自殺である。ベッド上には赤い薔薇が散らばっている。

「遅かったか……」

夏目が悔しがる。

そこに美鈴がやって来る。

寝室の様子を見て、

「あ……これは……」

「何だい？」

「これは『永遠の湖』のラストシーンと同じですよ。女の主人公、最後は服毒自殺をするんです。薔薇に埋もれて……」

エピローグ

1

四月一五日（月曜日）

早朝、尾形が夢之介を連れて公園に行く。

百合子と翔子がいる。

二人を見て、尾形がホッとする。

昨日の朝、片桐という男と、翔子の母・聡子が逮捕されたので、百合子は家を出られないかもしれないと危惧していたのである。

夢之介を翔子に預けると、尾形が百合子と並んでベンチに坐る。

「大丈夫でしたか？」

「昨日、刑事さんに話をして、今日も昼過ぎに警察に行くことになっています」

「失礼ですが、金銭面でお困りなのでは？」

「あ、平気ですよ。片桐が財布を置いていったんです。中を見たら、一〇万円も入ってました。遠慮なくもらいました。いけないことかしら？」

「そうですね。他の人間には言わない方がいいと思います」

「そうよね。家族のものを盗むのだって犯罪ですものね。片桐は他人だし。だけど、あのお金、どうせ聡子から奪い取ったものなんですよ。聡子の財布は空っぽだったから」

「なるほど」

「銀行の口座にもいくらかお金が残っているみたいだから、すぐにお金で困ることはないと思います」

「余裕のある間に生活の立て直しを考えなければなりませんよね……」

ゆうべ、同期の森田から尾形に連絡があった。

片桐を逮捕した組織犯罪対策部の管理官である。

片桐と聡子から覚醒剤の陽性反応が出たという。片桐には前科があるので裁判になれば実刑判決が出るだろうし、聡子は初犯なので執行猶予付きの判決になるだろうという。尾形の予想通りである。

それを百合子に説明する。

「じゃあ、聡子は刑務所に入らなくていいんですのね？」

「大丈夫だと思います」

「よかった」

「片桐は刑務所に入るでしょうが、薬物犯罪だと、売買目的で大量に所持していれば別ですが、自分が使うために少量所持していただけでは、それほど長い刑期にはなりません。二年くらいで出てくると思います」

「片桐が刑務所に入っている間に、わたしたちは新しい生活を始める必要があるということですね？」

「そう思います」

「引っ越した方がいいのかしら？」

「持ち家ですよね？」

「はい。古くてぼろぼろのマンションだから資産価値なんかないでしょうけど、一応、持ち家です」

「今すぐに決めなくてもいいでしょうが、同じ場所で暮らしていれば、出所してから片桐が現れるかもしれません」

「それは嫌だわ」

百合子が顔を顰める。

「どうしようかしら。田舎に戻った方がいいのかしら。田舎といっても、何十年も帰ってないんですけどね。片桐と聡子が警察に逮捕されたことはご近所にも知られてしまったから、これから白い目で見られるわね。わたしは平気だけど、翔子がかわいそうだわ。それを考えると、翔子が小学校に上がるのに合わせて引っ越すのがいいですよね。学校でいじめられたりしたら困るから」

「よくお考えになって下さい。聡子さんとも相談した方がいいですよ」

「ああ、そうね。あの子が翔子の母親なんですものね。だけど、頭の中が混乱してるわ。わけがわからない。片桐がいなくなってくれて嬉しいけど、あまりにも突然のことだったから……」

百合子が溜息をつく。

「何でも相談して下さい。できることがあればお力になります」

「尾形さん」

「はい？」

「どうして、赤の他人のわたしたちに、こんなに親身になってよくして下さるんですか？」

百合子がまじまじと尾形を見つめる。

「はあ……」

そう言われると、尾形自身、ちょっと不思議である。本来、あまり他人に親切な男ではないのだ。自分のことはよくわかっている。

「たぶん……」

「ええ」

「夢之介のせいだと思います」

「夢之介の？」

二人が広場に顔を向ける。そこで翔子と夢之介がボールで遊んでいる。

「百合子さんや翔子ちゃんがいなければ、わたしが夢之介を飼うことはなかったと思います。犬を飼うつもりなんか全然ありませんでしたから。でも、夢之介を飼ってよかったです。健康的な生活になりましたしね。お二人には感謝しています」

「夢之介のおかげで、わたしたちは尾形さんと知り合うことができたんですものね。おかげで地獄のような生活から抜け出すことができそうです。それって、つまり、夢之介がわたしたちや尾形さんの生活を変えてくれたということになるのかしら」

「そうかもしれません」

「夢之介が幸せを運んできてくれたのね。夢之介だって尾形さんの犬になって幸せでしょうから、みんなが幸せになったわけね」

「はい」

尾形がうなずく。

確かに百合子の言う通りである。

夢之介に出会ったとき、尾形は区役所に離婚届を取りに行くところだったのだ。尾形家は崩壊していたであろう。

夢之介がやって来てから、敏江と誠が宗教にかぶれているのは変わらないものの、二人とも夢之介を可愛がるから、夢之介を話題にして、親子三人の会話が以前よりは増えたし、ぎすぎすした険悪な雰囲気になることも減った。いい意味で、夢之介が緩衝材《かんしょうざい》になっているのだ。

（あいつに出会わなければ、やがて、おれはアパートで一人暮らしをして、休みになれば昼過ぎまで寝て、起きれば酒を飲むようなだらしない生活をしていたのかもしれないな）

今まで尾形は夢之介を拾ってやったと思っていたが、実は拾われたのは自分の方ではないのか、と気が付いた。

2

ＳＲＯ。

朝礼で、麗子が那須で起こった事件の経緯を説明している。麗子、夏目、美鈴は現場に居合わせたが、尾形、針谷、久美子の三人はテレビのニュースで報道されたことくらいしか知らないからだ。

「陰惨な事件なのに、なぜか笑ってしまうのは、こいつのせいか？」

尾形が夏目を指差す。

夏目は頭に包帯を巻き、顔には青痣ができている。

「朝っぱらからビールを飲みすぎて、小便がしたくなってガレージに近付いたら死体の臭いがしたっていうんだろう？　そんな話、マスコミに洩れたら大変だぞ」

「結果オーライじゃないですか。マスコミには黙っていればいいんですよ」

針谷が取りなす。

「容疑者が二人とも死んだのでは、一連の事件は曖昧な幕引きになりそうですね」

久美子が言う。

「夏目さんが連続殺人ではないかと疑った、一〇年前から続いている事件だけど、被害者の何人かとやり取りしたメールが根津の携帯から見付かったの。それ以外にも若い女性とやり取りしていたみたいだから被害者は増える可能性があるわね。今日の朝から栃木県警が鳳翔ルリ子の屋敷を家宅捜索しているし、鑑識も地下室やガレージを徹底的に調べるだろうから、犯罪の証拠が見付かるでしょう。根津が死体を捨てていた場所は、鳳翔ルリ子の映画のロケ地として使われていた場所みたいなの。それも手がかりになるでしょうね」

「そのあたりを徹底的に捜索すれば、まだ見付かっていない死体が出てくる可能性もあるわけですね」

針谷が言う。

「御殿場もロケ地ですか？」

久美子が訊く。

「結婚して引退した後、夫が亡くなるまで鳳翔ルリ子は御殿場で暮らしていたみたいよ」

麗子が答える。

「やはり、馴染みのある土地というわけか。いろいろわかったけど、被疑者死亡で裁判はなし、か」

尾形が肩をすくめる。

「少なくとも、新たな被害者が出ることはなくなったわけだ。発見が遅れていれば、鯨岡さんとマネジャー、若い男の子も死んでいたかもしれないからな。実際、かなり衰弱していたし」

夏目が言う。

「マスコミは大騒ぎでしょうね。被害者の一人が世界的に有名な映画監督で、犯人の一人が伝説の大女優なんだから」

針谷が言う。

「凄い数のマスコミが那須に集まっているみたいね」

麗子がうなずく。

「今回、事件解決に当たっての一番手柄は浪岡だな。映画オタクの浪岡の蘊蓄《うんちく》のおかげで室長たちが那須に行くことになったわけだから」

針谷が言う。

「確かに美鈴ちゃんが忘れ物をしてくれなかったら事件は解決しなかった。事務職員なのに素晴らしいぜ」

夏目が誉める。

「お手柄よ」

麗子が言うと、みんなが一斉に拍手をする。

美鈴が照れ臭そうに微笑む。

3

朝ごはんを食べながら、麻友が友哉のスマホをいじっている。送信履歴から、これまで友哉が書き送ったメールを読んで、どんな書き方をするか探っているのだ。女の子に送るときは、高圧的で傲慢《ごうまん》な内容が多い。雅美に送ったメールもたくさんあるが、読んでいると胸くそが悪くなるような内容ばかりである。

(何で、こんな男と同棲してたのかな？)

それが不思議である。

恐らく、最初は猫を被って雅美に近付き、ヌード画像やセックス動画を手に入れてから豹変したのではないか、と思う。

　まず雅美にメールを送る。おまえの友達から金を受け取ったから、おれは姿をくらます。もたもたしてると借金取りに全部奪われちまうだけだからな。おれのことは誰にも言うな。部屋にも近寄らないほうが身のためだぜ。身代わりにぼこぼこにされて、ソープに売られちまうぞ。おれからの最後の親切な忠告だ……そんな内容である。

　次に雅美を売り飛ばした後に同棲するつもりでいる女の子にメールを送る。

　売掛金を精算するために闇金から金を借りていたが、どうにもならなくなっちまった。このままだと殺されるかもしれない。殺して、内臓を売るんだよ。おまえがすぐに五〇〇万用意できるのなら逃げなくてもいいけど、そんなの無理だよな。東京を離れて、一年くらい田舎に隠れる。あのマンションも見張られているから近付くなよ。あいつら、おれを血眼《ちまなこ》で追ってるから、おれと知り合いだなんてばれたら何をされるかわからないからな。いずれ、おれの方から連絡するから、そっちからは連絡するな……。

「もっと下品で頭の悪そうなことを書いた方がいいのかなあ。だけど、この女の子も頭悪そうだから、細かいことなんか気にしないかな」

　そんなことをしていると、翔太が研修旅行から帰って来る。

「お帰りなさい」

「ああ、疲れた。もっと楽かと思ってたけど、仕事と同じくらいきつかったぜ」

　床に荷物を放り出して、ソファにひっくり返る。

「おまえ、これから仕事？」

「今日は半休。午後から出勤」

「のんきだなあ。叔父さんたちは？」

「出て行ったわよ」

「え、何で？」

「知らないわよ。だけど、変な人たちが来てた。関西弁だったから大阪の人じゃないかな。人相の悪い人たち」

「叔父さんの知り合い？」

「知り合いっていう感じじゃなかった。お金の話をして、ぺこぺこ頭を下げてたわよ。大阪に借金でも残してきたんじゃないのかな」

「どこに行ったのかなあ……」

「そんなに心配？」

「叔父さんのおかげで料理長の大島さんが親切にしてくれるようになったからさ。叔父さんがいなくなったら、また、こき使われそうだ」

　翔太が溜息をつく。

「それなら辞めれば？」

「そんな簡単に辞められるかよ」

「だって、そのつもりだったんでしょう？　叔父さんたちと一緒に店をやろうとしてたじゃない。自分でやればいいのよ。今の仕事を辞めて、料理や経理の学校に通えばいいじゃない。そうすれば自分で店を経営できるわよ」

「そんな夢みたいな……」

「そうかな。わたしには、叔父さんたちの言ってることの方が、ずっと夢物語に聞こえたよ。叔父さんたちにお金を貸すくらいなら、自分のために使う方がいいじゃないの。お金ならあるんだし」

「……」

翔太が考え込む。真剣な表情だ。

たまたま研修で飲食店を経営するためのマネジメントについて学んで、経営に面白さを感じたところだ。調理師の資格を取れば、自分の店を持つことは決して不可能ではないだろうし、やってみたいという意欲もある。

「そうだな。やってみようかな。まだ若いんだし、再スタートしてもいいよな。学校のこととか、ちょっと調べてみるよ」

「わたしも応援するからね」

麻友がにこやかにうなずく。

4

昼休み、針谷は貴子のマンションにやって来た。戻るのが遅くなるかもしれないと麗子に断ってきたので、二時間くらいは余裕がある。

ラウンジで向かい合う。

「電話でもよかったんだけど、直接話す方がいいのかなと思ってね。君の様子も気になったし」

「昨日は、ありがとう。正直、ゆうべは、あまり寝られなかったわ。いろいろなことが心配で」

「気持ちはわかるよ。怖かっただろう。よくがんばったね」

「あいつの本性を知って、ゾッとした。心の底から怖いと思った。何もしないで放置していれば、きっと、あいつはわたしや高志に危害を加えたと思うわ」

「おれも、そう思うよ」

針谷がうなずく。

「君を脅迫して、首を絞めたから、刑務所行きは間違いないだろうし、更生保護施設の部屋からも怪しいものがいろいろ出てきたらしい。脅迫を裏付けるようなもの、という意味だけど」

「頭のいい奴だから、普通のやり方では、証拠をつかまれないようにのらりくらりと適当にごまかしたはずだ。母親が風俗で働いていたという話であいつは逆上した。あれは本当のことなのかい？」

「ええ、事実よ」

「記事にするつもりだった？」

「まさか」

貴子が首を振る。

「生きていれば、インタビューして、ご本人の了解を得た上で記事にしたかったけど、亡くなってしまったから……。死者に鞭《むち》打《う》つような真似はしないわよ」

「そうか」

「矢作が刑務所に入るのは嬉しいわ。だけど、死刑にも無期懲役にもならない。何年かすれば、また出て来る。そのときは、どうすればいいのかしら？」

「時間はある。ゆっくり考えればいいんだよ。その頃には高志君も大きくなっているだろうしね。君が一人で悩む必要はないさ」

「今回は本当にありがとうございました。感謝の気持ちをどう表せばいいのかわからない」

「怖いわ」

「いいさ。気にするなよ。じゃあ、これで……」

針谷が立ち上がろうとする。

「まだ時間ある？」

「うん」

「じゃあ、ちょっと待っていてくれないかしら」

「いいよ」

貴子が席を外すと、針谷は携帯を取り出していじり始める。

しばらくすると、

「針谷のおじちゃん」

「え」

驚いて針谷が顔を上げる。

「高志君か」

「うん、こんにちは」

「こ、こんにちは……」

高志の姿が霞んでくる。

針谷の目に涙が溢れてきたからだ。

高志の後ろには貴子がいて、穏やかに微笑んでいる。

5

刑事部長室で、新九郎と麗子が向かい合っている。

「お疲れさま。お見事だったね。鯨岡監督を見付けただけでなく、凶悪な連続殺人事件まで掘り起こして解決したわけだから」

新九郎が誉める。

「偶然に助けられた部分もありますけど、事件解決のための大まかな方向性を示してくれたのは夏目さんなんですよ。鯨岡監督と鳳翔ルリ子の関係を気付かせてくれたのは美鈴ちゃんですけど」

「あいつ、怪我をしたらしいね」

「根津に殴られて、倒れたときに頭をぶつけたみたいで……。軽傷でよかったです」

「昨日の朝、那須から電話をもらったときは驚いたよ。ビールを飲んで酔っ払ってるって言うんだからね。科警研に返品しようかと思った」

「正直なところ、どうなるかとわたしも心配しましたけど、夏目さん、よくがんばってくれていますよ。返品するのは思い留まった方がよろしいと思いますよ」

「そうしよう。でも、あまり誉めないようにするよ。すぐ調子に乗るからなあ。休みになると、うちに来て、飲んだり食ったりして大騒ぎするんだよ」

「楽しそうじゃないですか」

「そんなことを言うと、君も招待するぞ」

「遠慮させていただきます」

麗子がにこっと笑う。

「吸血鬼事件も解決して、鯨岡監督も見付かった。ＳＲＯとして、すぐに動かなければならない案件を何か抱えているかい？」

「いいえ、緊急性のあるものはありません」

「そうか……」

新九郎が思案顔になる。

「何か？」

「ふたつ、ある。ひとつは近藤房子の捜索だよ」

「ああ、近藤房子……」

麗子がうなずく。

「すっかり手詰まりだ。指名手配されているけど、有力な情報がまったく手に入らない」

「どこに潜んでいるんでしょうか？」

「三年も音沙汰がないのは、ちょっとおかしい気がする。基本的に目立ちたがり屋だしね。人を殺さずにじっとしていられるような人じゃないからさ」

「海外に逃亡したとか、あるいは、すでに死んでいるとか」

「海外逃亡の可能性はないと思うよ。頼ることのできる人間もいないだろうし、そんなお金もないと思うからね。死んでいるか……。あり得るな。だけど、それなら誰に殺害されたのかを調べる必要がある。どうすればいいか、ずっと考えてるんだけどね」

「もうひとつは何ですか？」

「川久保君の殺害犯さ。最初は近藤房子の仕業だと思った。だから、犯行時間を絞って、マンション内に設置されている防犯カメラとマンション周辺の防犯カメラの映像を徹底的に調べた」

「部長がご自分で調べたんですか？」

「うん、だって『マザー』を使うことのできる人間は限られているし、仮定を組み立てては調べ、それが駄目なら別の仮定を組み立てるということの繰り返しだったからね。自分でやるのが一番いいんだよ」

「言ってくれれば、いくらでもお手伝いしましたのに」

「君はＳＲＯの室長としての職責を果たすだけで手一杯だったろう」

「気を遣《つか》っていただいて、すみません」

「ようやく、こいつが犯人じゃないかという目星をつけた」

Ａ４サイズの白黒写真を新九郎が麗子に差し出す。

帽子を被り、レインコートを着た人間が写っている。男か女かはわからない。

「近藤さんは、防犯カメラがどこにあるか確認して行動する人だから、防犯カメラに映っていなくても不思議はない。だから、近藤さん以外の何者かが川久保君を殺害したという前提で調べてみたら、この人が浮かび上がってきた」

「かなり画像が粗いですね」

「たとえ犯人だとしても、大して有力な手がかりにはならないね」

「これが近藤房子の変装だという可能性はないんですか？」

「周りにあるものを物差しにして身長を推定すると近藤さんより一〇センチくらい背が高いんだよ。運動靴を履いているから、靴で身長をごまかしているわけではないね」

「近藤房子ではない別の何者かということですね」

「これはマンション内の防犯カメラ映像なんだけど、同じ時間帯に、こういう姿の人物はマンションの周辺にはいない」

「マンションを出るときに帽子とレインコートを脱いだということですね？」

「そう思う」

「ということは、どこかで犯人が姿をさらしている可能性があるわけですね？」

「可能性はある。問題は、その時間帯にマンション周辺の防犯カメラに映っている人間が何百人もいるということでね」

「身長で絞れば？」

「絞って残るのが数百人なんだよ」

新九郎が肩をすくめる。

「なるほど……」

麗子が写真をじっと見つめる。

この何者かが純一を殺害したのだとしたら絶対に許すことはできない。必ず逮捕しなければ、と思う。

6

尾形は早めに帰宅した。

針谷が事件を解決したお祝いでもしませんかと提案したが、怪我をしている夏目が医者からアルコールを止められているというので、打ち上げは先送りになった。何もなければ、定時に解散するのがＳＲＯの特徴である。

帰宅すると、まず、夢之介の散歩に出かける。

今では、これが習慣になっている。

家を出て、しばらく歩くと、

「尾形さん」

と声をかけられる。

（ああ、あいつか……）

尾形には、それが安立だとわかる。

「何の用だ、消えろ」

振り返りもせずに言う。

「そうはいきませんよ」

「ふんっ」

尾形は知らん顔をして散歩を続ける。

その後を安立が追う。歩きながら、尾形がやったこと、針谷がやったことの証拠をつかんでいるぞ、と話す。

「尾形さんの方は大したことはないでしょう。シャブの売人に関する情報を流しただけですからね。しかし、針谷は、そうではない。矢作という男を罠にかけた可能性がある。事が露見すれば、針谷だけでなく、一緒にいた篠原貴子という女性もただでは済まないでしょう」

「おれにどうしろというんだ？」

尾形が足を止める。

公安のやり方は熟知している。相手の弱味を握ると、それを交渉材料にして取引をもちかけるのだ。

「おわかりでしょう。教団内部の情報がほしいのです」

「おれは何も知らないよ」

「奥さんと誠君はご存じでしょう」

「おれは、あいつらと教団の話なんかしないぜ」

「話をする必要はありませんよ。尾形さんと話さなくても二人で話すでしょうから」

「おれのうちを盗聴するつもりか？」

「お願いします。それで針谷の悪事は封印できるわけですから」

「……」

尾形が言葉を失う。

7

沙織がリクライニングチェアに横たわっている。

日毎にお腹が大きくなっていく。

腹に手を当てると、子供の息吹や鼓動をはっきりと感じられる。

（幸せだわ。わたし、すごく幸せ……）

沙織が微笑む。

本作は書き下ろしです。またこの物語はフィクションで、
実在する個人、団体等とは一切関係ありません。

中公文庫

S R O《エスアールオー》 neo《ネオ》 I

——新世界《しんせかい》

2024年1月25日　初版発行

著　者　富《と》樫《がし》倫《りん》太《た》郎《ろう》

発行者　安 部 順 一

発行所　中央公論新社
〒100-8152　東京都千代田区大手町1-7-1
電話　販売 03-5299-1730　編集 03-5299-1890
URL https://www.chuko.co.jp/
ＤＴＰ　平面惑星
印　刷　大日本印刷
製　本　大日本印刷

Published by CHUOKORON-SHINSHA, INC.
Printed in Japan　ISBN978-4-12-207470-5 C1193